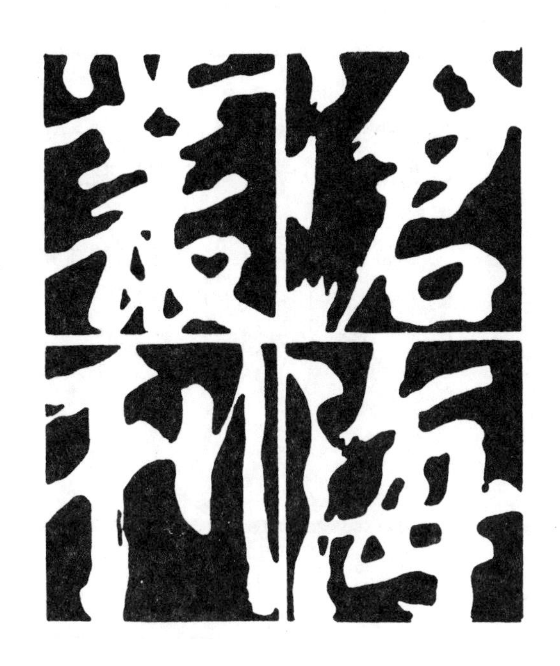

文學與史地

任遵時 著　　東大圖書公司 印行

國立中央圖書館出版品預行編目資料

文學與史地／任遵時著.-- 初版.--
臺北市：東大發行：三民總經銷，
民83
面；　公分.--（滄海叢刊）
ISBN 957-19-1734-6（精裝）
ISBN 957-19-1735-4（平裝）

855　83010458

著作人　任遵時
發行人　劉仲文
著作財產權人　東大圖書股份有限公司
臺北市復興北路三八六號
發行所　東大圖書股份有限公司
地　址／臺北市復興北路三八六號
郵　撥／〇一〇七一七五──〇號
印刷所　東大圖書股份有限公司
總經銷　三民書局股份有限公司
門市部　復北店／臺北市復興北路三八六號
重南店／臺北市重慶南路一段六十一號
初　版　中華民國八十三年十二月
編　號　E 85279①
基本定價　柒元伍角陸分
行政院新聞局登記證局版臺業字第〇一九七號

ISBN 957-19-1734-6（精裝）

自序

從少年時代，我就一直很喜愛中國文學，常在課餘之暇，閱讀文史書籍，並寫些不成樣的雜文遣興，有時還學著賦詩填詞，和師友們相酬唱，也頗自得其樂；另外我對於中國邊疆史地，也有著濃厚的興趣，中學時代就交結了不少蒙、新、康、藏的朋友，而且還寫下很多有關邊事的文章，這在當時的年輕人中，可說是很少見的。

我大學唸的是法學院，但對文史藝術的志趣未改，讀書和寫作，一無衝突，黃金樣的校園生活，也真過得很愜意充實，但流光易逝，四年的課程很快結束，驪歌唱罷，又匆匆的服完二年兵役，做了一年雜誌的編輯，緊接著就回到學校，過著我最喜歡的教學相長的生活。

我在學校任職，一幌已經三十多年，而且絕大部份的時間都是擔任教育行政工作，照理說是很忙的，也不會有餘暇讓我做其他的事，但是我的家庭和學校的主事者，都給了我最多的寬容，也給了我最大的支持，因而我才能在教學之餘，安心的從吾所好，上圖書館、走博物院、寫文章、做研究、並遊歷天下名山大川，以擴我心胸，舒我懷抱，這真是我衷心感激難忘的。

遺憾的是歲月不居，昔之黟然為黑的少年，今則早已華髮盈顛，人事滄桑，自有不勝今昔之感！回顧往昔所寫的一些文章，也真是雜亂繁瑣，總不免有子雲之悔，但這些文字雖不盡令人滿意，卻多少也還能顯示出個人在這段漫長歲月裡，對於寫作之事是多麼的熱愛，也不難看出一己在學問的探討上有多少堅持。因之，如果任令其毀棄散失，也著實於心有戚戚焉！

基於上述的認知，謹就個人過去所發表的文稿，選出其中或尚可存的部份，輯為前後二編，第一編的寫作時間起自民國五十年，乃從事教育行政三十年間所撰，這期間目前手頭存稿不少，但因篇幅所限，故僅收雜文及輯佚箋注之作二十二篇。第二編寫作時間則以民國四十年在高中讀書到大學畢業七年之間為準，其間所寫文字雖也不少，但因多係散文短篇，且缺少價值，故僅取十篇用以為該期作品之代表，必須說明的，其中前六篇皆大學時所作，後四篇則高中時所作，惟舊詩詞一章內，其最後醜奴兒、更漏子二詞則大學二年時所填製。二編合而為一，彙為一集，因內容多與文史、地理相關，卽名之為「文學與史地」，以偏概全，則或所不免者也。

此外，我還要再次說的是，這集子裡的文章，排列的次序，就內容講不免有點雜亂，好在它們都是獨立成篇的，尚希讀者諸君見諒，至於全書也談不上什麼學術深度，只能說是筆者少年入世以來，在寫作的道路上，由於個人的喜好及興趣所向，留下的一些雪泥鴻爪而已！當然，我還是深切盼望，博雅高明的的讀者，能夠給我多多指教，那麼愚魯的我也就感謝不盡了。

任遵時於愛華樓
一九九四年五月

目　次

第二編

第一編

唐太子少保薛稷的藝事

一、薛稷的生平

薛稷字嗣通，是蒲州汾陰人，卽今山西榮河地帶。他生於唐太宗貞觀廿三年(西元649AD)，卒於唐玄宗開元元年（西元 713），可說是我國盛唐時期以詩、書、畫並稱於世的大藝術家之一。薛稷的一生事蹟，事實上是很風采動人的，但是由於傳世的資料不足，他的生平及對後世之影響，便少爲人知了，這也就是今人寫唐代藝術史，或藝術家傳記，何以對於薛稷其人其事每多從簡，或略而不談的主要因素。

根據兩唐書薛收傳的記載[1]，我們對於薛稷的家世，大約可以尋出一些眉目來，也可以發現他的確是系出名門，無怪乎後來他能夠有「河汾之英，廊廟之寶」的大名聲聞於世，因爲他的曾祖父就是隋朝內史侍郎薛道衡，外祖父更是大名鼎鼎的唐代開國功臣魏徵，由於顯赫的世家背景，以及家庭的良好教育，所以在年青的時候他就做了黟縣（在今安徽境內）令，並以好古博雅見稱於時，辭學之美更是不用說了。他不但言語精采，有范雎宰我之才❷，對於事理的分析更是清楚，可見得他是屬於智慧甚高的一類人，因此他於所學諸如書畫等事，也就無所不精，而文章學術都名冠當時了。他的學養使得他很快被舉進士，轉中書舍人，到了景龍末年更昇爲諫議大夫，昭文館學士。這時他和在藩的李旦卽後來的睿宗皇帝，交往更多，以後就特別被李旦所賞識而結成婚姻關係，做了兒女親家，也就是說由李旦作主把他女兒——仙源公主嫁給薛稷的兒子薛伯陽，所以等到李旦卽皇位後，薛稷在朝中的地位就更扶搖直上的被封爲晉國公，除太子少保做到宰相的職位，而進出宮中參決庶政了，當然這樣薛稷就更成了密勿爲用，翼戴王室有功，炙手可親的人物❸。他與兵部尙書郭元振尤爲相好，稱得上是忘言之交。不幸的是後來他卻因已知其下了堂的姪媳，卽薛曜前妻太平公主和竇懷正謀逆事未報，而被賜死於萬年縣獄，兒子伯陽也被流放嶺表而自殺身亡，實在是非常悽慘的。薛稷被禍時，年才六十五歲，可說正是走到人生的顚峯之際，何況他還是一位爲人坦蕩，光時雅量的廊廟之才，試想後來的一些名士如李白、杜甫者，又怎能不爲之哀？相信如果他不熱衷政治，朝佈滿荆棘的功名路上走，而以藝術的領域開拓是務，那他的享壽一定是可以年登大耄的，而他在書畫藝術上的成就也會更高的，當然這晚年的殺身之禍，也就不會牽涉進去了，也許這就是詩人杜甫避難四川通泉縣時，見到薛稷的書畫遺跡，所以要興「惜哉功名忤！但見書畫傳。」之嘆的主要原因吧❹！不過，可以爲薛稷慰的則是由於家學的影響，他的五世孫薛紹彭，後來亦成為宋代著名的書法大家，這也可說是我國書法史上薛氏一門的一件盛事。

二、薛稷的詩文

薛稷為進士出身，以辭學聞名於時，故其所撰辭章的高雅概可想見，惜乎今已不可多得，所幸者，他的一些詩篇，則賴有全唐詩的收錄，而得傳世者尚有十四篇，即所謂儀坤廟樂章及秋日還京陝西十里等作，雖說多屬應制之作，但亦可稍見其作品風貌的一斑了，唯經我個人考證所知，其中早春魚亭山一首，乃其早歲在安徽任黟縣令時的作品；他的文章則賴有全唐文的輯集，而存有其臨難不顧徇節寧邦科策三道及朱隱士圖讚等四篇，蓋亦古雅華滋，博學多文兼而有之者。今將薛稷的詩文並錄於後⑤，藉供欣賞：

儀坤廟樂章二首

陽靈配德，陰魄昭升。堯壇鳳下，漢室龍興。伣天作對，前旒是凝。化行南國，道盛西陵。

造舟集灌，無德而稱。我粢既潔，我醴既澄。陰陰靈廟，光靈若憑。德馨惟饗，孝思烝烝。

乾道既亨，坤元以貞。肅雍攸在，輔佐斯成。外睦九族，內光一庭。克生叡哲，祚我休明。欽若徽範，悠哉淑靈。建茲清宮，於彼上京。縮茅以獻，絜秬惟馨。實受其福，斯乎億齡。

九日幸臨渭亭登高應制得曆字

暮節乘原野，宣遊俯崖壁；秋登華實滿，氣嚴鷹隼擊。仙菊含霜泛，聖藻臨雲錫；願陪九九辰，長奉千千曆。

慈恩寺九日應制

寶宮星宿劫，香塔鬼神功；王遊盛塵外，睿覽出區中。日宇開初景，天詞掩大風；微臣謝時菊，薄采入芳叢。

早春魚亭山

春氣一作色動百草，紛榮時斷續；白雲自高妙，裴回空山曲。陽林花已紅，寒澗苔未綠；伊余息人事，蕭寂無營欲；客行雖一作須云遠，玩之聊自足。

秋日還京陝西十里作

驅車一作馬越陝郊，北顧臨大河。隔河望鄉邑，秋風水增波。西登咸陽途，日暮憂思多。傅巖既紆鬱，首山亦嵯峨。操築無昔老，採薇有遺歌。客遊節回換，人生知一作能幾何。

杜甫云：「少保有古風，得之陝郊篇。」卽謂此作也。

奉和送金城公主適西蕃應制

天道寧殊俗，慈仁一作深恩乃戢兵；懷荒寄赤子，忍愛鞠蒼生。月下瓊娥去，星分寶婺行；關山馬上曲，相送不勝情。

春日登樓野望

憑軒聊一望，春色幾芬菲；野外煙初合，樓前花正飛。嬌鶯弄新響，斜日散餘暉；誰忍孤遊客，言念獨依依。

餞許州宋司馬赴任

令弟與名兄，高才振兩京；別序聞鴻雁，離章動鶺鴒。遠朋馳翰墨，勝地寫丹青；風月相思夜，勞望潁川星。

奉和聖製春日幸望春宮應制

九春風景足林泉，四面雲霞敞御筵；花鏤黄山繡作苑，草圖玄灞錦爲川。飛觴競一作趁醉心迴日，走馬爭先限著鞭；喜奉仙遊歸路遠，直言一作論行樂不言旋。

奉和幸安樂公主山莊應制

主家園囿一作宇。一作圃。極新規，帝郊遊豫奉天儀；歡宴瑤臺鎬京集，賞賜銅山蜀道移。曲閣交映金精板，飛花亂下珊瑚枝；借問今朝八龍駕，何如昔日望仙池。

秋朝覽鏡

客心驚落木，夜坐聽秋風；朝日看容鬢，生涯在鏡中。

夜宴安樂公主新宅

秦樓宴喜月裴回，妓筵銀燭滿庭開；坐中香氣排花出，扇後歌聲逐酒來。

餞唐永昌

河洛風煙壯市朝，送君飛鳧去漸遙；更思明年桃李月，花紅柳綠宴浮橋。

此外，全唐詩外編補遺，還輯有薛稷的四言詩一首，乃錄自稷書的杳冥君銘部份，非全豹也，然吾人猶可自全唐文中輯出其另三首，實皆懷古傷亡，感悼變遷之作，今亦分錄於次以存其全貌：

杳冥君之銘

其一

悠悠洛邑，渺渺伊壚；屢移寒暑，頻經歲年。丹壑幾變，陵谷俄遷；不覩碑碣，空悼風煙。

其二

時代攸徙，寧窮姓氏；匪辨□□，誰分朱紫。翠墳全缺，玄扃亦毀；久歇火風，爰歸地水。

其三

靈跡難訪，莫知其狀；彷彿穸臺，依稀泉帳。草積邱壠，松高巖嶂；乃眷幽途，彌增悲愴。

其四

於彼兆域，是生荊棘；松劍猶存，揄錢可識。覽物流連，□愴太息；欲致禮於靈魂，聊寄言於翰墨。

臨難不顧徇節寧邦科策第一道

問：若濟巨川，必憑舟楫之勢，將興大廈，實佇欒櫨之材，聖皇提象膺符，順天革命，變澆風於易簡，濟薄俗於醇醲，未明求衣，昃旰忘食，無遺庖鼎，不棄芻蕘，聞逆耳之言，忻然啓齒，聽犯鱗之說，假以溫顏，緬懷六聖之規，勞求五臣之俊，至如臨難不顧，知無不為，獻替帷幄，匡過補闕，爰洎銜命之流，並應挾揚之旨，子大夫博古強學，見賢思齊，一善或同，千載相遇，肇自魏漢，以及梁陳，若斯之人者，布在方策，宜具載年代，各敘徽猷，無憚米鹽，用旌多識。

對曰：后克艱厥后，臣克艱厥臣，是羣龍無首，虛己明庭之上，鼷鼠全身，深穴神邱之下，故有勞於一饋，不輟子高之耕，待以二旌，無過屠羊之肆，懍乎秋駕，既識為君之難，蹈此春冰，未見為臣之易，然而夢弼降佐，風起雲從，自天祐之，俊乂將至，當今制賢以祿，制爵以庸，設言不違，式化厥訓，覇王騏驥，翼天駟而齊衡，社稷元龜，升帝寶而負兆，猶是幽芳在採，雲逸來羈，垂倒景之懸光，燭重泉之沈隱，故遠臣得離山草，比獻野芹，瞻望天臺數跡。

對曰：帝德廣運，六臣參其業，天道大明，五帝陳其序，猶黼黻之章五色，鼎鼐之飪五味，五靈之効禎祥，五音之和雅樂，若乃同義，變力古人，中求則紀信誑項，以免君王經刎頸以紓國，九卿居府，王修從赴難之義，二國合圍，路中無返言之失，漢帝之憚汲黯，陳主之畏柳莊，社稷之臣於是乎在，恪居爾位，勤不告勞，則蕭公堂堂，吳漢糾糾，馮豹伏於閣下，黃公宿於臺上，憂國奉公，可以不謂忠乎！書誡面從，詩詠司直，犯顏無隱，求福不回，周昌之比漢高，同乎桀紂，劉毅之方晉武，類彼桓靈，中屠剛之靷車，鍾離意之排閤，史魚是慕，直在其中，聖人謨議，君子謀道，張良之翼漢王，郭嘉之協魏主，宋武之得穆之，齊高之得褚彥，定策決勝，謀夫孔多，蓬矢桑弧，有志四海，飛旌插羽，道好二同，膠柱豈調絃之術，飲冰實將命之難，陸賈南行，責蠻夷之失禮，陳湯西討，誅單于之暴慢，終令趙佗貢職，郅支傳首，竹帛所載，斯其庶乎！謹對。

朱隱士圖讚

隱士朱君，記靈池縣圖經云：朱桃椎者，隱士也，以武德元年於蜀縣白女毛村居焉，草服素冠，晦名匿位，織履自給，口無二價，後居棟平山白馬溪大磐石山，石色如冰素，平易如砥，可坐十人，石側有一樹，垂陰布護於其上，當暑熾之月，茲焉如秋，桃椎休偃於是焉！有好古之士，多於茲遊，朱公或斲輪以為資，前長史李厚德，後長史高士廉，或招以弓旌，或遺以尺牘，並笑傲不答。太子少保河東薛稷為之圖讚云：先生知足，離居盤桓；口無二價，日惟一餐。築土為室，卷葉為冠；斲輪之妙，齊扁同歎。

三、薛稷的繪畫

薛稷在唐代畫家中，似乎也是個全才，現在他的畫迹，雖然已經極難一見，但我們查看前人留下的文獻資料如歷代名畫記、唐朝名畫錄以及宣和畫譜等，仍不難發現，無論花鳥、人物、竹鶴、佛像、對他來說都是稱得上神妙之作的，他作畫運筆的線條，也許因爲是書法上的高手，顯得更爲強勁有力，相傳他的人物畫可以直追閻立本，而張彥遠的歷代名畫記中甚至說他所畫佛像不僅筆力瀟灑，風姿秀逸，而且可與前代的二位人物畫大家曹不興、張僧繇相匹敵❻，杜甫對於他所繪的西方諸佛變像則尤稱飛動壯觀，眞是推崇備至了❼。其實，薛稷的繪畫，其最拿手和聞名的，應該還是他的畫鶴之作，因爲他對鶴的形態、舉止、色彩、活動，也最能觀察入微，實在是下了很大的寫生的功夫，所以他的鶴跡也留傳最廣，就是唐朝當時中央政府的機構，如在長安的秘書省、尚書省、以及洛陽的岐王宅，成都的府衙等處的廳堂壁上，都有他的生輝之作——一些或鳴或飛或步的丹鶴❽。

詩人李白在後來見過薛稷遺留在金鄉薛少府家廳壁上的畫鶴後，就曾大加題讚的說：「紫頂煙赩，丹眸星皎；昂昂欲飛，霍若驚矯。形留座隅，勢出天表；謂長唳於風霄，終寂立於露曉。凝玩益古，俯察愈妍；無疑傾市，聽似聞絃。」❾對於薛鶴姿態生動的描寫，也眞可說得上是傳神之作了。薛稷的鶴有時一次可以畫上一大群，而不顯得雜亂，如杜甫在四川通泉縣署時就曾見到署後壁上留有薛稷所繪丹鶴十一隻，雖然那時牆壁已經破舊而且暴露於外，爲風雨所侵，可是仍不失其眞骨出塵之態，其詩云：

薛公十一鶴，皆寫青田真；畫色久欲盡，蒼然猶出塵。低昂各有意，磊落如長人；佳此志氣遠，豈惟粉墨新。萬里不以力，羣遊森會神；威遲白鳳態，非是倉庚鄰。高堂未傾覆，幸得慰佳賓；暴露牆壁外，終嗟風雨頻。赤霄有真骨，恥飲洿池津；冥冥任所往，脫落誰能馴。

此外，宋梅堯臣亦有和人題劉道士房畫六鶴圖詩六首，房畫卽壁畫，顯然在北宋時代薛稷的壁畫，在道觀中仍存有可見的，茲錄舉兩首藉見其畫藝，並與杜詩中之薛鶴「低昂各有意，磊落如長人」之形容作一比較：

唳天

引吭向層霄，聲聞期在耳。鼓吻意豈疏，知音何已矣。安得九皐同，流響入萬里。

舞風

如逢仙圃風，飄颻奮雙翅。拊節余欲助，和歌誰爾類。但看矯然姿，固於流雪異。

不過以上所說多半是薛稷的壁畫，至於薛作的卷軸部份，則有見載於宣和畫譜爲御府所藏的「咏苔鶴」、「顧步鶴」等七幅，此外式古堂書畫彙考亦載有其「戲鶴」及「二鶴圖」二件，中興館閣儲藏目則載有其觀音大士像一件，宣和藏畫今已不可見，其他的就更有問題了。事實上不管是壁畫或絹畫，只要年代久遠就會保存不易，唐人畫跡之難傳，又豈獨薛稷一人而已！但是我們可以相信薛稷的鶴畫，對於後世寫鶴鳥一派的畫家，其鶴樣的傳承，則是有著綿遠而肯定之影響的。

四、薛稷的書法

薛稷的書法在唐代就是很有名的，而且當時就有歐、虞、褚、薛四大家之稱。因爲他不僅書學多體，筆態遒麗如「風驚苑花，雪惹山柏」，而且自成一家，爲時人所不能及。又據兩唐書載，稷少年時所銳精模仿的許多法書名跡，就是在貞觀、永徽之際為世人所宗的虞世南和褚遂良的作品，這些法書又多為其外祖魏徵家之所藏。同時魏的孫子，也就是薛稷的表兄魏華，對於虞、褚二人的書法之喜愛，與薛稷似乎也不相上下，因此後來魏華在書法上的成就也不小。誠如唐書・魏華傳所說：「世稱善書者，前有虞、褚，後有薛、魏。」可見這一對表兄弟的書名，是如何直追虞、褚而並重於世了。不過魏華的書法似乎又以行草見勝。如陳思書小史卽說：「（魏）華好書翰，初與薛稷俱師於褚，後習右軍行書，其迹遂過其師。」

對於薛稷書法之佳妙，且為時所尚，唐宋以來的稱美，可說都是一致而肯定的，如張懷瓘書斷說：

薛稷，河東人，官至太子少保。書學褚（遂良）公，尤尚綺麗媚好，膚肉得師之半，可謂河南公之高足，甚為時所珍尚……稷隸行入能，魏（按卽指魏華）草書亦其亞也。

又竇泉之述書賦，也說：

（陸）柬之效虞，疎薄不及，少保（薛稷）師褚，菁華卻倍，超石鼠之効能，愧隋珠之掩類。

而董逌的廣川書跋對於薛稷的書法則尤爲稱道，謂其跡雖出之歐、虞、褚、陸，而其用筆纖瘦，結字疏通的特色，卻又自別爲一家，如他論薛稷雜碑即說：

書貴得法，然以點畫論法者，皆蔽於書者也。求法者當在體用備處，一法不亡，濃纖健決，各當其意。然後結字不失疏密合度，可以論書矣！薛稷於書，得歐、虞、褚、陸遺墨至備，故於法可據；然其師承血脈，則於褚為近，至於用筆纖瘦，結字疏通，又自別為一家。然世或以其瘦快至到，又似不論成法者也。劉景升為書家祖師，鍾繇、胡昭皆受其學，然昭肥繇瘦，各得其一體，後世不謂昭不繇及者，觀其筆意，他可以不論也。

薛稷的書蹟，見載於歷代金石錄者，今可知的約有周封中岳碑等十六碑⑩，但是這些碑刻的所在地，剛好多散佈在，自古以來就是兵家必爭之所的洛陽和西安附近，因此就更容易遭到戰禍的毀損，所以到了現在，很不幸的，薛稷大部份的碑刻，也就佚失不存了，今將這些碑石的名稱和所在彙列於次，以見其大概：

周封中岳碑　崔融撰　萬歲登封元年臘月十七日建　洛陽　碑殘缺

周杳冥君銘　撰并書　神功元年十月立，時稷四十八歲。此銘並列入戲鴻堂、玉烟堂、秀餐軒諸叢帖內。

周洛陽令鄭敞碑　撰幷書　久視元年六月立　洛陽

周福昌令張君清德頌　大足元年九月　越王李貞撰　按：碑文書法，遒勁完美，乃稷書之最奇者。

信行禪師興教碑　越王貞撰　神龍二年八月立　西安

贈孟州都督王美暢碑　撰幷書　景雲二年七月立　西安

洛州告成縣令盧長道德政碑　崔撰　李蘭撰頌　貞元十七年　洛陽

襄城令贈魏州刺史李公碑　洛陽

散騎常侍贈侍中趙郡成公碑　洛陽

封府君碑　撰幷書　洛陽

偃師縣令崔府君德政碑　洛陽

周昇仙太子廟碑陰　洛陽　聖曆二年己亥鐫刻，爲薛稷五十歲時所書，原石在河南偃師緱山仙君廟。

佛圖澄傳　西安

三品李公碑　洛陽

陀羅尼經　西安

龍門涅槃經　洛陽

當然以上的這些碑銘，是否都是薛稷書寫的作品，也有不無疑問的，如昇仙太子廟碑文乃武則天所書，只有碑首及碑陰的部份才有薛稷的字跡，而陀羅尼經石刻，也有人認爲是他人的作品而與薛稷無緣的⓫。不過，像這樣精好的字，要說不是薛稷的，似乎還很難找到更有力的佐證！

薛稷的書蹟雖然傳世的極少，但因爲受到文人雅士的寶愛，也有被拓傳下來的，如唐中宗神龍二年薛書的隋信行禪師與教碑，原碑雖早已佚失，就因爲有了宋拓的賈似道舊藏本而輾轉流傳下來，到了清朝道光年間，又成爲名書法家何紹基「寶薛軒」的珍藏，以後才有我們今日可見的神州國光社的珂羅版，和有正書局的石印本，此帖之佳妙，論者以爲不僅用筆渾融靜逸，煥然古質，卽青瑣瑤臺合意之作，亦不是過也⓬。而其書法的用筆瘦勁峭拔，對於後來宋徽宗的瘦金體書法的形成，其影響尤爲可見。可惜的是這件被譽爲「海內墨皇」的法帖，已於民國十八年左右流入日本，歸大谷禿庵文庫所藏。此外薛稷尙有孫權帖見刊於淳化閣帖，杳冥君殘碑則被刻於戲鴻堂帖，龍門涅槃經亦因有筠清館法帖之刊載，立身帖及夏熱帖因刻入汝帖而同時賴以傳世，不過它們的字數都不多，卽其至夥者也不過寥寥七十餘字，以與信行禪師與教碑的字數乃達一千九百餘字，而且字字珠璣，兩相比較，也就無怪乎其價値連城，爲識者所寶了。另傳有出師頌及墨跡陳思王七啓一篇，則所未見，待考。

唐代的大詩人李白和杜甫，對於薛稷的書畫藝術都非常讚美，不過張彥遠的歷代名畫記說：「薛稷在旅遊新安郡時，遇李白，因相留請書西安寺額，兼畫西方佛一壁，筆力瀟灑，風姿秀逸，曹、張之匹也，二迹之妙，李翰林題贊俱在。」這件事卻是有點傳訛錯誤，而未爲一般人所注意到，眞是應該加以糾正的，蓋李、杜二人對薛稷來說，都是後生小輩，稷被賜死的那年杜甫才二歲，還不出襁褓之中，李白雖然大得多，也不過才十六歲，試想以如此的年齡差距，李白又怎能去和那權高位大的薛稷往還，我們只能說薛稷在西安寺中留下的字畫，經過若干年後，爲年事已長且成爲翰林的李白所見，李在瞻仰前輩傑作後，感嘆之餘，遂留下其欽慕的題贊了，而張彥遠不察，竟將李白與薛稷視爲平起坐的同時人物，所以就不對了。另在杜甫的詩集中，杜有觀薛稷少保書畫壁一詩，其中述及他見到薛在通泉縣所書的「普慧寺」匾，高掛在寺中，給他的感覺完全是「書入金榜懸，仰看垂露枝，不崩亦不騫，鬱鬱三大字，蛟龍岌相纏」，這也是說明當時杜甫這一晚生後輩，對於薛書所具的垂露懸針之勢的書法美之所見所感，而薛書的這「普慧寺」三大字，當然也就是歷代名畫記所傳訛的西安寺匾了，此事我們只要從輿地紀勝一書的資料中來相互比較就不難發現了⑬。

注釋

❶ 舊唐書卷七十三，新唐書卷九十八。

❷ 見張懷瓘書斷。

❸ 欽定全唐文卷二五〇，錄有授薛稷中書侍郎制文，可以見睿宗時朝廷對薛稷的倚重情形，其文云：門下

慶傳於家者，代濟其美，才許於國者，時無與讓，由是密勿為用，訏謨所歸，銀青光祿大夫行黃門侍郎修文館學士河東縣開國男參知機務薛稷，河汾之英，廊廟之寶。相門前社，則名優作誥，詞場舊業，則譽動飛文，公貞性成，仁和道勝，坦然之量，群物不干其靜，穆如之風，九流不測其度，頃罹多難，克仗嘉謀，翼戴朕躬，保寧王室，厥功茂矣！朝廷賴焉，俾迴踐於綸闈，以增輝於鼎席，可行中書侍郎，餘如故主者施行。

④ 見杜甫觀薛稷少保書畫壁詩：「少保有古風，得之陝郊篇。惜哉功名忤，但見書畫傳。我遊梓州東，遺跡涪江邊。畫藏青蓮界，書入金牓懸。……又揮西方變，發地扶屋緣，慘澹壁飛動，到今色未塡，此行叠壯觀，郭薛俱才賢……」

⑤ 薛稷詩見全唐詩卷九十三。薛稷文見欽定全唐文卷二百七十五。

⑥ 見張彥遠歷代名畫記。

⑦ 同④。

⑧ 參見封氏見聞記、成都記、益州名畫錄、宣和畫譜、歷代名畫記、唐朝名畫錄等。

⑨ 見李太白全集卷二十八。

⑩ 並見陳思之寶刻叢編，趙明誠之金石錄，歐陽棐之集古目錄等。

⑪ 王壯宏增補校碑隨筆謂龍門山金剛經，陀羅尼心經，在洛陽龍門五佛洞，有唐武后製字，應是唐初人書，吳榮光得殘字數行以為薛稷書，非也。

⑫ 見薛少保書信行禪師碑拓本王鐸及吳榮光跋文，日本京都大谷文庫藏。但吳榮光跋云：此碑尚存一千九

百餘字，而大谷所藏拓本則僅一千七百餘字，尚缺二百餘字，何緣脫失致此，則又不得而知了。

⑬ 輿地紀勝：薛稷書慧普寺三字徑三尺許，在通泉縣慶善寺聚古堂。

東書堂集古法帖和蘭亭禊帖

——兼論周憲王的書法和其他碑帖

周憲王朱有燉是明太祖朱元璋的第五子周王橚的長子，他於洪熙元年嗣封於河南開封，可說是一位享有盛名的藩王。他不僅勤學好古，兼通琴、棋、詩、畫和詞曲，而且博學善書，寫得一手遒勁可觀的好字。因爲他自幼就喜歡書法[1]，加之家中所藏的法書、碑帖又多，所以當他做世子的時候，就非常留心翰墨，曾經集古人名蹟，以「嘗臨者臨之，未嘗臨者摹之。」勒刻了十卷極爲有名的東書堂集古法帖，和一卷蘭亭修禊序帖。今分述於後：

一、東書堂集古法帖

東書堂集古法帖的命名，大概是因爲憲王年輕時讀書的所在，就叫做東書堂的緣故[2]。此帖雖極珍貴，但印行傳世的似乎不多，故明清兩代有關書畫的文字，雖時有涉及於東書堂集古法帖的，而率多傳聞不實之詞，如東書堂法帖的卷數分明是十卷，可是黃叔璥的中州金石考及趙均的金石林時地考，以及格古要論等，卻都誤把它當作廿卷，再如此帖根本就未收蘇、黃、米、蔡諸人的法書，而珊瑚網書錄及弇州山人稿則說有此諸人書❸，所以東書堂法帖的內容究竟如何，知之者實屬不多，民國以來，就筆者所知得見此帖的恐怕不會超過三至五人，可見此帖傳世之稀如星鳳的一般了❹。

歷來記東書堂法帖的文字雖然不少，但可信者不多，已如上述，今錄其可資參考者數則於下，藉增讀者對此帖之認識。

㈠考槃餘事卷一：

東書堂帖，皇明宗室周府模刻閣帖，而增入蘭亭序文並宋人書，甚有雅趣，近復翻刻，其去周國又甚遠矣！此國朝帖。

㈡彙帖舉要：

明東書堂帖，明周憲王為世子時，手摹上石，以淳化為主，而參以秘閣續帖，並增入宋、元人書，凡十卷。卷首標題東書堂集古法帖第幾九字，一、二卷次行題歷代帝王書，卷三迄十卷題歷代名臣書，每卷末有：「永樂十四年歲在丙申七月三日書」十四字，帖首憲王序有：「予每閱古帖文，集各家之書，並所得真蹟，以嘗臨者臨之，未嘗臨者摹之，集為十卷，勒之於石」云云，尾題：「永樂十四年七月三日書於東書堂之蘭雪軒」。又有成化辛丑秋八月明第三代孫永寧王序一首。又凡例十一條，有云：「平生不樂宋人書，止有蘇易簡臨禊帖墨跡一本，甚為俊逸，猶太肥耳！故十卷所收宋代名臣僅蘇易簡一人。」

㈢永寧王書重刻東書堂集古法帖跋：

「惟我王伯考周憲王位儲時，嘗臨摹淳化閣帖，益以宋帝王暨元名臣之書，各以其人，循時代分列，為卷凡十，自序其端，刻寘所居之東書堂以日資披閱，故命以茲名。蓋彙歷代諸家法書之全，出諸一手，其用心之勤，臻藝之精，周且至矣。墨本流傳，四方皆知寶玩。奈自水患洊經，兼及於災，遂致刻本蝕缺，至有字不可讀、文不相屬者，欲求古人之筆法難矣。好事者雖累翻刻，而前弊固在，有識慨焉。予因悉取吾諸宗藩舊拂藏善本，躬加考訂，間輒臨摹以補正之，命工重刻，以復舊觀，雖未克彷彿先人用心臻藝之萬一，而於前弊庶幾免夫！且俾古人之筆法，載見於今云。成化辛丑秋八月之吉，大明□□□□□□□□□□刊。」

㈣墨林快事卷十一：

東書堂帖，此吾汴先周憲王居儲日所緝筆，筆皆出乎摹，其石之非精，刻之非良，卽與士人白屋之製，難以爭工拙，而中鋒之妙，獨得二王神髓，其視專以邊際芒双勝人者，迴隔霄泥，是以書家多祖之，似出淳化、太清上，其後嗣守者又豔書肆尖新之做，甘聘其假手改作以從僞本，遂失初意，乃其祖刻固自神奇，不致以贋奪真也，卽其續增諸字，已不可不亟滌去，況厥僞傳者乎？此中州人士之責也。

(五)葉氏菉竹堂碑目卷六：

周邸東書堂集古法帖，有續翻本及陝西本二種。

(六)彙帖舉要附錄有：

清丹徒笪重光摹東書堂帖四卷。

由上述文字可見此帖至少有四次以上翻刻之記錄，卽一爲明成化前續翻刻本，一爲成化年間永寧王翻刻本，一爲陝西翻刻本，而另一次則爲清光緒年間笪重光所摹刻者。這些重刻本，當然是趕不上原刻的精好神奇，以致有以贋奪眞之處，而不免令人對憲王之書法，產生不正確的看法，實是必須予以澄清的。

東書堂集古法帖的全目如何？我曾遍查明清兩代有關書學和碑帖的各種文字，奇怪的是自憲王去世後，五百年來竟無一人道及者，也許這就是中國碑帖之學不興的一個最好說明吧！不過令人意想不到的竟是近代以藏書聞名於世的楊守敬先生，卻於得見此帖後將其全目逐一錄入其手稿——帖目稿中[5]，誠可謂有心人了，筆者昔年於南港中央研究院發現此一資料後，眞是大喜過望，以爲百年難得一見者，亟爲錄入筆者所撰周憲王研究一書內，乃不意於十年後復得見容庚先生費時廿年，吃盡千辛萬苦所輯成之叢帖目[6]，其書則不僅洋洋大觀矣，而諸帖之子目則紀錄尤詳，即以所列之東書堂法帖全目言，以與楊守敬之帖目相較，楊帖則又不免失之疏略矣！今此帖國內已不可見，爰將容氏所錄之全目刊列於後，藉見東書堂集古法帖之全貌與風采！相信我們如能細心的將其與淳化、寶晉、祕閣諸帖作一比較，則不難有更新的發現。下面便是東書堂集古法帖十卷的全目：

東書堂集古法帖全目

第一 歷代帝王書

晉武帝司馬炎省啓帖

西晉宣帝司馬懿阿史帖

東晉元帝司馬睿安軍帖　中秋帖

明帝司馬紹墓次帖

康帝司馬岳陸女帖

哀帝司馬丕中書帖

簡文帝司馬昱慶賜帖

孝武帝司馬曜譙王帖　原作東晉武帝

宋明帝劉彧鄭脩容帖

齊高帝蕭道成破堈帖

梁武帝蕭衍數朝帖　眾軍帖

簡文帝蕭綱康司馬帖

東晉文孝王司馬道子異暑帖

唐太宗李世民兩度帖　懷讓帖　辱書帖　比者帖　昨日帖　三五日帖　雅州帖　道宗帖

所疾帖　北邊帖　八柱帖　移營帖　患痢帖　氣發帖　高麗帖　蜀葵帖　唱箭帖　秋日帖

數年帖　東都帖

高宗李治無事帖　過午帖　文瓘帖　錢事帖　六尙書帖　昨日帖　江叔帖　玄堂帖　遺弘帖

藝韞帖　枇杷帖

則天皇后武曌蚤春夜宴五言詩
陳長沙王陳叔愼梅發帖
永陽王陳伯智熱甚帖　寒嚴帖
永樂十四年，歲在丙申七月三日書。下同
東書堂集古法帖第一下同，唯卷數異。

第二　歷代帝王書

唐玄宗李隆基鶺鴒訟與戲鴻本異
宋太宗趙匡義寄張祜七律內缺數字　遠看山有色五絕王舉正記
徽宗趙佶詠鶴五絕六首　臨蘭亭序
高宗趙構曉粧七絕三首　文賦
憲聖皇后趙構妻吳氏臨蘭亭序
孝宗趙眘浣溪沙詞　鎭陽七古
寧宗趙擴瀟湘八景五律八首
理宗趙昀秋深五言兩句　金剛經頌　空腹五古絃中五絕　淹水五律　一段七絕
吳越王錢俶簷廡七律

第三 歷代名臣書

晉王羲之黃庭經 蘭亭序 樂毅論 東方朔畫像贊 霜寒帖 黃庭內景經周憲王跋 荷華帖

適得書帖 知欲帖 諸賢帖 夫人帖 蔡家帖 適太常帖缺末四字 啜豆帖 秋中帖 定聽帖

月末帖 想弟帖 重熙帖 二謝帖 比不快帖 僕可帖 頭眩帖 中郎女帖 散勢帖

衰老帖 疾不退帖 汝不帖 慈顏帖 伏想帖 宰相帖 清和帖 知賓帖 司州帖 里人帖

疾患帖 得萬書帖 熱日帖 長平帖 諸疾帖 皇象帖 遠婦帖 阮生帖 嘉興帖 發瘧帖

腫不差帖 如常帖 賢內妹帖 狼毒帖 腹痛帖 安西帖

第四 歷代名臣書

王羲之桓公帖 裹鮓帖 廿八日帖 近遣傳帖 夜來帖 來宿帖 官奴帖 快雪帖 諸賢子帖）

輸香館帖 卿女之上尚多一行） 卿女帖卿女上缺一行 破甑帖 追尋帖 臨川帖 道護帖

王略帖中缺五行 昨得帖 飛白帖 周益州帖 蒸濕帖 月半哀感帖 採菊帖 增慨帖

由為帖 脩載帖 范新婦帖 二月廿日帖 界上帖 重告帖 快雨帖 奉橘帖 奉告帖

一起帖 四月廿三帖 闊別帖 極寒帖 永興帖 省飛白帖 四紙飛白帖 奄至帖 日月帖

兄靈柩帖 僕可帖 節日帖 東比帖 何萬帖 豺狼帖 想清和帖 丹楊帖 旦反帖

鄉里帖　行成帖　見尚書帖　黃甘帖　尊夫人帖　晚復帖　阮公帖　家月末帖　蒸濕帖

不得西問帖　去縣帖　虞義興帖　罔極帖　食小差帖　十月五日帖　石脾帖　得期書帖

差涼帖　奉對帖　二月十一日帖　小大帖　遇信帖　伏想清和帖　運民帖　勞人帖

八日帖　執手帖　此郡帖　雨快帖　闊轉久帖　多中帖　雪候帖　知遠帖　荀侯帖　分住帖

多日帖　期已至帖　舍子帖　太常帖　長風帖　謝生帖　初月帖　時事帖　參朝帖

前後洛帖　二書帖　十月七日帖

第五　歷代名臣書

王羲之郗司馬帖　逸民帖　積雪帖　服食帖　邛竹帖　絲布衣帖　七十帖　瞻近帖（缺首行在逸民帖下）

龍保帖　至吳帖　省利帖　旦夕帖　諸從帖　胡母帖　旃罽帖　蜀都帖　譙周帖　彼土帖

講堂帖　嚴君平帖　天鼠帖　鹽井帖　朱處仁帖　兒女帖　藥草帖　來禽帖　胡桃帖

清晏帖　虞安吉帖　蘄茶帖　鸕鷀帖　鷹嘴帖　賢氣帖　稚恭帖　州民帖　太尉帖　二妹帖

示妹帖　增感帖　致履帖　罔極帖　久在此帖　石膏散帖　速還帖　姨母帖（缺摧剝奈何四字）

小祥帖　山陰帖　野鴨帖　敬和帖　縣戶帖　轉佳帖　大熱帖　周常侍帖　先墓帖

期小女帖　頃日帖　二月二日帖　九月三日帖　豉酒帖　丘令帖　謝生帖　東旋帖

紙筆精帖　袁生帖　筆陣圖　百姓帖　服食而在帖　豹奴帖　知念帖　言敍帖　道意帖

不快帖　小佳帖　鯉魚帖　月半帖　虞休帖　建安帖　侍中帖　敬豫帖　秋月帖　謝光祿帖

徂暑帖　月半念帖　長素帖　得涼帖　吾唯帖　不大思帖　西問帖　自慰帖　君歡帖

獨坐帖　安西帖　遣書帖

第六　歷代名臣書

東漢杜度辰宿帖淳化作漢章帝

崔瑗賢女帖原作崔子玉

張芝冠軍帖末連二月帖末三行　八月帖

蔡琰我生帖

魏鍾繇長風帖　宣示帖　還示帖　雪寒帖　墓田帖末二行誤移在常患帖之後　白騎帖　常患帖

吳皇象文武帖　頑闇帖

晉張華得書帖

桓溫大事帖　時事帖

王導省示帖　改朔帖

王敦蠟節帖

王洽承問帖　不孝帖　兄子帖　感塞帖

王珉此年帖　十八日帖　何如帖　欲出帖

王珣三月帖

王廙廿四日帖　祥除帖　昨表帖　七月帖　婕何如帖　得示帖

郗鑒災禍帖

郗愔九月帖　廿四日帖　遠近帖　想親帖

郗超遠近帖

衞瓘頓州帖

衞恆往來帖　一日帖

衞鑠急就帖

晉人書曹娥停雲作王羲之　賢弟帖　投老帖淳化作何氏　去留帖淳化作何氏

謝發晉安帖

郗恢授衣帖　承不帖　上下帖

阮籍剡爾帖

劉伶戰國策帖

阮咸奇異帖

向秀華嶽帖

王戎華陵帖

第七　歷代名臣書

晉司馬攸望近帖

謝安每念帖中缺五字　六月帖前三行移在後三行之後　告淵朗帖

謝萬七月帖

沈嘉十二月帖原作沈嘉長

杜預親故帖　十一月帖

庾亮書箱帖原作庾元亮

庾翼故吏帖　季春帖

索靖七月帖　月儀章十月十一月殘缺不成文

王循七月帖

劉超如命帖

謝璠伯江東帖

劉瓌之感閏帖原作劉璣

王徽之得信帖

謝莊昨還帖

王坦之謝郎帖

王渙之二嫂帖

王操之先墓帖　承中書帖　婢書帖

王凝之八月帖　夜來帖　知汝帖

劉穆之家弊帖

王劭夏節帖

紀瞻昨信帖

王廞靜媛帖

張翼節過帖

陸雲春節帖

王邃張丞帖

王恬得示帖

山濤侍中帖　魏卿帖

卞壼文墨帖

王濛諸葛帖

郗儉之月垂終帖

王獻之天寶帖　吳興帖　益部帖　廿九日帖　腎氣丸帖　先夜帖　百姓帖乃王羲之已見卷五

澗松帖　仲宗帖　黃門帖　外甥帖　思戀帖　冠軍帖　可必不帖　諸舍不帖　服油帖

阿姑帖　舍內帖　復面帖　還此帖後四行移諸願帖後　諸願帖　西問帖　鵝群帖　敬祖帖

佳音帖　疾得損帖

第八　歷代名臣書

王獻之洛神賦十三行柳公權跋　乞假帖　月終帖　婕等帖　極熱帖　鐵石帖　知鐵石帖　日寒涼帖

玄度何來帖　忽動帖　慶等帖　冠軍帖　新婦帖　鴨頭丸帖　阿姨帖後三行在集聚帖下

集聚帖　豹奴帖　鄱陽書帖　送梨帖　東家帖　諸舍帖　永嘉帖　鵝還帖　諸女帖　授衣帖

奉別帖　鄱陽帖　孫權帖　相過帖　夜眠帖　相彼帖　承姑帖　餘杭帖　節過帖　願餘帖

夏節帖　十二月割帖　思戀無往帖　歲盡帖　衞軍帖　靜息帖　姊性帖　不謂帖　阮新婦帖

奉對帖　夏日帖　思戀帖　玄度帖　慕容帖　薄冷帖　益部帖　前告帖　江州帖　疾不退帖

消息帖

第九　歷代名臣書

宋王曇首服散帖原作王曇

羊欣暮春帖

孔琳之日月帖原作孔琳

齊王僧虔劉伯寵帖　謝憲帖

王慈秋冬帖　尊體帖萬歲通天帖作王薈

梁王志雨氣帖

王筠至節帖

沈約今年帖

阮研道增帖

蕭確孝經帖

王彬仁祖帖

蕭思話節近帖

蕭子雲舜問帖　國氏帖　列子帖

陳毛喜事務帖

陳逵歲終帖 伯禮帖

王楨之前至帖澄清堂入王羲之

隋智永還來帖

隋朝慧則帖

隋智果評書帖

六朝人移屋帖

唐歐陽詢蘭蕙帖 靜思帖 五月帖 足下帖 比年帖 腳氣帖 秉筆帖

虞世南大運帖 去月帖 詔書帖 賢兄帖 疲朽帖 鄭長官帖 潘六帖

褚遂良潭府帖第一行後竄入謝萬七月帖末二行 山河帖 家姪帖

柳公權榮示帖 十六日帖 辱問帖

李邕晴熱帖

薛稷孫權帖

褚庭誨辭奉帖

白居易酒戶五律

第十　歷代名臣書

唐徐嶠之春首帖

陸柬之得告帖

薄紹之迴換帖缺首行

宋儋接拜帖

顏眞卿奉辭帖

張旭晚復帖　十五日帖　肚痛帖

懷素自敍　律公帖缺前三行　久在此帖　故人帖　石膏散帖　尋常帖

賀知章東陽帖

楊凝式韭花帖

韓愈謁少室題名

裴休本寺帖

宋蘇易簡蘭亭序

元鮮于樞千文跋　贈彥清五古

趙孟頫擬古等詩二十七首擬古五首，德清別業雨中遲友，露坐，暑退，蒙召赴闕別內，魚樂樓，螢英寺塔，道場山，溪

上，夜雨，遊弁山佑聖宮二首，聞擣衣，題娥眉亭，溪上，慈感寺，絶句七首　與汲仲提筆書

張與材老子像跋

吳全節與大方提點書

鄧文原題高尚書畫七古

危素杏林七古

虞集杏林詩幷序

周伯琦杏林七律

揭傒斯杏林七律

歐陽玄杏林五律

東書堂集古帖的最大特色，乃是此帖不僅版面巨大，而且有序文及凡例，這也可說是歷來諸家法帖所未見的事例。此外，從東書堂集古法帖序文及凡例中，更不難發現刊刻此帖者——周憲王對於我國文字和書法的見解之精深，及其用心之所在。由於此帖在國內已無從可見，而其序文古今圖書集成雖有輯錄，然經筆者與日本書道博物館所存之法帖比較一過，實在缺略錯漏甚多，顯有隨意刪節之病[8]！特將校正後之全文及此世所難見之凡例併錄於後，藉供同好研究：

東書堂集古法帖序

書契其來尚矣！自龍馬負圖出於河，伏羲則因之以畫八卦，而文字生焉！其後神農氏有穗書、黃帝有雲書。

黃帝之世，倉頡居史職，仰觀奎星圜曲之勢，龜文鳥跡之象，因以制字。蓋依類象形謂之文，形聲相益謂之字。字者，言孳乳而浸多也，著於竹帛謂之書。書者，如也，聖人以六藝爲教，其五曰書，書有六義，曰象形、指事、形聲、會意、轉注、假借，故書由文興、文以義起，四海之內，無不同也。自秦廢典籍，李斯變古爲小篆，程邈、王次仲作隸書、八分，兩漢因之，舍其繁而從其簡，古之六義存者無幾矣！漢末蔡邕以隸定五經，其後漢隸書與秦隸書少異，後又爲眞、行、章草、飛白等書，若杜度、梁鵠、崔子玉、韋仲將、張伯英、鍾元常之徒，皆善於書。及晉元帝渡江之後，書法大盛，右將軍王羲之總百家之能，備衆體之妙，於篆、隸、眞、行、章草、飛白等體，莫不硏精造妙，無出其右者矣！其子獻之，亦爲奇絕。歷宋、齊、梁、陳、隋而之唐，能書者輩出，於是書法自成一家，其間同異，各有所長，要之，爲書亦皆不失晉人之風度，字法之規矩耳！至趙宋之時，蔡襄、米芾諸人，雖號爲能書，其實魏晉之法，蕩然不存矣！元有鮮于伯機、趙孟頫，始變其法，飄逸可愛，自此能書者亹亹而興，較之於晉、唐，雖有後先，而優於宋人之書遠矣！

余自幼蒙尊親之教，又性亦喜書，但以不敏，未見學之有成，每欲爲書，不得晉唐人之墨跡，但規模石刻，各有不同，若古人書而集爲法帖者，始自宋太宗淳化閣帖，後有潘師旦絳帖，希白潭帖、蔡京大觀帖、留濤太清樓續閣帖、紹興監帖、劉次莊戲魚堂帖、曹士冕星鳳樓帖、曹之格寶晉齋帖，其餘瑣瑣，不可盡錄，黃伯思刊誤辯之已詳，皆本於淳化而模刻之者也。予侍親之暇，每閱古帖，文多不全，或有此而缺彼，或取僞而棄眞，或裝池失次，或模拓不工，往往難於臨習，因自不揣愚拙，集各家之字，考各代之書，並所得眞蹟，以嘗臨者臨之，未嘗臨者摹之，集爲十卷，勒之於石，以便自觀，非敢示於人以爲學也，集成，名之曰：「東書堂集古法帖」。然其間字畫多未工，或失次序，缺少者後當續之。吁！周禮以六藝教小學者，非學之小事也，聖人設教之意及人之幼，眞純未散，記識性全，使習六藝而終身可爲用。書乃六藝之一，爲學者不可不知，去古既遠，倉頡史籀之書，少有學也，秦漢篆隸，今亦罕用，所常用者，惟眞、行、草書而已，然學書先當知篆隸之源，則知字之正訛，然後學眞，眞而後行，行而後草，則臻妙矣。永樂十四年七月三日書於東書堂之蘭雪軒。

集帖凡例

淳化帖並諸家帖中，皆有尙古、倉頡、史籀、李斯等書。今集帖內無者，以法帖刊誤論其有非眞當者，又皆篆籀之書，彼自有許叔重說文、楚金通釋部敍、通論袪妄類聚等編，爲篆隸之學，茲不復錄。

集帖先之以帝王之書，次以名臣之書。其碩儒高士、黃冠緇衣、閨門女子之書，皆在名臣類中。不別立類者，以經云「率土之濱，莫非王臣」，是雖閨門女子，豈非王之臣乎？既以能書，豈非名乎？故列於名臣之後。

各代之人，以各代依次第而列之，其一代之人所出先後，不依次第，但隨筆以臨摹耳。

晉王羲之不列於本代，而列於名臣之首卷者，以其書妙絕古今，爲學者之宗匠，則列於名臣之前。

晉王獻之書法尤妙，以其字多，別爲一卷，列於晉人之後，非有所輕重列於後也。

各家帖中亦多有僞者。今以僞書昭然無疑者，或去之，或爲之改正。其若黃伯思所辨之僞字，以予學識之淺，不敢盡以爲然，姑依原本刻之。

宋人之書雖無晉唐之風度，若米芾、蔡襄輩亦皆精熟，米之小楷，亦有可觀者。予平生不樂宋人書，止有宋蘇易簡臨禊帖墨跡一本，甚爲逸俊，猶太肥耳，其他未嘗收一幅。今集帖內所以無宋朝諸公之字，以待他日得者續之。

各家有絕妙名於世之書。集帖中無有，或予未嘗收得，或前後差失、脫落不全、不可臨摹者，以待別得者續之。

王羲之之帖，模刻不同，又如蘭亭、樂毅等書，皆有少異，亦各有妙處，難於棄取。今帖中有重覆者，爲此。集帖以其字法之妙。若其人之善惡，史傳具載。觀者當取其字畫之工，又不必論其人之如何耳。

予以幼學不精，所編次者或有差誤，所臨摹者或有拙滯，達者幸以教之。又或刻永不工，點畫無法，失其字體，此又觀者當自鑑焉！

二、蘭亭修禊序帖

東書堂集古法帖刻成後的第二年，也就是永樂十五年七月，憲王又刻了一冊法帖，是爲蘭亭修禊序帖，一稱修祓禊帖。此帖之內容，首爲蘭亭序五種本子，其次爲憲王有燉之題跋，其跋云：

右王羲之修祓禊帖，為古今書法第一，自唐以來，摹搨相尚，各有不同，而傳之久遠者惟石刻存，故後世有定武、褚遂良諸家，不啻數十本，贗者尤衆，惟以定武本為逼真，其他亦有可觀者，余閱之頗多，今以定武本三、褚遂良本一、唐模賜本一，刻之於石，復書諸賢詩，倣李伯時之圖，兼禊帖諸家之說，共為一卷，讀書之暇，惟自以為清玩，非敢遺示於人，以為楷式也。

永樂十五年歲在丁酉七月中澣書

再次則爲倣李伯時刻的蘭亭觴詠圖，筆者發現此圖的內容，與明人宋濂所作的「記蘭亭觴詠圖」一文所云情節，竟然完全是一樣的，想來宋濂當初所見的圖卷，或許就是此圖也未可知，茲將宋文並錄於下，以見此圖之內容：

「蘭亭觴詠圖」一卷，相傳為李公麟所畫，觀其運意狀物，極有思致，似非公麟不能。先畫蘭亭一所，俯臨清流，上甚幽靜，四面皆簾，簾半捲，旁周欄楯，中設方几，几上硯、墨各一，紙三二成軸，一布几間，有美丈夫坐几後，冠竹籜冠，服大布衣，右手操翰，冥然若遐思，疑羲之草序時也。後列二童，一侍側，一吹火熱鼎，鼎水沸將瀹湯。前一童傍欄睨溪，溪中白鵝三，一去一反顧，一飛起波面，廁二鵝間。溪上皆崇山峻嶺，瀑布自中出三級水，置酒尊四，一童左手執袂，右入尊酌酒，一童執觴，一童執壺，夾左右立。尊前有觴五，觴各有舟如荷葉，一童執觴流於溪，一童傴立其後，舉觴次第授之，旁有小梃，觴泊岸，觸之使逝。又西有石磴，磴上覆舟一，列觴三，一童執壺注觴中，一童取酒盜飲，次畫郡功曹魏滂，右將軍王羲之。滂左執卷，回顧羲之，伸手欲索卷觀，羲之左持卷授滂未授，右執翰凝視將無塗竄然，風流之狀，猶可髣髴想見，次畫散騎常侍郗曇，左右手展卷自誦。次畫滎陽桓偉，餘杭令謝藤。偉坦腹坐，左手掀髯，氣甚豪，右執卷，倚大帶間，藤解襟盤礴，詩思久未屬，握拳作欠伸勢。次畫侍郎謝瑰，左持卷當膺，右握翰撫膝上。次畫王凝之、潁川庾友、王渙之。凝之袒兩肩，左手垂硯側，右執卷授友，友袒如凝之，方軸紙作卷，卷末紙參差以掌齊之，煥之袒如友，兩手抱膝微吟。次畫行參軍事丘旄，袒裼如煥之，伸一足坐，舉手取觴飲。次畫餘杭令孫綂、瑯琊王友謝安、行參軍曹茂之、府主簿任凝。綂翹左足，交兩手著膝，安翹右足，左手壓硯，令不動，右揩墨作汁，二人相向坐，茂之兩手執紙直垂，展轉軸之，凝袒衣露左臂壓膝上，翹一足如綂，旋首顧茂，目光烱然，次畫左司馬孫綽，斂衽危坐，若汨然無所為者。次畫潁川庾蘊，年甚耄，坐久思起，右手據地，一童挾左臂扶之。次畫行參軍楊模，衣半袒，單足起立，屈一足，揚雙袖，向前翩翩如舞，次畫王獻之、王宿之、鎮軍司馬虞說，任城呂系、府主簿后綿。獻之襟紐半敞，垂右手著地，左按膝。宿之困睫不可擘，一手撚紙作針刺鼻令嚏。說袒半衣，兩手展卷讀，系向說，右手據席，左手出臂後擱膝上，臂露者半，俯身就說作聽狀。綿足心並，翹一足，兩手持卷，夾膝，身微側。次畫參軍孔盛坦腹仰面視霄漢，翹一足，左持卷枕膝，右據地，傍一童，伏溪岸，以小梃致觴欲飲盛。次畫參軍劉密袒衣坐，左手執袂，右入水，微波動指間，前有觴，泛流而下，欲取之，旁有覆觴流下。次畫王玄之、永與令王彬之、郡五官謝繹、王徽之。玄之展卷斜視，露左手，右不見，彬之與玄之對，袒肩坐，伸手借卷。繹亦袒垂左臂，右執翰壓臂，臂癢將搔之。徽之左擎卷至顴，右操翰，欲寫未寫。次畫府功曹勞夷、行參軍徐豐之。夷、豐之相同，夷左執觴，右手夾觴側若獻豊之，豊之面仰視，揎袖至腕上，勢粗甚，右手向身北取觴，似欲酬夷者。次畫長岑令華耆，右執觴未飲，左撚髭，旁睨豊之，洋洋有喜色。次畫徐州西平曹華，右執卷，側身欲讀，左手隱。次畫王蘊之、鎮國大將軍掾卞迪、司徒左西屬謝萬、彭城曹諲、任城呂本。蘊之箕踞坐，交臂兩膝間，一握拳，一握掌，掌覆拳肯，迪半欹，舉手迎觴欲取。萬肩半袒，左按紙，右在肘下，側目視迪。諲伸右足，左持觴顧本。本翹一足，屈臂拄膝，持翰貼耳上，頭微仰若苦吟者。次畫上虞令華茂、山陰令虞谷、中軍參軍孫嗣。茂袒背，右執翰垂下欲擲，轉首共谷語。谷袒衣與茂同，右持觴浮茂。嗣拊掌大笑，一足踞。次畫陳郡袁嶠之、行參軍王豊之。豊之展卷仰首讀，背微傴。嶠之雙掌相向舞，似對之擊節者。次畫二垂柳夾石橋，橋有扶欄，二童度橋上，一持器疑貯觴者，一倚欄戟手指溪中，溪左右各一童操小梃邀觴舟收之，其側有覆觴二，舟兩，別有一童出柳下，身半露。自蘭亭至石橋，溪水詰曲，流如龍奔。溪右二十人，溪左二十有二人。其中冠者十有二人，衣皆褒如紳，各地坐，藉以方裀，或熊、虎皮，硯、紙、墨、筆各具，有詩者各係人傍。兩篇成者十有一人，一篇成者十有五人，不成者十有六人，其狀人人殊，誠可謂善畫者矣！今去永和癸丑，不翅千有餘年，計其一時人物之盛，清標雅致浮動於左尊右俎間，猶可卽此圖以想見其事。然而俯仰今昔，時變世殊，崇山峻嶺固不改於舊，而昔人果安在哉！後之人欲見不可得，徒想像於圖畫中，亦足悲矣！噫！世間萬事，往往如是，何足深道？唯辭章勞烈，足以傳世於無窮，其人雖死猶不死也，如王、謝諸人是已！使公麟復生，尚得描貌之乎？予見此卷於友人家，因借歸記其事如右，時一觀焉，則有不勝感慨者矣！

按此圖計高十三英寸，長二四九英寸，乃當今之世龍眠所刻蘭亭圖的惟一傳本，在宋、元石刻圖像日見稀有的今天，憲王卻爲我們保存了這圖像的全貌，眞是功不可沒！雖然此圖已非龍眠原刻，但這麼長的石刻圖像手卷，而保有宋代風貌的，眞是太尠見了，這對於研究古代石刻畫像藝術的人來說，其價值之珍貴，自是不言可喩的。

在上述蘭亭圖後，則爲孫綽之後序、柳公權狀、米元章跋、宋高宗御劄二通，再後則皆爲憲王楷書所錄諸家關於蘭亭之說，卽：一、法書要錄何延年蘭亭記尙書故實並唐野史。二、劉餗佳話。三、紀聞並書斷。四、何子楚跋語。五、王明清揮麈錄。六、曾宏父識。七、曹氏跋尾詩句。八、姜夔禊帖偏傍考。九、黃伯思法帖刊誤並法書廣錄。最後則殿以憲王的行書跋語，文云：「偶乘秋涼，以蘭亭諸說書此卷後，久不作楷，殊愧庸俗，但言識其事，誠未暇較其工拙耳！七月廿五日。」[8]

憲王所刻的此帖，可說高雅清趣兼而有之，且原刻之精好神奇，猶在今見諸翻本之上，這一點，筆者從明人李昌祺所著的運甓漫稿中，就找到了一項極爲珍貴的佐證，因爲他集中有一闋水龍吟的詞，就是專記他看到憲王原刻的蘭亭禊帖後，極力稱讚憲王書法之遠過顏柳，以及其刻工陳某雕鐫之巧妙為世所稀見的。原詞如下：

水龍吟

右軍真蹟蘭亭，秘藏玉匣昭陵久，翛然驚見，夜光明月，煥輝窗牖，穆穆誠齋（按憲王別號誠齋），濡毫臨出，遠過顏柳，把瓊鈎寶畫，比方古本，此本斷應居首。

寫在金箋紙上，競傳觀怎禁磨揉，故教鐵筆，違圖入石，要令難朽，羨爾良工，藝能巧妙，于今稀有，細看來，恰似生成，喝采那雕鐫手。⑨

李昌祺之為人，公正廉明，尤不喜阿附權勢，為明史列傳所盛稱，且其人亦以書法聞名於當世，故憲王此帖能得他稱讚，信非虛諛不實之詞。

　　此帖刻成傳世後，經過一百六十多年，乃由明憲宗的玄孫益王翊鈏，於萬曆十年遠聘吳中精工沈幼田及章周二人，費時十年重加摹刻，這就是今尚可見及的益王府墨榻蘭亭流觴圖卷，不過那時原刻的三本定武蘭亭已失其二，而伯時的蘭亭圖卷原來據說為大小二圖的也失其一了，甚至益王把憲王所刻的這本禊帖，也誤認為是憲王的父親周定王所刻的。故益王跋云：

> 我朝周定王分國開封，雅尚文墨，用定武肥瘦三本、褚河南本、唐模本並李龍眠大小二圖，刻之樂石，藏於內殿，世罕傳玩，而藏久石泐，未免失真。余國事之暇，頗好此帖，爰出先朝舊藏，並趙承旨十八跋，雙鈎廓填，遠聘吳中精工，再摹上石，前後十年始克竟工，吁亦艱矣！……但余此刻固不敢自謂遠勝蘭軒，世有臨池苦心者，或當識之云耳！萬曆二十年壬辰春季。

明代鼎革後，益藩重刻之石又漸散失，遂再有清乾隆年間補刻之端石蘭亭圖帖行世，此帖除卷首刻有乾隆四十五年上諭及乾隆辛丑御筆詩，可見其爲乾隆帝深所喜愛外，次序與明益王卷無異[10]，所增者明益王震寰道人萬曆丙辰仲夏一跋而已，最後則附梁國治、董誥、曹文埴、沈初、金士松跋，考證極詳，故此帖的流傳及其兩次翻刻之原委，均因此而盡明，梁氏等之跋文略云內府「得明時摹刻蘭亭敘及圖書詩跋不全端石十四段，因詳悉校勘，補行鈎摹。按是帖初刻於明永樂十五年，有定武蘭亭三本、褚遂良摹本一、唐摹賜本一，凡五帖。周王有燉爲之跋。又摹李公麟流觴圖，柳公權書孫綽蘭亭後序並札，米芾跋，附以有燉書諸家蘭亭考證並跋。至神宗二十年，益王翊鈏，因初刻石泐，復爲重鐫，加以趙孟頫十八跋，又朱之蕃跋一。神宗四十五年，益王子常遷復補刻明太祖流觴圖記於卷首。此益王父子重刻之原委也。今有燉元刻已失，而益藩之本，現存秘府。今以拓本與此石詳加審定，刻畫痕跡，不差銖黍，其原益藩重刻石本無疑，惟定武蘭亭三本已逸其二，李公麟流觴圖逸三分之一，有燉蘭亭諸說逸後一段並跋，朱之藩跋，洪武流觴圖記及趙孟頫十八跋，皆全逸。蓋當時刻石尚多，今祇存此十四段，厚各二寸餘。臣等欽承睿旨，量度尺寸，刻原石十四爲二十八段，遵照內府拓本，凡逸去不全各本，悉行摹補。其石背有添刻王羲之小像並尺牘五帖，與元刻不類，顯出俗工之手，並爲磨去，以還益藩原刻之舊。所缺定武本，以石渠寶笈中所藏宋拓摹補。其流觴圖，尊旨令畫院供奉臣賈全臨仿補刻，俾諸帖悉還舊觀。」

不過以上所說的這端石蘭亭圖帖中，諸帖雖然是悉還舊觀了，但是由清廷畫院供奉賈全所臨仿補刻的那幅蘭亭圖，經著者與益藩重刻相較，雖有形似之處，實際上已完全失去原作的神采，誠令人不勝感慨！

三、神后山神廟瑞獸碑和洋州園池詩帖

東書堂法帖和修禊序帖的刻成，都是憲王三十九歲以前的事，但是在此之前有燉是否還有其他的碑帖之作？筆者曾多方加以搜求，終於在黃叔璥的中州金石考內，發現一則被世人疏忽很久，而極有參考價值的紀錄，即永樂三年，也就是憲王廿七歲的那年，他還手書了一方「神后山神廟瑞獸碑」，刻置在河南禹州(今禹縣)的神后山山神廟內⓫，此碑的文字今雖已不可盡知，但

它的內容與永樂二年秋神后山出現瑞獸騶虞，爲其父周王橚發兵獵得，貢獻朝廷之事有關，則是毫無疑問的。至於黃氏在乾隆年間發現此碑的時候，竟沒有把此碑的全文錄下，是他個人做學問的疏忽，還是風氣使然，也就無從細究了。不過此碑的發現，不啻告訴了我們一件事，即在永樂三年，憲王的書法已經相當不錯了，要不然，他又怎敢寫碑勒石在神后山上？而且我們根據現有的資料還可以知道，那時候在他家中的儒臣如瞿佑、黃體方、王翰……等人，其書法之高妙，都是有名於世的。憲王的書法是否曾受到上述這些人的影響，這也是很難說的。

此外憲王尚刻有其重臨之「宋蘇軾行書洋州園池詩帖」一卷行世。按此帖另有碑刻石在四川巴州（即今巴中縣）係與東坡所書的另二帖即中山松醪賦及陽羨帖同刻於一石者⑫，不知與憲王所臨者是否同出一本。又憲王此帖並著錄於明人盛時泰的「蒼潤軒碑跋」內，略云：「宋蘇軾行書洋州園池詩，此帙乃東坡爲石室先生書者，周府重臨，故有蘭雪軒筆意。」⑬上述文字中要特別說明的是，所謂蘭雪軒者，正是指的周憲王，這也是憲王在世時最喜歡用的齋號，今天我們在憲王所刻的蘭亭褉帖上，還可以清楚地看到這方雅緻的齋章。雖然盛時泰的碑跋一書早已佚失，但東坡的洋州園池詩三十首，則仍幸運的全部載於東坡集內⑭，其詩蓋東坡於神宗熙寧年間，和其友人洋州（今陝西洋縣）知事文同（字與可，爲畫竹名家）者，故詩題即作「和文與可洋州園池詩三十首」，不過此一詩帖也有稱作「洋嶼詩帖」，或「寄文與可絕句三十首」者，至其書法，則不僅遒婉秀媚，更得徐浩之骨力⑮，而全詩的清麗可喜，尤不待言，想來這也許就是憲王平生雖然不樂宋人書，而又獨喜此帖，特別爲之重臨刊刻的另一原因，今將此帖的首尾兩詩錄列於後，以供同好欣賞。詩云：

湖橋

蘇軾

朱欄畫柱照湖明，白葛烏紗曳履行，橋下龜魚晚無數，識君拄杖過橋東。

北園

漢水巴山樂有餘，一麾從此首歸塗，北園草木憑君問，許我他年作主無？

又查明人陳繼儒所集刻的晚香堂蘇帖二十五卷，其帖目內亦收有「題與可洋州園池詩」帖一卷，筆者因未見是帖，故亦不敢斷言此帖是否卽憲王所重臨者，或是巴州石刻的另一翻本？容俟異日有暇，當再作詳考。

四、羲之法書和誠齋帖

憲王對王羲之的法書是非常喜愛的，所以在東書堂法帖序中，他就曾對羲之的字讚不絕口說：「右將軍王羲之總百家之能，備眾體之妙，於篆、隸、眞、行、章草、飛白等體，莫不研精造妙，無出其右者矣！」⑯而且他總覺得，若以羲之的字與其他的書家相比，他們的字不是過露筋骨，就是太嫵媚了，只有羲之的字才是超今越古的。這話可從他所撰的牡丹園雜劇內的一段唱詞中得到明證，他說：

我待臨一幅鍾繇體，蹲龍臥虎。寫一篇張旭草，鸞飛鳳舞。我待書一本顏柳帖，嫌他露筋骨。我待寫一幅子昂字，忒嫵媚。我待學一幅米老字，忒糊塗。總不如羲之字超今越古！

憲王對羲之書法的偏愛，也頗有形之於詩詞中的，如他在芸閣初夏即事詩中所述的「兔毫新試寫來禽」以及偶成一詩中所敍的「晝長臨帖寫官奴」之句⑰，都一再說明了憲王對羲之的「來禽」和「官奴」二帖是如何心儀了。還有他六十初度所寫的一篇南呂慶壽曲中，也曾述及其書法是「字習繇羲」的，可知他到了花甲之齡，還是很喜愛鍾繇和羲之的書法的⑱。他這種數十年如一日的勤於習字臨帖的有恒精神，影響所及，到最後雖宮中侍女亦不免以操觚染翰，臨其所寫的篇章以爲快事了。而人們也一直把它當作一件美談逸事來講，如牛左史恒就有周藩宮詞一首記其事說：

春殿牙籤萬軸餘，香勻風細綠窗塵；侍兒臨罷誠齋帖，函出先呈女較書。⑲

右詩所說的誠齋帖，也許會有人以爲這一定就是指的東書堂法帖了，其實不然！因此詩所稱的誠齋帖，乃憲王在日隨意所寫的篇章翰墨，又因憲王別號誠齋，所以他平日所寫的楮墨，也就被人泛稱做誠齋帖了。而最妙的則是憲王留傳下來的這些墨蹟，到後來也的確被人們裒進彙刻成册，而稱做誠齋帖。但是這帖較之東書堂帖傳世的更稀，在明朝末年已有罕見之嘆。故此帖在當今之世已無傳本，殆可想見！

關於誠齋帖的內容和刻成經過，知之者極少，只有明藝術家安世鳳的墨林快事一書中曾加以述及，世鳳平生所見法帖墨寶至夥，且撰寫該書時已年逾古稀，他於世既無所求，故立論極爲公正。據他的看法，認爲憲王的此帖實乃中州瓌寶，而爲漢唐以來所未有，其評價之高，由此可見，可惜的是我們現在也只能藉安文所記來追想其風緻了。玆錄世鳳之文如下：

誠齋帖

周藩先憲王（按卽有燉）為儲日，卽以好古精臨摹，名海內，所手翻東書堂法帖，可睹也。及嗣位，年益高，學益邃，又適太平無事之時，為善自喜，於治國睦親之暇，無日不居硯北，是以所遺篇翰甚多，而無人緝理，幾致散軼，汝陽小宗中，乃能有收拾於數十年之後裒而成集，此誠齋帖是也。其中勿論修貢、宜家、獎恬雅、戒放利，皆侯度之大者，即其一戲謔間，無非天真之和順，而金玉其質，追琢其文，不啻雙美，洵漢唐以來所未有也！今此帖傳者亦罕，況又舊搨精好，豈非中州瓌寶乎！⑳

五、憲王的書法和貢獻

憲王的書法除了前述兩位明人——李昌祺及安世鳳的稱美外，明史本傳諸王列傳中也說他善書，而焦竑的國朝獻徵錄中則說他書法遒麗可觀，此外張萱的西園聞見錄、朱謀瑋的藩獻記、管竭忠的開封府志等，更都一致稱他工書㉑，可說全都是讚美的；不過前人的看法也偶有不同的，就是王元美的藝苑巵言在稱美憲王的書法「眞行醇婉，無一筆失度」後，卻又加上一句評語，說他「特少腕力，乏風骨耳！」又說：「憲王臨池之力甚精，惜其天資少遜，紛澤有餘，膚理不足，蓋摹筆至使古人之跡，屈而從手，其於蘭亭亦然！」㉒這就是在讚美中再加上貶抑之辭的，其實摹筆能致「書法眞行醇婉，無一筆失度」，也就不是易事了。焦竑等人都亟稱憲王工書而遒麗可觀，王元美卻偏說他的字「粉澤有餘，特少腕力」，那麼世貞的這種看法究竟從何而來的？恐怕至少有兩個原因，一是他根本就沒有見過東書堂集古法帖，或是他雖然見過，也只是粗心大略的翻閱過一下，要不然怎會人云亦云的說此帖收有蘇、黃、米、蔡諸人的法書，再一個原因，就是他所見到的東書堂帖，乃是後來坊間的翻刻本㉓，非東書堂帖的原本，因爲此帖的原刻固自神奇，而其中鋒之妙，尤能獨得二王神髓，其視專以邊際芒刄勝人者，更是迴隔霄泥㉔。實未見其媚潤，誠如民國初年見過此帖的歐陽輔說得好：

> 按此帖首有憲王序，又有凡例十一條，序云：「考各代之書，並所得真跡，嘗臨者臨之，未嘗臨者摹之。」凡例云：「予平生不樂宋人書，止有蘇易簡臨禊帖墨跡一本，甚為俊逸，猶太肥耳！」以此推之，王元美（世貞）之言，殊不盡然。今諦視此帖，其小楷多臨本，樸拙鈍滯，貌似古質，所謂嘗臨者臨之也，殊未見其媚潤！其行草多與諸帖相同，但筆畫較瘦，決非臨仿所能到，所謂未嘗臨者摹之也。敍文本自昭晰，元美殆未留心，否則未見序耳！第二卷全為宋人書，不樂宋人，而於宋帝則仍崇重矣！帖有序，以前罕見，帖有凡例，則尤僅見也。㉕

平心而論，以我們今日所見到的憲王所刻的兩帖來說，就毫無世貞的那種「出於己意臨摹，使古人之跡屈而從其手」的感覺！事實上，憲王不僅楷書寫得好，而且篆字也寫得好，像清乾隆年間張淑載等撰的祥符縣志，對於這事就有着絕好的說明，今錄於下，藉見清人對憲王書法的評價：

明周憲王朱有燉，定王子也，少有志性，負才曼甚，博學工書古文辭，旁通繪事，而楷、篆尤冠絕一時，所臨摹晉、唐名賢法書，妙入山陰父子堂奧間，世稱東書堂帖，人多珍藏之。㉖

可見憲王實不僅止於工書，而且他的書法還是冠絕一時，妙入山陰父子堂奧間，獨得二王神髓的。因此，我們可以說，有此千古的論，世貞之說也就無關輕重了，甚而就是憲王的摹筆，眞有使古人之跡屈而從手的事，我們也不能一眚而遮大德，因爲古來大量刻帖的事，本就不是件易事，故往者如淳化諸帖，率多賴官刻以傳世，就很少有私人刻帖的，甚至就是出了不少書法家的元代，在它整個朝代的八十餘年中，竟連官刻的帖都沒有消息了，遑論臨摹？所以明季首開私人大量刻帖之風的，憲王的東書堂集古法帖，實其嚆矢！影響所及，以後才有晉府的寶善堂帖，肅府的淳化帖，……這眞是後世的人所不能沒其功的。試想我們對這位畢生勤於書法，既有功於開後世私家刻帖之風，又保存了不少宋元古帖的賢王，推功之猶恐不及，又何忍如元美之妄加苛責呢！

注　釋：

❶ 憲王自幼就喜愛書法，此可從其所刻東書堂集古法帖卷三，他親書的黃庭內景經法帖跋文中自謂其，「

予自髫齡之年，嘗臨之數百遍。自南還，遂失此帖，但記其半卷之文，及得舊臨者數紙，亦不全。雖曰羲之所書，又不能記果是否？然其筆意與黃庭經、方朔畫像讚等書亦頗相類，予姑臨之，置於王會稽帖內，以待他日訂正焉。」可知其概。

❷ 明史卷一百十六，第四，太祖諸子，周王橚條。

❸ 王世貞：弇州山人稿一三三、十二云：「東書堂帖者，周憲王爲世子時手摹上石，大約以淳化爲主，而秘閣續帖亦時有刪取，至宋太宗以後，蘇、黃、米、蔡諸家，勝國虞、趙、鮮于之跡皆與焉。刻成，亦曾進御。憲王臨池之力甚精，惜其天資少遜，以故粉澤有餘，膚理不足，又似徐偃王前仰後俯，僅爾肉立。此帖蓋摹筆，至使古人之跡屈而從手耳，其於蘭亭亦然。蓋雙鉤廓塡，始可免此病也。」

❹ 據我所知，日本東京的書道博物館，可能是當今之世唯一公藏有東書堂法帖全集的收藏者，但其帖亦非憲王元刻，當是所謂成化翻本，而美國普靈斯頓大學美術館雖亦有藏本，惜已屬不全之本。

❺ 楊守敬手書的帖目稿全集凡二十卷，現藏於臺灣臺北南港中央研究院傅斯年圖書館內。

❻ 容庚的叢帖目一書，計收叢帖三百一十餘種，可謂網羅宏富，足補書學之所未備者。

❼ 筆者於民國六十六年曾向東京書道博物館申請將東書堂法帖加以照相，因版權費用甚鉅，故僅將其序文及凡例照相購回，以與古今圖書集成所載之序作一比較，結果發現古今集成之漏缺部份不少，今均爲之一一校正，如本文所載者。

❽ 見周憲王蘭亭禊帖。

❾ 李昌祺：運甓漫稿卷七。

⑩ 見香港中文大學印行之蘭亭大觀。

⑪ 黃叔璥：中州金石考卷二，陳州府禹州部份。

⑫ 楊賓大瓢隨筆碑目，中著錄有蘇東坡書之洋州園池詩三十首云：「行書，在四川巴州（遵時按即今巴中縣）與元祐九年二月所書中山松醪賦及陽羨帖，同刻一石。」

⑬ 見佩文齋書畫譜卷七十七。

⑭ 見蘇東坡集卷七，題作：「和文與可洋州園池詩三十首」。

⑮ 董其昌畫禪室隨筆云：「東坡先生書，深得徐季海骨力。此爲文湖州洋嶼詩帖，余少時學之，今猶能寫，或有微合處耳！」遵時按：徐季海卽徐浩，中唐時代之書法家，草隸尤精，因曾進封爲會稽郡公，故後人亦稱之爲徐會稽。

⑯ 王世貞弇州山人稿卷一百三十六碑刻跋云：「寄文與可絕句三十首，公此書不甚假腕力，而遒婉秀媚有筆外意，詩亦多清麗可喜，豈公以此君故瓣香洋州使君耶！」

⑯ 見本篇內的周憲王東書堂集古法帖序。

⑰ 見列朝詩集卷三，乾集下。

⑱ 見誠齋樂府卷二。

⑲ 同⑰。

⑳ 安世鳳：墨林快事卷十下，頁六五四。

㉑ 張萱：西園聞見錄卷八。朱謀瑋：藩獻志卷一。管竭忠：開封府志卷七。

㉒ 王世貞：藝苑巵言。

㉓ 東書堂集古法帖，經好事者不斷地翻刻，傳世的有不少刊本，已如前述，但因重刻時或以刻石欠精，或以刻工非良，見之者既未辨其眞僞，亦未考其流傳，遂有以贋失眞，以訛傳訛，而致議論失當的事，此王元美讀書雖多而不能免者也。又此帖除永寧王翻本可看外，萬曆年間周府似尚有續翻之木搨本行世，蓋亦可以稱精好者，按肅府重刻淳化閣帖後有明李起元跋云：

「宋淳化閣帖，學士大夫競相寶重，然臨摹多未肖眞，至眞本則慨乎未有覩者，余曩歲見一帖於長安肆，輓而市之，以爲不啻精矣，既遊大梁，聞周府有臨國初賜本，復求印一帖，其筆勢飛舞，筋力遒勁，若有天巧，光采射人，視向所市者，精覺有加，頃西乘障洮河皐蘭，肅世子以閣帖跋示閱，則其先殿下亦出國初賜本臨搨，未成而以付之後者，世子時方倚廬，急圖竣工，用公海內，期成先志，可謂賢矣。周府之搨以木，肅府今茲以石，將又有精於周府者，俟更得而並珍焉。萬曆戊午年嘉平月南和李起元跋」

可見這木搨的東書堂集古法帖，不僅「筆勢飛舞，筋力遒勁，若有天巧」，而且「光采射人」，不過從永樂十四年憲王以上石刻成的原帖行世後，事隔二百年，到了李起元寫上面這跋文的時候，他似乎已經不知道東書堂集古法帖的祖本固自石刻也。

㉔ 安世鳳：墨林快事卷十一，頁七四三。

㉕ 歐陽輔：集古求眞，卷十三。

㉖ 張淑載：祥符縣志，卷十六。

又據天水冰山錄一書得知明代嘉靖年間，讀書鈐山的權相嚴嵩，當他被籍沒時，在他家中就搜出他所藏的東書堂集古法帖多達七套六十冊（實爲七十冊之誤），可見祥符縣志所稱東書堂法帖爲世所珍的話，實在不是虛妄之詞。

話說他：「山水秀絕一時，兼長花卉竹石、佛像士女，平生歸心淨域，世慮蕭淡，雖託業於毫楮，而無畫家面目，居常罕所往還，惟與王夢樓太守契合，資其書理，以爲畫訣，故每一點染，輒能超越常蹊，與古人爭勝，又其畫時得太守題識，世尤寶之。」再如光緒年修丹徒縣志也說他：「足不出境而畫名重於當世者垂三十年，病時人作畫多襲宋元皮相而實無所得，於是由文、董兩家通會古人，嘗與知音者謂：與其爲僞宋元，毋寧爲眞明賢，明賢何嘗不仿宋元，但能得其眞精神勿襲其貌耳！所收明賢眞蹟極多，日夕臨仿，又從王夢樓太史遊，太史書法超絕時蹊，蓮巢得其中鋒側使之秘，運之於畫。……皈佛後，一以宋元人及明丁南羽爲宗，寫生亦佳絕，合唐六如、惲南田爲一手，不欲僞託元人也，識者謂近時名家極多，而蓮巢宗派正而且深，當首屈一指云。」可見恭壽的畫作之能超越流俗，直可與古人爭勝的原因，除掉他自己對繪畫有特別的興趣，多方的認識和努力外，最重要的還是文治的肯以書理相授，而讓恭壽在畫作上得到書法裡的中鋒側使之秘，才會寫出別具風采的潘畫來的。

恭壽何以與文治最相契合，其最大的原因，乃是兩人的性情與喜好，都頗爲接近，而且生活上的認知亦多相同，蓋潘、王兩人少年時都家貧如洗，孝友逾人，年長後又均喜寄跡山林，皈心淨域，潘對王的學識和書法之超絕，傾心之極，尊之如良師，親之若兄長，王對潘的畫筆和才藝更是愛賞到極點，憐才惜玉之餘，也就認爲潘是人間難得之奇才，所以潘的畫作十之八九多有王的題識，潘畫一經王題，更是聲價倍增，光采奪目，故雖寸楮尺紙，得之者未有不視若拱璧者。

說起恭壽的繪事，最初他原是以模寫爲本，山水多規模文、董，而花鳥則取法甌香與陸治，雖然臨仿得惟妙惟肖，但因疏忽了書法，不曾下過大功夫，所以筆觸不免稚弱，也缺少書卷韻味，文治在歸田後，回到家鄉看出他的缺點，就鼓勵他多讀史記等書，並要他勤習筆墨，用書法上的中鋒側使來寫山水、花鳥、人物諸事，恭壽人本聰明，經文治這一指點，果然畫藝大進，令人閱之有超逸不凡之感。

文治對於恭壽除掉在書畫上不斷有所鼓勵外，更特別的是在人生的指引上、處世的道理中，他都無時或止的給予灌輸和啓發，其對恭壽影響之多與大，自是可以想見的，當然這些也是恭壽所終生難忘的。文治更把他自已的許多朋友如汪心農、唐燿卿、王蓬心等都介紹給他認識，因此文治的朋友，往往也都成了恭壽的朋友，而潘對王的知音莫屬，更是超越了所有的朋友，覺得世間最能解讀他的畫作，欣賞他的畫藝的人，也只有文治一人而已！他只要一有得意之作，總必先行送呈文治過目求正，譬如某年除夕竟日因風雨不止，他閉門在家覺得實在無聊，乃自寫山水一幅遣懷，畫成後頗覺滿意，遂卽以送贈文治並副以書說：「歲暮風雨無賴，作畫遣懷，畫成覺生動之韻，鬱鬱紙上，然世罕知此者，謹奉諸左右，以相印證。」文治得畫後，卽將其懸於齋壁，玩賞久之，欣然爲題一絕作擘窠以報之，詩云：「半幅丹青萬疊山，有人山下掩柴關；蕭蕭風雨誰來訪，繫個漁舟獨樹灣。」可見兩人傾賞關情之深。文治又有爲恭壽自寫秋林讀畫圖題詩云：「詩宗與畫派，異出而同源。妙悟匪文字，難與世俗論。華嚴萬樓閣，變化空中雲。三昧唯所現，非有典要存。槎枒兩角石，蕭寂獨樹村。此亦有何好，好之忘饔飧。乃知靜者心，別具一乾坤。勺水非自飲，誰能辨涼溫。」這也說明了王文治覺得，他對於詩畫同源的看法，恭壽才是可以理解和談論的人，他對恭壽的器重也由此可見一斑。後來恭壽去世，友朋中先後有以其生前所畫喜雨亭扇畫及自畫像送給文治看者，文治覽及不勝悲愴，曾分別爲長句及跋記之，其題畫扇詩則云：「嗚乎蓮巢儀容難再覩！此畫留傳足千古。」另題其自畫像之跋則更曰：「蓮巢年甫五四，忽不疾而逝，寸縑尺楮，貴如拱璧，余每見輒低徊不忍釋手，茲唐君耀卿，以其畫像見示，蓋其生前所摹，而圖中樹石衣履，皆其所自作也。……嗚乎！如蓮巢者，可謂古今之高人，友誼中未可多得者也！悲夫！」如此的悽愴之情，正可見他二人相交之深，友情之篤，他們的交往垂三十年而無間，誠非世俗之友誼可喻，眞是別具乾坤者。

恭壽的畫藝還得到王文治的另一位好友的指點，此人卽是前曾述及的王蓬心，也就是淸初山水畫大家，四王中的王時敏之裔孫，王的山水畫因有家學的淵源頗得黃公望法，其聲譽可說也是極高的，文治和他因爲是老友，詩酒相娛往來頗多，兩人感情極佳，如蓬心在湖北浯溪知府任上，因浯溪有山水之勝，而文治未能前往，還特地寫浯溪圖以贈，用供臥遊溪山，而兩人之詩歌酬答亦多，並屢見於夢樓詩集中文治的晚年部份，後來蓬心解組歸鄉，回太倉前還特地在路過丹徒時，停留若干時日以拜訪文治。因恭壽是常到文治家的，所以就很容易的見到蓬心，又因爲他平日就常聽到文治推許蓬心的風采，對蓬心早就傾倒，有此機緣遂向蓬心請教畫法，蓬心自是高與，乃以米元暉之「宿雨初收，曉煙未泮」八字授之，要他從觀察實體，把握生動的景象作起，以增強畫作的氣韻，這也就是潘畫早年雖由文、沈入手，而晚年卻能兼得香光、小米墨暈，畫面顯得特別清腴妍冷，令觀者有塵眼俱淨之感的主要原因，而恭壽自已也說：「吾受蓬心先生教，逾十年，始能實證也！」可見恭壽的十年用功之勤，畫藝之有成，亦殊非易事。

恭壽不僅畫藝超俗，即印章篆刻之事亦甚精彩，前面說過他極好臨仿古人名蹟，不論山水花鳥人物，無不神似妙肖，其韻味有時且超過原作風采，眞可說得上已達到足與古人抗行的境界，他畫文徵明的山水如此，畫陸治的花鳥也是如此，所以極得王文治的器重和贊美。一次恭壽又臨摹了一幅趙孟頫的人物畫——中峰禪師像，王文治看他畫得幾與眞本無異，遂亦在該畫上臨仿了趙氏所作的題贊，兩人看到這幅幾可亂眞的合作，文治不覺起了好玩的童心，也不署明係兩人所臨仿，就對恭壽說，我們不妨開個玩笑，就讓這畫流傳出去，試試看以後有沒有人能識得出是仿作的，恭壽覺得有趣，就又臨仿了幾幅中峰人像，同時也自行仿題了趙贊，至於畫幅上的孟頫印章，當然也都是恭壽所仿的傑作，這些畫流出去以後，不意事過多年，這其中兩人的合作畫，在乾隆五十六年竟流傳到當時北京的大書法家翁覃溪手裡，翁在劉覽再三後，也看不出是仿作，乃定爲文敏眞蹟，並加以題識說：

截斷紅塵石萬尋，衝開碧落松千尺；巖花朶朶水泠泠，楊柳一瓶甘露滴。此中峰自贊也，中峰名明本，錢唐人，所居曰：「幻居庵」，少於趙文敏九歲，此像文字系以贊，在至大二年，時中峰年四十七也。乾隆辛亥，正月人日，北平翁方綱。

以後又過了十年，這畫輾轉流到瓜洲的高旻寺，爲該寺的住持高僧如長老珍藏，嘉慶六年，文治到揚州路經瓜洲高旻寺，因與住持相識，受邀住該寺之篔簹清夢齋，留宿多日，長老遂將所藏之中峰禪師像出以示文治，請其鑑賞，文治看到後，立刻就認出這是以前他和恭壽兩人的遊戲之作，如今竟被人當作古文物來看，心裡實在過意不去，覺得是對世人的一種欺誑，遂向長老自爲發露，而成爲藝壇的佳話，不像今人，有些名家仿作了古人的假畫，卻至死還欺世無諱，不肯有所發露，所以這也可看出文治的眞性情如何了。

恭壽的書法，因爲得力於文治的鼓勵，進展極大，他最初是學的褚河南，行楷頗見秀逸有致，其後他也寫篆隸，論者每稱其尤爲古雅，可見他所寫各種書體都有其不凡處，這也是可以從他的一些傳世畫作上，他所留下來的題詩和款識上看得出來的。不過他大多數的繪畫佳作，幾乎還是請的王文治爲之題識，王也極爲樂意，有時一本恭壽的畫册，文治看得喜歡，他更會逐頁的題跋，有的還會一題再而再題，而江南人士，亦無不以擁有這樣的一本潘畫王題的畫册，或一副畫軸以爲榮的。事實上這些作品也的確稱得上是珠聯璧合，今從有王題的畫作看，恭壽的畫都是特別用了心的經意之作，眞是墨潤筆精，山水有情，而王的書法更是神采飛動，飄逸有緻。對於恭壽的畫作，王更是讚美不迭，如他跋潘的一本畫册，稱恭壽的書法日有進步，甚至都不必讓他在每幅畫上再爲題識以增其貴重，他說：「蓮巢近日書格日進，不欲余以魚目混珠。」又題其山水畫說：「蓮巢近日之畫，百變不窮，其胸中造化，吾不得而測之矣！」再題其仿董香光山水圖也說：「蓮巢近日作畫，深得力於香光煙雲來往之妙，此幅乃余爲心農大兄代索者，尤其經意之作！」可見其鼓勵有加。此外文治的夢樓詩集中，也載錄了許多他對潘畫極其稱贊的題詠之作，今並錄舉三首於次，以見其概：

潘握賓山水

仲晦詩中雨，元暉畫裡山；三篙流碧玉，一角露煙鬟。之子足幽興，無人常掩關；盈堦書帶草，當路不須删。

題潘蓮巢畫卷

六朝煙雨接寒汀，山到金陵不斷青；卻望海門天盡處，數帆如豆雨冥冥。

潘蓮巢羣卉卷子

詩人腕底有春風，千朵花枝頃刻紅；惹得庭前雙蛺蝶，尋香故故繞簾櫳。

恭壽除了書畫俱佳外，詩作亦頗有可稱，或說他的詩有王孟風格，讀之令人起孤鶴唳空之感，也有人說他的詩具有逸情遠韻，讀之可令人絕塵俗想。丹徒縣志則稱其五言詩簡淡有唐人風，而文治則尤為讚賞，謂其自寫之詩與詩意圖堪稱合璧，惜乎恭壽的詩，當時並未能刊印成集，故多已佚失，今就個人輯得之恭壽作品中，略舉數首於後，以見其文采：

黃葉和王夢樓

眾芳消歇盡，楚客已關心；復此黃葉落，蕭森楓樹林。野渡夕陽亂，僧樓夜雨沈；記向吳江別，迢迢直到今。

宿深雲庵

寂寂松間閣，悠悠三宿停；雲根裁作枕，夢蔓結為櫺。山鼠窺廚黠，鳴鳩喚雨靈；聞鐘就僧飯，供給漸忘形。

自八公洞登小九華山訪何江樓

一笠白雲頂，下窺諸界天；路隨峰宛轉，花與屐纏蓮。忽聽清鐘發，遙看蘿經煙；孤樽勞久待，暫醉亦前緣。

蒜山渡口送別

山寺梅升明月樓，春風江上木蘭舟；前宵歡讌今宵別，不為多情也白頭。

深雲庵聽雨同舍弟樵侶同鮑海門先生翠棕閣坐月韻

擬向山中坐月華，鐘聲初定雨聲斜；僧徒話舊疑經刼，兄弟連床宛在家。點點空階淨塵夢，冷冷幽澗落巖花；此間自是清涼界，欲問三乘出宅車。

恭壽和王文治的相識極早，據夢樓詩集中一首「題潘氏自寫秋林讀畫圖」的詩說，文治初識恭壽時，潘才不過是個垂髫之齡的孩子，印象裡那時的恭壽，皮膚潔白，面貌端好，美得像個女孩似的，潘另外還有個同窗好友鮑雅堂，長得也是非常俊美，兩人在一起，實在有如玉樹臨風，雙株並秀，以後文治離鄉外出，竟有將近廿年的時間未和他們相會過，及再見面，不意早已華髮滋生，回首前塵，往事歷歷，覺得世間的碌碌實由自取！眞有心為物役，不勝奈何之感，文治並有詩載其事云：

憶余初識君，君髮始垂額；端好如女郎，皎皎潔白皙。相知有鮑子，玉樹雙株碧；夜窗聯詠處，寒月梅花坼。廿年一分手，往事盡陳跡；塵氛各自櫻，流光那暇惜。今看畫裡人，風味宛疇昔；秋風動疏林，落葉鏗墮石。而今華髮滋，回首慚物役；卷中好山多，一角借棲息。

文治的年齡比恭壽剛好長十一歲，據上詩「君髮始垂額」一語的判斷，則可知他們的初次見面，很可能是在乾隆十四、五年之間，此時文治約二十歲左右，恭壽大概也只有九歲，以後文治去北京、琉球、滇南等地，前後二十年未再見及恭壽，等到再次見到時應已在乾隆三十四年上下，其時文治當已屆不惑之年，恭壽則廿九歲，今查夢樓詩集，始見文治的題潘畫詩，其最早可知者，適在乾隆卅三年，則以上的推斷，當較近事實。以後直到乾隆五十九年，恭壽下世前爲止，整整的廿六年，他們兩人間的往來，似乎都沒中斷過，又據其詩集中所透露之消息，這期間他們還常結伴到山寺中住宿，享受山裡的清淨禪悅，有時蓮巢在山中，而文治卻因臥病在家，未能前往，也會感到無限懊惱，如他有病中和潘蓮巢山中早秋詩云：「涼意起林表，肅然知已秋；亂蛩鐘外響，清澗月中流。臥病方支枕，無緣共勝遊；遙憐未能寢，深夜倚山樓。」有時也會邀一些朋友作文酒之會，賦詩唱和爲永日之歡；有時他們也會到外地去走走，如錢泳的履園畫學卽載有恭壽常與文治到蘇州走動的事，當然，也有不少時間他們是以書畫合作的方式，以維生計的；不過，他們雖託業於毫楮，卻無一般書畫家貪圖錢財的可憎面目，因他們早已勘破人間的富貴榮華，世事的變幻無常，一切都不過是煙雲過眼，如果爲了生活的享受，竟身爲形役，豈不慚愧，名利既已是身外物，則又何屑斤斤於書畫資的計較！

總之，恭壽一生，受知於文治最多，而他對文治也最稱莫逆，他們二人在乾隆時代，一以書名動天下，一以畫名聞當世，而恭壽則不僅以畫藝稱，卽其詩與書法也有足道者，因之他在文治的眾多朋友中，也算得上是詩書畫三絕之一人。遺憾的是他只活到五十四歲，與周書所說「恭則長壽」的話，實在不太相合，否則他的成就，或當更不止此也。

主要參考書目

王文治：夢樓詩集
蔣寶齡：墨林今話
何紹章：丹徒縣志
錢泳：履園畫學
竇鎮：國朝畫家筆錄
龐元濟：虛齋名畫錄
潘王合璧畫冊

姚鼐與王文治的友情

姚鼐字姬傳，又字夢穀，因居家室名惜抱軒，或稱爲惜抱軒先生。他是安徽桐城人，出生於清雍正九年（西元一七三一），卒於嘉慶廿年（西元一八一五），享壽八十五歲。鼐爲人風規雅峻，詩文並佳，少年時代曾受業於劉大櫆門下，後來且成爲倡導唐宋古文的桐城派大家之一。他主張爲學要博聞強識，用心冥求，不自矜尚，既不可守一家之言，亦不可專執己見，以去其狹陋。又謂讀書者求有益於身心也，洛閩義理之學，尤其關於世道人心，爲不可誣者❶，故人生在世，敦實踐履，倡明道義，維持雅正，則最爲重要。

在仕途方面，姚鼐係於乾隆二十八年成進士，改翰林院庶吉士，卅三年充山東鄉試副考官，卅五年再充湖南鄉試副考官，卅六年充會試同考官，累遷至刑部郎中。及四庫館開，爲劉文正所薦，遂爲纂修官，三十九年書成，乃乞養歸里，其後並從事教育，陸續主掌梅花、紫陽、鍾山、敬敷諸書院，任講席者凡四十年，其間經其汲引獎掖而成名的學子也不少。

姚鼐少時家庭比較窮困，身體也相當羸弱多病，但自少卽知虛懷向學，雖簞食瓢飲，亦不改其樂，他私心每以當學如康成，文如退之，詩如子美爲自期❷，至老尤勤奮不倦。他的爲人與爲學，都對清代的經學及文學產生深遠的影響。

姚鼐也是王文治眾多交遊中，最爲契好的一位朋友，他們間的友誼之深，交情之厚，不但在當世無出其右，而四十八年之長相交好，卽古往今來之文人名士中，亦屬罕見，但他們的往還情形，今人知之者則不多。

姚鼐的著作甚多，計有惜抱軒文集十六卷，文後集十一卷，詩集十卷，九經說十九卷，三傳補註三卷，老子章義一卷，莊子章義十卷，書錄四卷，法帖題跋一卷，筆記十卷及惜抱軒尺牘等，皆極具有學術價值，爲世之學者所推服。

姚鼐年齡比文治小一歲，他兩人相識於乾隆十九年，地點卽在北京，其時文治廿五歲，姚則廿四歲，可說正是英雄出少年的時代。姚爲人忠誠敦厚，襟期瀟灑，不但相貌長得眉宇清朗，卽身材亦清癯如鶴，有玉樹臨風之姿，而且文采斐然，故文治與其晤談甚歡，過從既多，傾賞特甚，頗有惺惺相惜之意，並譽其人不獨有蘭蕙之質，其詩亦有冰雪照人，莫之可禦的氣勢，如那年春間在京師，他卽有病起貽姚姬傳五言古詩一篇，說明他連朝因病困臥高閣，以致多日未能與姚把袂晤談，而起種種思緒，急欲與之相見情形。詩云：

杜門臥高閣，養痾下重帷，起看草木長，始覺春光移。眷言素心友，幾日音塵違，未能快談燕，何以展思私？在昔賢達人，聚散恒無期，譬彼風中萍，倏忽成乖離。念茲愴懷抱，出戶披我衣，急欲一相就，風颸侵人肌。浮雲起天末，對之增遲回，思君蕙蘭質，誦君冰雪詩。❸

至於姚鼐對文治的為人之豪縱，以及才情之出眾，也是欽慕之極，眞是相見恨晚，他有柬王禹卿病中長句，詩裡就有極稱其才者，如：「君才磊砢出千尋，匠石如逢任梁棟，雕鐫緣飾合成名，枉耽清吟如鳥哢。」更有說他文章華美為軼世之才而自慚弗及者，如：「愛君力疾劇清狂，尚有瑰詞成酒中。跌宕寧非軼世才？激昂頗負窮途慟。從來烈士志濟時，一割鉛刀貴為用。不然脫屣去人間，肯伏光範稱鄉貢。君懷奇興逸如鴻，我逢有道慚非鳳。」❹在姚鼐當時所寫的另一首，給文治的贈詩中，對於文治，他也是推許有加，而且覺得文治對他的揄揚關愛，實在超過太多，詩中他也再次稱讚文治為不世之才，如：

君方銳敏有奇懷，遠駕千古誰能共？渥渥天馬忒跅弛，那遽柔心受持鞚。高掌擘分二華岳，開胸吞納九雲夢，何由菖歜獨嗜余，不惜揄揚雜諫諷。心親料應塵埃稀，迹奇反致嫌猜眾。……磊落君才祗自知，支離余德彌無用。慚非大廈任栟櫚，耻作小璣號游貢，神全

聊當比木雞，德衰豈敢歌芭鳳。❺

不過姚鼐對詩作的興趣，最初還是得之於文治的鼓勵，這是很明顯的可從姚的一些詩文中看出來的，例如他在一篇序文中就曾說過：「鼐初不解詩，嘗漫詠之以自娛而已！遇先生（文治）於京師，顧稱許以爲善，後遂與交密，居間無日不相求也。」❻而那時他們雖然家境都不是很好❼，卻全是才華橫溢，很有抱負的年輕人，此外還有一位叫朱孝純的朋友，也是頗喜詩文很有志氣的，姚鼐於乾隆十七年到北京後就和他相知了❽，並認爲他實乃天下絕特之雄才，遂將之引見於文治，由於三人生活相近，趣味亦投，所謂同明相照，同氣相求，從此就結爲訢合無間的好友。他們在個性上都有一個特點，就是純眞樸質，既有傑出的才華，又有濟世的理想，而在封建的大環境中，他們卻落拓燕市，儘管豪氣干雲，卻又有志難伸，有時攜杯小聚，酒酣之餘，則不免狂歌當哭，爲人側目，最特別的一次就是那年中秋日，他們在京師郊外黑窯廠的集會，姚鼐事後曾回憶說：「一日，值天寒晦，與先生（文治）及遼東朱子穎登城西黑窯廠，據地飲酒，相對悲歌至暮，見者皆怪之。」❾他們三人的意氣風發，也於此可見一斑。姚並有詩誌之，詩云：

八月十五日與朱子穎孝純王禹卿文治集黑窯廠

寒吹動關河，登臺白日俄。孤雲高渤碣，秋色渡滹沱。海內詞人在，尊前往事多。夜來明月上，鳥雀意如何？⑩

關於他們的相識，以及在黑窯廠相對悲歌的這段經過，文治說得更清楚，他說：「余年二十有五，以選貢入都，欲得交當世之賢豪，其初得桐城姚姬傳，姬傳經學深醇，古文辭不讓唐宋人，踐履似宋之儒者，余愛且敬之。姬傳又爲余言子穎，訪其家，坐客無毯，而豪氣橫眉宇間，出所爲詩讀之，如與李太白、高達夫一流人相晤言也。三人者，既相得歡甚，因相與訂交，嘗登黑窯廠，酒酣歌呼，旁若無人，翌日傳聞者，或羨之，或笑之，子穎皆不以屑意，顧窮且益甚。」⑪另在夢樓詩集中，文治也曾有賦詩以述其事，並說到那時的他們：

仗劍遊燕市，共將肝膽論。桐城姚夫子，及君為三人。握手登高臺，酒酣氣益震。昂首視白雲，開襟向青旻。共負千載志……。⑫

如此的肝膽相照，又怎能不成爲一世的知己？眞是六合浮雲，有此佳話，亦足以流傳千古了！

乾隆二十一年翰林侍讀全魁，因册封琉球國王使琉球，文治時在京師，雖志未得伸，而頗有書藝才名，遂爲全氏招請邀同渡海，友人如姚鼐等皆以風險過大，相聚涕泣挽留之，文治則不以爲意，但欲窮溟渤之海，以開闊心胸，終不聽眾人之勸，行前姚鼐乃爲書朱竹垞題汪舟次乘風破浪圖詩以贈⑬，文治卽攜以隨身同行，及抵琉球之姑米山，竟遇風被難，遭覆舟之險，幸得救不死，文治檢視所攜行笥典籍，公私著述，漂蕩殆盡，說也奇怪，獨姚所贈書蹟猶在，文治在展對反復之餘，遂有賦詩懷人之作，說明二人年前在京師的心期之重，來往之勤，幾乎到「一日三度無厭時」，他們還有著對書法的共同愛好，總是「斷碑古碣同搜求」，而且他認爲姚鼐的書藝更是「點黐意造生古姿」，可說是讚美到極點，玆錄其詩於後，以見其概：

蛟涎龍跡何淋漓，濤痕重沓堆亂絲，開緘發篋涕漣洏，故人臨別手所持。去年共君住京師，巷南巷北勤追隨，一日三度無厭時。愛君初不工臨池，點黐意造生古姿。余綰春蚓君不嗤，斷碑古碣同搜披，自許駏蛩靡改移，豈圖轉眼成別離。相思中外音書隔，海水無情浮遠碧。高樓何處哀箏急，卽日遂良鬚鬢白。⑭

那年中秋夜，文治人在海外，獨坐筍崖，覽風景之不殊，對月懷人，念及去年此夕，他還和朱孝純及姚鼐三人在京師有陶然亭望月之遊，今乃漂泊異域，而風景亦大不同，不免自傷其行跡有如轉蓬，於人生之離合無定，尤多感慨，遂有筍崖坐月之作，詩云：

海於天地物最鉅，荒怪俶詭靡終窮；有時駭水萬里激，掀天振地飛驚淙。黑雲壓空生晝晦，杳冥上下迷西東；今夕何夕風色靜，纖塵不動波溶溶。誰碾冰輪上碧落，乍開塵匣懸青銅；此間風景最殊甚，如毯細草鋪蒙茸。雲根獨據看秋影，九州一氣蒼煙通；生平一二賢豪士，詩飄酒榼到處同。去年帝京今海外，自傷跡蹤真旋蓬；浮生離合豈有定，亦如海水遭天風。故人儻問近消息，汎乎不繫舟乘空。[15]

這首今夕何夕的懷人之作，雖有孤鴻去國之嘆，而九州一氣蒼煙通，寫來卻極爲雄奇有致，不僅後人讀之頗爲喜賞，即他自己似乎也很得意，譬如曾爲其珍藏並傳世的明代大藝術家石濤的山水册頁上，就題有他年輕時的這一作品[16]。

文治於琉球歸來後，即赴揚州入秦蕙田之門，秦氏即秦文恭，經術湛深，著述甚多[17]，當時同學從遊的除文治外，尚有姚鼐和後來官至吏部尚書的王嵩，關於此一同几共硯的事，姚在文治罷官歸鄉後的數年，還特別賦一長詩來追憶前塵，並述及那年文治與他攜手往訪少林時，正是天寒地凍之日，姚詩中雖不免感觸良多，但寫當時三位年輕人對話相處的情形，則極爲生動鮮明，其景象既活潑又有趣，堪稱敍情中難得之佳作。詩云：

我初訪子在揚州，天寒攜手王夢樓。破窗鐙暗風颼颼，擁褐無伴聲伊優。推闔徑入驚仰頭，王君戲子令子求。指我君識是子不，多君曾未一面謀。道我姓字能探喉，王君撫掌笑合眸。一朝省試同見收，無錫尚書賓館稠。朝退論經幾客留，召我與子時從游。王君先達居上頭，我才於世真一鯫。俯仰郎署斑生髟，尚書零落今山邱。王君放浪江湖舟，邈然罷郡歸幾秋。笑我滯迹猶貪媮，君如百煉不改鏐。名在吏部將鳴騶，偉建功業為民休。正當容我狂不羞，少日讀書老壯猷，回思故迹真雲浮。（夢樓、少林及鼐，皆出秦文恭公之門，而夢樓為前輩）⑱

又據袁枚說：「乾隆戊寅，盧雅雨轉運揚州，一時名士，趨之如雲，其時武進劉映榆侍講掌教書院，生徒則王夢樓、金棕亭、鮑雅堂、王少林、嚴東有諸人，俱極東南之選。⑲」按戊寅爲乾隆二十三年，是文治於乾隆二十一年去琉球，二十二年回國後即負笈揚州，初在揚州書院與王少林等受教於劉映榆，而後姚來揚州，始再與文治及少林同入秦氏之門下，揚州年輕文士極多，如袁枚述及之諸人，後皆以文名噪於世，並多中榜，文治的夢樓詩集卷三揚州集，有詩四十九首，其中頗多邗江小集之作，正是此時作品，讀之亦可想見他們少日的文會之盛，歡樂之多，前人風雅，實足令後世懷想。

乾隆二十三年戊寅之冬，文治二十九歲再入京師，館於侍御蔣榕盦邸寓，即居其家之漱六山房，其二子皆受學於文治，次年春友人劉樸夫南歸，文治於揚州諸遊舊頗多思念，有詩記感云：

「年行已長歲月遒，出門望之增百憂。永言思我良朋儔，欲往從之路阻修。客星前年聚揚州，臭味似漆膠中投。朱花照春白月秋，時杖短策緣山邱。更攜清醽挐扁舟，喈喈眾鳥鳴相酬。分知人天一輕漚，此樂他日難再求。……寒移暑序未一週，果然縱跡滯飄流。……」[20]其詩甚長，今不全錄，當然他最想念的朋友還是姚鼐，此可從他當時接到姚的一封書信後，所作的另一首詩見之，其詩云：

送張煦生歸桐城因寄姬傳

海外苦相思，中原復離索。揚州聚散地，回首煙漠漠。昨傳尺書至，歡喜狂欲躍。再讀新詩篇，沉思慘不樂。秋颸鳴紙窗，白月下西閣。歲時不我待，襟抱焉所託？棧豆繫奔駒，樊籠困飢鶴。與君夙昔意，恐便成飄落。緬懷嚴子裘，欲採龐公藥！[21]

不過此時姚已由南昌回安徽桐城[22]而文治則在京師，在功名上二人皆尙未有著落，不免有困駒籠鶴之嘆也。

乾隆二十八年癸未，文治以御試翰林第一擢侍讀署日講官[23]，這時候他寓住京師已經五年，居宣武門外珠巢街丁香館，因宅內有丁香花紫白各二株，遂以館名，而姚鼐亦以是年成進士，算起來他要比文治進士及第晚了三年，不過考上進士，生活並不見得就完全改善了，但這一點並不能減少他們經常的來往，簞食壺漿也自有其樂趣，如這年之冬，某日雪後，姚一早就曾和許多朋友同赴丁香館，去找文治談敍，文治雖有晚起的習慣，聽到好友的敲門聲，就高興地起床出來迎接他們，在家中的招待雖有盤飣不周之苦，而簡單的酒菜，快意的談笑，卻使他們忘卻飲食之美的追求，竟至自朝至暮相聚不去，而主人也毫不厭煩，還希望他們多來幾次，這種美意佳情，文治也有詩記之，詩云：

雪後程于門、曹來殷、吳沖之、趙損之、姚姬傳、宋小巖見過，分韻得周字

客臥愛晚起，推窗凍雪幽。剝啄得良友，忍寒為我留。坐久見霽色，暮景閒庭收。對此展懷抱，鵝黃酌瓷甌。官貧乏僕御，盤飣苦不周。所欣縱談謔，快意忘更籌。月光晃積素，併作銀濤流。庭院半弓地，曠如萬里游。莫厭數相過，家醞堪歸謀。㉔

翌年即乾隆二十九年甲申初夏，文治由翰林侍讀除雲南臨安知府，他在京師的快意生活，一夕之間整個都改變了，正如他自己所說的「五年琴酒中，一夕雲山外」，從繁華的京師要走過千山萬水，奔向有如海角天涯的滇南，未來如何？一切皆不可預知，他一路南行，從河北、山東而江蘇，及抵揚州，已近端午競渡的日子，想不到又與在春間就先行離京返鄉，而逗留於揚州的好友姚

鼐，竟不期而遇了！揚州以前就是他們負笈的所在，朋友很多，所以大家就約在早上，一起泛舟同遊到平山堂的棲靈寺，途中雖然是樓閣管絃，錦帆畫舸，楊柳暖風，翠袖紅妝，好不熱鬧，但分袂在卽，二人都是明日又天涯，姚去安慶主掌敬敷書院，王去雲南爲郡守，眞是感慨無已，遂各賦詩贈別，其中姚詩雖爲長篇，卻更可見得其關情之處，有溢於言表者，他不但對於文治的一麾出守，鼓勵有加，且美喻之爲鳳凰南飛，肯定他未來的教化之功，而本身則自愧爲虛聲不如。文治則希望他年能告老歸田，與良友來此共享山水之勝。今並錄二詩於次，以見此二人情意之深：

揚州侍潞川招同姚姬傳泛舟至平山堂

王文治

雨槳琉璃打夕曛，故人載酒意殷勤。蒲荷澤國浩如海，樓閣晴天高入雲。稍喜近鄉親舊俗，（時觀龍舟競渡，龍舟吾潤最勝也）似忘明日便離羣。（姬傳亦以明日歸里）何年解紱同來此，老占山光植杖芸。㉕

與王禹卿泛舟至平山堂卽送其之臨安府

姚鼐

往年與子游揚州，紅蕖盡落陂塘秋。秋風吹江上海月，照見蒼煙吹笛之孤舟。形骸放浪各無累，釣竿只欲垂滄洲。君後文辭動天子，起家簪筆承明裡。我復逢君向鳳城，對把清尊思故里。春日辭君返鄉縣，江草江花不相見。何意昨宵明月來，重照揚州故人面。一麾出守未須嫌，且泛江南水如練。江南水暖揚州城，亭閣半空絃管聲。垂揚一棹千絲輕，船窗玉面歌童出，捧手迎君如有情。錦帆畫舸競朝渡，翠袖紅妝看晚明。松風吹入棲靈寺[26]，一片斜陽渡江至。江雲葉葉向南飛，繞遍吳山萬重翠。青山雖好不留君，為念來朝復秋思。愁思迢迢送別離，勸君努力向天涯。鳳凰須下滇南郡，處士虛聲何足奇。[27]

文治到雲南臨安府（今建水）上任後，適逢征緬之役，大兵過境，地方供需爲苦，他一介文士，迭往迎來，自難應付裕如，深感折腰之累，故在其旅滇期間，所寫南詔集中，偶亦有勞苦厭煩之辭可見，如他初入臨安郡詩有「無能縻廩重，簿領敢辭煩」之句，及答陳望之詩有「簿領堆中漫一年，晴窗攤飯不成眠」之語，爲官之索然無味，概可想見[28]。所幸他人緣不錯，總算熬過三年，獲得降職還鄉，眞是如釋重負，從此浪跡江湖，倘佯山水，過其悠閒自在的文士生活，他在雲南期間和頗有文名的商寶意、朱桐野等都有密切的往來，在當地也留下不少佳話，但是他最高興的乃是和朱孝純在昆明竟也不期而遇了，雖然是匆匆相聚，但好友姚鼐的影子，卻又再度出現在思念中，其感觸自是溢於言表的，他在滇中時，就有詩說明了這種特別的感情：

余本江海人，流浪不諧世。山水及友朋，此外非所嗜。平生姚（姬傳）與朱（子穎），交親誼尤摯。飄蕭天一方，萬里每縈思……。[29]

後來姚鼐也得到消息，知道文治將解印回鄉，也就特別寫了一首詩，寄給文治以表想念，說他記得在三年前的五月裡，送文治出守滇南時，正是夏天季節，江水已漲，如今聽說文治已回到家鄉，因爲滇事煩擾，頭上都已經長了白髮，好在現今總算已離開官職，可以過自在的文士清狂生活了，他也想像到文治返鄉時，獨自一人乘船順長江而下，經洞庭，過襄漢，以接於金焦，這一路都是秋天裡的山山水水，煙波浩渺，極目無窮，一片空闊，實在令人懷想，就是不知何時得再相見，現在也只有如空山縱桂彼此遙想望念了，此詩之著情處，通篇自首至尾，無不有之，堪稱懷人之絕作，詩云：

懷王禹卿太守

大江五月水湯湯，送爾西南守夜郎。聞道還家生白髮，可憐解印縱清狂。天垂襄漢涵秋色，水下金焦接大荒。青草洞庭還獨去，空山縱桂渺相望！[30]

姚鼐對文治的感情，還表達於他寄給朱子穎的另首詩中，首先他認爲自文治入滇，內地就沒有再看到像文治那樣有才華的人了，其次他說文治浪跡西南，總算已經回來，最後又回想到他們年輕時，在京師的一次重九登高，大家飲酒悲歌的往事，猶自歷歷，而在這個世上，能夠像他們那樣眞情畢露，相談論心的朋友，實在太少，又怎能不令人想望不已？寫來眞切感人，也是別有風味的思舊之作，詩云：

送朱子穎孝純知泰安府

禹卿自入滇南路，不見凌雲作賦才。剖竹西南仍放浪，掛帆江漢竟歸來。往年使酒同燕市，九日悲歌上高臺。此世論心常恨少，至今想望各懷哉！㉛

乾隆三十五年（庚寅）冬文治去西湖，次年春掌教於西湖之崇文書院，湖上之四時景色，朝暮晴雨，領會殆遍，遂自號爲西湖長，時姚鼐在金陵，頗想念之，有詩云：

寄王禹卿

竟日無人至，蕭蕭風雨涼。棲臺憑晚霽，天地正青蒼。思爾西湖去，孥舟春草長。無因聞玉笛，煙月夜琅琅。㉜

文治在杭州時，適亦乾隆帝南巡之際，某日乾隆於西湖僧院，見文治所書碑字，大爲賞愛，內廷臣有告之召其出者，卒以文治未應，其事遂止。鼐聞之，頗爲文治未再出山，而得享林下之樂有所喜，特再以詩寄之，詩云：

王氏風流草隸兼，江東行樂且遲淹。解官誓若歸元早，合妓情多聽不厭。家作道民輸斗米，身惟服食乞戎鹽。練裙團扇名皆貴，豈必名高署殿檐。㉝

蓋此時文治既以書名動天下，江南人士對他更有「天下三梁，不及江南一王」之訣，海內求其書者，亦歲有餽遺，故其生活頗爲富裕，自非臨安太守時之官僚俸少可比也。文治既富有，又雅好戲曲音律，故家中遂蓄養歌僮多名，教之度曲，行無遠近，必以歌伶一部隨行，客至其家，亦往往張樂共聽，窮朝暮不倦，所入率費於聲伎，或有諫之者，亦不聽，頗自得其林泉優遊餘情之樂也㉞，故姚鼐詩中遂有「江東行樂且淹遲……合妓情多聽不厭」之語，今人皆知文治以行書名世，而少有知其兼擅草隸者，姚鼐本身之書藝甚高，而極稱之，可見文治書藝之廣而多采，惜乎人多收其行書珍藏，以致草隸墨跡，傳世甚少，故後世乃少有知之者。

文治接到姚鼐上述這首詩後，至以爲快，覺得老友眞是最瞭解他的人了，立刻次韻答之，並向故人說明其不再出山的理由，實在是吏隱難兼，所以做了三年的官，也就不再留戀，現在的生活眞好，住處都是最美好的江山勝地，自己除卻仍然雅好音律，愛聽歌製曲，就是賴書法以維生，連最疼愛的小孫女玉燕，也已長大能夠學著做詩了，接到老友的函札，眞是意外的欣喜，才想起怪不得連朝都聽到喜鵲在屋簷上噪聒不停，原來竟是爲報喜捎信而來的。詩云：

涉世殊難吏隱兼，一官三載弗終淹。江山佳處身因寄，絲竹衰年意未㶊。顏氏作書惟乞米，謝家覓句漫堆鹽。女孫玉燕初學為詩故人札函真難得，乾雀連朝噪瓦檐。㉟

以後文治又去南昌，逗留者累月，姚鼐知道他一方面精研佛法，一方面還喜歡演戲，另外還愛遊歷各地的名山佳水，往往滯外不歸，思念之餘，再寄詩云：

我憶人間王禹卿，休心總憶少年情。青娥玉笛春風盡，朱雀金花夜氣生。揮麈便應通筆論㊱，折釵偶或作顏行㊲。洪州止為西山戀，便滯南來累月程㊳。

又過了幾年，直到乾隆四十一年丙申秋九月，姚鼐才又到揚州及鎭江薄遊，往返二月，與文治亦多有往來，並寫下不少詩篇，今存所書過盧江黃陂湖等詩一卷，內中卽有過舊縣及竹林寺二詩，蓋皆當時與文治賦別後的懷念之作，經查二詩均惜抱軒詩集所未載，堪稱遺珠，實屬珍貴之作，茲並錄其詩於次，以廣其傳。

過舊縣

鵲尾寒潮淡淼茫，鳩茲層嶂鬱青蒼。千帆落日鱗鱗白，萬壑秋聲葉葉黃。每飯不忘涼口酒，故人常共秣陵航。不知歲月催衰病，重覽江天尚欲狂。

竹林寺懷王禹卿

連山環合潤州城，細逕縈紆竹林寺。寺前雙闕畫分山，闕外長江驚湧地。曳杖偕僧登寺堂，金焦正露江中央。堂上欲手捫兒髻，江風吹積煙蒼蒼。王君宿昔城中居，才與竹林隔一岡。雲迷霧暝山將合，倚待逍遙空宇涼。此堂此客迹便掃，他日君來思繞腸！㊴

前詩中有「每飯不忘京口酒，故人常共秣陵航」之句，京口卽丹徒，爲文治故鄉，自昔以釀酒得名，秣陵則金陵之古稱，同航共渡，於京口秣陵間，正足說明二人當時往來之密，同好之深，有時雖未相見，縱然歲月催人老，仍爲之相思繞腸不已，眞是情眞義重，友誼醇厚，何其感人之深也！

其後，因爲朱孝純由山東南下，赴任兩淮鹽運使於揚州，姚應朱之邀到揚，主講揚州書院，於是姚和文治及孝純三人乃得重聚一堂，這時姚和文治已闊別十四年，（與孝純則早一年在山東已聚會過）久別重逢，相見之歡，自是不言可喻的。

也就是從乾隆丙寅到丁酉的這二年裡，文治和姚鼐因爲孝純居官揚州之便，所以相聚的時間既多，唱酬燕談的樂事也幾乎不斷，眞是熱鬧極了。加之，文治雖家居丹徒，但與揚州僅一江之隔，且未兼官職，故行動極自由，往來大江兩岸之間，尤爲常事，有時他乘船到揚州使院探望佳友時，與緻一好，連家中的歌僮也都攜之隨行而來，盤桓多日，作文酒之會，孝純總是盡地主之誼或遊山或玩水，聽歌賞樂，極爲愉快。據姚鼐回憶說，就有一次蔣士銓㊵的兒子蔣知廉因赴京與試，路過揚州，以晚輩故，特來拜望他們，蔣善製曲，而文治的家僮又善歌精笛，以是他們即請蔣成曲，並命僮歌吹助興，大家一面飲酒，一面聽歌，歡娛之狀，實難令人忘懷㊶。這期間姚也曾邀過孝純和文治，分由南北兩岸渡江至金焦二山相會，既尋幽探勝，又共宿夜話。有時文治亦邀姚過江宿其丹徒居所，並約當地文士陪同分訪名勝古跡，如北固甘露、竹林招隱諸山寺遊歷，共相唱酬，往還既勤，所歡自多，因此，這二年的歲月對姚和文治來說，眞是最值得追懷的一段時日。姚因與文治友誼特深，在丹徒時還特別隨文治至其先塋參拜於壟下，盡子姪禮，其後並因文治之請，於乾隆五十二年撰成丹徒王氏秀山阡表㊷，此文並成爲後世研究文治家世的最重要資料，蓋姚與文治交最親密，故於其家世乃知之最稔。在此期間尚有一事，爲姚所終身難忘者，卽姚居丹徒王家時，文治竟不厭其煩地曾與他「共語窮日夜」，不是爲了別的，只是要告訴他「屏欲澄心，返求本性」的道理，這種珍貴絕善的至理，姚認爲乃是他生平不常聞諸於他人者㊸。

從姚著惜抱軒詩文集來看，姚由金陵去揚州的路程，似乎是沿江而下，先到丹徒訪文治的，也許事先他們沒聯絡好，因之起初並未能順利相遇，姚就獨自去遊覽竹林和惠照兩寺，遊前者時，他在那寥闊冷清的寺院裡，首先想到而且拂不去的影子卽是文治，遊後者時，他卻意外地又發現了文治在此寺所寫的維摩詰經，見到字沒見到人，不免總有些失落感，因之，他都有詩作以紀其事，茲並錄之於次，以見其情：

竹林寺懷王禹卿

盤登上香臺，雙峰倚檻開。江流天影盡，海氣地陰來。左右皆松響，蕭條獨客回。他時君到此，空復憶徘徊。

惠照寺或言古木蘭院也，見禹卿於此寫維摩詰經

落盡淮南萬樹紅，晝陰僧院鳥玲瓏。檐含梅子黃時雨，戶進新篁綠處風。出世了無香海界，置身休在碧紗籠。鐘堂一飯成遺跡，回首天花丈室空。[44]

後來姚鼐和文治終於見到了，他們好不喜歡，二人相聚，有時談禪論文，有時飲酒品茗，聽歌賞曲，更有時邀集朋友到郊外或山中去散步聊天，作長日遊，讓彼此都縱情於大自然，享受難得的歡會，今在姚氏的著作中，猶可見此等詩歌，實在是充滿無限快意的，下列姚詩蓋卽此時之作，詩云：

同王禹卿、拙齋登木末樓

江邊攜酒送春歸，霽雨登樓風滿衣。賈舶霾雲吹暗浪，佛圖懸日照空磯。故交縱蕩情忘老，寒衲逢迎語亦稀。第一江山容易到，舉杯猶欲盡斜暉。㊺

按此詩中有「第一江山容易到」之句，可知他們所遊之地爲近江的北固山，蓋梁武帝，嘗登此山觀江景，譽爲「天下第一江山」。而木末樓則一名石帆，爲明季所建，在北固山後石壁上，京口記云：「懸水峻壁，蓋指此壁間，別出一峰曰石帆；下有觀音洞。」即指此，今石壁猶在，然樓已不獲存，雖江山依舊，而人物已非，風景亦大異矣！又有遊八公洞詩，亦清新可喜，堪稱他們當時生活之最佳寫照：

同王禹卿、馮拙齋遊八公洞循招隱寺歸

潤州山雄如戰馬，騈飲江中尻未下。長波漂盡百興亡，古淚登高誰不灑？不知更有南山南，疊嶂雲關塞平野。初穿幽谷瑯玕入，卻聽細竇珠璣瀉。陰陰鳥語萬朱櫻，寂寂僧居十蘭若。兩君梵行正清修，伴我蕭閑如結夏。未須不二問維摩，風磬一聲言自寡。空階久坐秧生寒，小嶂試登笻可捨。更斟虎跑甘如乳，重過竹林青沒踝。豈徒公輩愛家山，我亦淹

留爲白社。江風吹面迓歸途，還入喧聲撲萬瓦。[46]

有一次他們還約了蔣春農[47]同往焦山，宿於僧寺，在枯木堂中觀看有名的焦山古鼎，拓銘以歸，並請精於繪事的顧澗蘋爲寫三人焦山拓銘圖，以誌其事[48]。孝純與文治因有師友之誼，更寫了一首感人的好詩：

同夢樓先生暨姚姬傳、蔣春農宿焦山畫山水幛子留淡雲上人

卅年師友酒杯同，灑墨焦巖絕頂風，記得江潮新漲後，亂帆明滅夕陽中。[49]

當然姚最難忘懷的，還是他和文治、孝純三人，好幾次的同遊金焦二山之事。在山中，每每想起少年時，在艱困生活裡，彼此共相期許與鼓勵，許多的點點滴滴，如今都已經是二十多年前的往事，記得從十年前分手後，總覺得今生的攜手再相會，是多麼不可能的，而現在卻竟然重聚了！可喜的是現在每人家庭都好，孩子們也已長大。文治曾南下滇海，孝純也曾西往四川，都不知經過多少艱險，但也都先後安然歸來，人事雖變，而江山未改，如今既開觴於淮南，又連舫於大江，豈不快哉？這些感懷，姚和文治皆有詩紀之，如姚之長句云：

於子穎揚州使院見禹卿，遂同遊累日，復連舟上金山，信宿焦山僧院，作五言詩紀之

結友二紀前，別離萬里外。每恐終此生，無復容交會。安知三故人，一夕今相對。綠鬢既先凋，行空成聾聵。妻孥幸無恙，幼稚盡成大。兩君蓋神祐，滇蜀出萬隘。僕也疾未平，中朝謝儔輩。舉目孰不改，身存心可碎。那擇儒與佛，有得差為快。既攬淮南春，雕闌雜錦繪。使者官事餘，翩然動旌旗。連舫指空江，但見天垂蓋。駮嶂立陽赧，受日騰光怪。陰壑靄如雲，蒙籠奏悲籟。陰陽有開闔，一氣無遷代。誰云逝者多，澄川故如帶。舉觴酹馮夷，布席臥驚汰。聊與平生心，從容託江瀨。[50]

姚鼐那時仍很瘦弱，似乎身體也不太好，從詩中看來，頗有衰敗之感；但文治卻不一樣，在他次韻前詩的酬唱中，對於好友的重聚，行墨之間，雖也有恍如隔世之味，但朝夕相聚的歡悅之情，卻是喜出言表的，這也可看出他兩人的個性，姚較拘謹而有儒者氣象，王則頗多瀟灑有詩人情懷[51]，茲再錄王詩於後，以見其趣：

次韻和姚姬傳於朱子穎運使處相見，遂同累日覽揚州諸園館之勝，子穎適閱工江上，復連舟上金山，再宿焦山之作

同心久別離，相見如望外，迢迢十寒暑，始獲茲良會。晨興衣袂接，夜飲尊罍對。開胸豁鬱陶，撥翳醒盲瞶。始知友道尊，益信斯文大。揚州好春光，渴欲展迫隘。相從日日遊，隨意拉儕輩。池館碧迴環，花樹紅瑣碎。文石蒸綺霞，珍木卷青旆。逐香蜂影亂，喧霽鳥聲快。所歷多繁縈，難以聲摹繪。金焦吾故山，夙此數晴晦。平生江湖願，扁舟覓蝦菜，矧逢良友朋，能不窮蔚薈。兼值使車暇，中流午張蓋。城市苦煩濁，見山如出礙。山靈亦愛客，放志逞瓌怪。海雲蕩天襟，江濤鳴地籟。迴思少壯年，恍惚隔人代。往事鶴沉銘，前塵坡剩帶。名藍留信宿，侵曉還擊汰，惟有月團圓，依然照清瀨。㊷

人生的離合，總是聚散匆匆的，不久孝純北去，而姚鼐也離開揚州，準備回到安徽桐城的老家，過田間的隱棲生活，文治則仍居丹徒；不過這時正是楓葉染紅，秋雨飄寒，江上瀰漫著一片秋意的季節，文治來到江邊爲姚鼐送行，兩人執手相望，都已華髮星星，顛毛生霜了，他早已看透榮華不過轉瞬，還是回鄉度鷗閒的生活最好，感慨之餘，遂賦詩二首，以誌心中激越之情，並贈姚鼐：

送姚姬傳自揚州歸桐城

連江寒雨送歸舟，楚蓼吳楓一片秋。浮世從來驚腐鼠，餘生只合伴閒鷗。他時春樹同迴首，明日黃花獨倚樓。杜牧風情真減盡，從今無夢到揚州。上下雲龍卅載強，幾番湖海與巖廊。流萍逐水終須散，小草還山分外香。早信榮華如轉睫，乍逢離別也迴腸。河橋黯黯孤帆去，撿點顛毛各有霜。[53]

文治這詩寫得極有感情，尤其因想見故人離去，而與起「他時春樹同迴首，明日黃花獨倚樓。杜牧風情眞減盡，從今無夢到揚州」的嘆息，非大詩人珠玉氣湧之妙筆，又焉能有如此盪氣迴腸之佳句！當然，文治自己也很滿意這件作品，這是可以在事過十年以後，卽乾隆五十三年戊申之春，他五十九歲時，還將此詩書成立軸送給朋友欣賞，足以看得出來的。

對於彼此年來在金焦二山的此番相從，水雲禪榻遊蹤處處，文治他們三人都有無限的留戀，直覺得他們的訢合無間，幾乎不是從今生才開始的，似乎一如佛家所說，在前世裡就已經是非常相好的了，同心相知，好到有這樣的感覺，實在佳妙，眞亦人間稀有之事，鼐歸鄉後卽有寄子穎、禹卿詩，可爲印證。詩云：

拔地凌江峙碧峰，水雲禪榻此相從。解衣蘿薜巖前石，倚被旃檀閣外鐘。三客並知非一世，兩山迴望有餘蹤。太虛為室時相見，豈為離憂日置胸。[54]

又過了幾年，文治因得到姚鼐的一篇書跡，高興得如見故人，欣喜之極，即特別加以題誌，並函附一併寄姚，藉通音問之意，後來姚見到文治所題書跡，也是非常激賞，感荷之餘，乃賦長詩一篇以寄文治，並讚美他深諳佛法，以禪入書，筆勢已到達「金翅擘海作平地，巨靈分山流大河」的境界；同時姚又想起昔日風帆渡江，與文治、孝純共宿金山夜話的往事，只是此時孝純已經困臥病榻，跡近於垂危狀態，而他自己身體也不好，總想不知還有多少時間，可與文治長相往還，尤其看到這信，眞使人思緒起伏如波濤洶湧不止，也不知該怎麼說了。其詩如次：

見禹卿題拙書後因寄

侍讀淨業真頭陀，靜中萬象觀菴羅。起攬風雲入紙墨，筆勢所向揚天戈。金翅擘海作平地，巨靈分山流大河。世人不悟三昧力，將謂妙蹟回永和。嗟余弱腕綰春蚓，索處陋巷藏泥蝸。何緣手迹荷題字，皮薦價視蒼壁多。憶昔風帆共投宿，金山夜鼓驚鳴鼉。君呼起說微妙義，履行巨浪穿煙蘿。倚立雲閒天澹外，長江蕩與空相摩。三客恍知宿世在，千生了辦須臾過。人間別離細事耳！乘輪退轉憂蹉跎。子穎困臥已近死，與子那得長委蛇！一臂可為初祖斷，三折豈屑張芝波。快雨堂中想投筆，仰見圓月升牆阿。江上一書通問訊，翻湫倒海將如何？[55]

乾隆五十八年癸丑，文治六十四歲，姚鼐六十三歲，二人都已過了花甲之年，眞是鬚髮皓白，宛然老矣！這年文治還在湖北探親訪友，同時又接受其同年好友畢秋帆的招待，觀賞畢氏所藏書畫於武昌制署。鼐則因見舊時三人同遊畫蹟，特爲撰金、焦同遊圖記一文，以寄文治，其時朱孝純已去世八年，鼐文傷亡追逝極有感性，讀之令人不禁爲之愴然！其文云：

乾隆丁酉戊戌之歲，朱思堂（孝純）運使方在淮南，邀余主揚州書院，而王夢樓侍讀居京口，嘗期之同遊金焦二山，宿僧寺，一日三人對立山間，悠然若有所悟，思堂言欲使工為三人共作一圖，……作圖時，三人微及斑白，今鼐與夢樓皆鬢髮皓然，與圖中不相似，蓋屈指閱十六年矣！思堂之儀容，固邈然既亡，鼐與夢樓，餘年處世，更復幾何？未知此身與是圖當孰為真幻？因題其後，並以寄夢樓云。[56]

嘉慶三年秋，姚鼐再過鎭江，訪文治於其所居快雨堂，二人一別暌違多年，老來相聚，甚歡，唯時皆已鬚髮盡白，頗有不勝今昔之感，文治因長江中金、焦二山，乃彼此舊遊同宿之地，遂邀鼐及友人相偕前往重遊，及期江上竟風雨不止，而二人往遊之意興則未稍減，乃相與冒風雨，涉江登東昇閣臨望滄海，鼐以年老衰病，觀此大自然之陰陽變化，江流之衝擊，於人世之變幻無常，更多感觸，愴懷不已。文治則爲遜言蟬蛻萬物無生之理以慰之，蓋實欲有以啓發者，鼐中心亦有體會，頗爲感動，遂賦詩一律以紀其事，詩云：

丹徒值雨夢樓邀挈持衡及江鳴韶同遊焦山登東昇樓

滄江僧榻壓龍宮，二十年前一宿同。偃蹇青山長待我，飄蕭白髮又乘風。檻前萬頃凌天外，樓上千生說夢中。何事驚濤翻急雨？苦將悲壯撼衰翁！[57]

詩題中的持衡乃姚鼐的兒子，江鳴韶大概是他的學生，鼐雖自感身體衰敗不如文治，但萬也料不到，文治竟在嘉慶七年先他而去，從此便生死兩相隔，成了永訣。關於文治的去世情節，據鼐記述則是在自家居處趺坐過世的，因王在晚年奉佛茹素，往往坐禪不臥，故遂有此事發生，其後家人以訃告，鼐因衰病難行，又誼在知己，遂爲作墓誌銘以代送窆，此文與其前撰之丹徒王氏秀山阡表，可稱爲後世研究文治家世及生平思想之雙璧，蓋鼐與文治相知最久，而交情亦最深，故於文治事蹟所敍特爲詡實公正也。如其云：「文治少時爲文尚瑰麗，至老歸於平淡，其詩與書，尤能盡古人之變，而自成體。」便是說文治的書法和詩文之美，已吸取了古往各家之長，創造了獨特的自己的風格，這一論斷的精到，卽堪稱允爲不易之論。

故小𤥚集中又有「將會夢樓於攝山道中有述」及「別夢樓後，次前韻卻寄」二詩，蓋皆嘉慶六年他兩人最後在金陵一次見面的作品，因其時姚鼐適至金陵掌教於鍾山書院，文治好遊攝山，遂自泝江而上來相會也。後詩中有「百年身世同雲散，一夜江山共月明」之句，尤令人有佳會難再，不勝依依之感，而「寶筏先登開覺路」一語，則亦可窺見姚鼐老年對於文治在佛學上所給予慧燈一照，破彼迷亡之啓示，確是有其相當影響的，今錄此詩於後，藉見其概：

別夢樓後次前韻卻寄

送子拏舟趁晚晴，沙邊瞑立聽橈聲。百年身世同雲散，一夜江山共月明。寶筏先登開覺路，錦箋餘習且多情。钁頭半箇容吾與，莫道空林此會輕。[58]

同時姚尙有次韻贈左蘭城詩，後世多不識左爲誰何，實則此人卽丹徒詩人左墉，蘭城則其字也，乃文治晚年所收衆多門生中，最以翰墨風雅名當時者，文治亦多攜與同遊。左並曾隨姚、王共宿山中，故姚鼐與之多有接觸，而於其才華及虛心好學皆頗欣賞，故不僅以人中雛鳳譽之，且贈以詩云：

我似頹陽尚美晴，子如雛鳳發新聲。殷勤老馬途頻向，高下精金市自明。共案八關尋至味，聯床三宿係餘情。屬將道域深攀援，更覺文章小技輕。[59]

在姚鼐主鍾山書院時，詩人袁枚亦居金陵，即所謂隨園者，造作甚盛麗，因文治與袁枚亦極相賞好，故常自丹徒來隨園相聚，姚與袁又誼屬世交，故文治來時，姚也常去隨園，據姚說，袁枚和文治及另一位做過江寧知府的章淮樹，三人皆喜戲曲，家中也都蓄有聲伎，每召賓客於其園林中遊讌，姚也幾乎都會去參加歡會。後來袁、王相繼下世，鼐追憶昔遊，猶不勝悵惘，總覺得他們不應該就此離開人世，尤其王和章二人又都那麼內耽禪悅，歸心釋氏。

嘉慶九年，文治下世二年以後，姚鼐再到南京，他許多門生如談承基、吳剛等都來邀遊攝山，並宿般若臺，這使姚又想起往年和文治屢宿此寺的情景，傷感無已，有詩抒懷云：

春林花落鳥啼喈，記別山堂下佛堦。歲月老真催竹箭，霜風秋更踏芒鞵。珍臺翠碧開千仞，松響泉聲合兩崖。此地故人生死隔，舉將禪衲亦傷懷！（往年屢與王夢樓宿此院）[60]

姚另有題夢樓手蹟一詩，蓋亦此時對文治的傷懷追逝之作。詩云：

重到金陵失舊歡，江山蕭瑟麥秋寒。谿藤兩幅銀鉤字，又向山陽笛裡看！[61]

舊友不在，江山也爲之蕭瑟，眞是「平生懷舊情多少，寫與自家掩淚看」，山陽笛裡，尤爲沈痛內結，使人生到此，又怎能不有淚如傾？情何以堪呢！

姚鼐對文治的詩文和書藝，一直都是很欣賞和欽佩的，也頗以有這樣一位好友而傾倒心曲，故在嘉慶四年，文治過七十歲生日時，他特別爲文治撰壽序一篇以爲獻頌，文章內他對文治詩文書法的價値，都分別作了一段總評，並肯定文治在當世藝文界中的地位，他說：「先生少以文章登朝，取上第，生平吟詠之工，入唐人之室，與分席而取，書法則如米元章，董玄宰之嗣統二王，此皆天下士所共推，無異論者。」[62]我們也不難看出，他的這些推許，與當時一般有識之士的看法，都是一致的，允無溢美過論。

此外，文治對於佛學研究之精到，深入儒學的姚鼐亦非常推重並接受，他說：「若夫佛氏之學誠與孔子異，然而吾謂其超然獨覺於萬物之表，豁然洞照於萬事之中，要不失爲己之意，此其所以足重而遠出乎俗學之上，儒者以形骸之見拒之，竊以爲不必，而況身尚未免溺於爲人之中者乎？」[63]這也可以看出文治的佛學思想，對於後來姚鼐不僅不以形骸之見來排拒佛氏，還認爲它是「超乎俗學之上，豁然洞照於萬世之中」，最後姚甚至有手書金剛經發願，欲供十方善知識持誦的事，文治都是有其深厚之影響的[64]。

再說我們中國文人之相輕，早就成爲積習相傳，尤其是有了聲望的人，彼此更是水火不相容，能夠像上述姚、王種種親好，情深義重，而無異同堅白者，可說還不多見，有之，也只有唐代大詩人李白和杜甫差可當之了，但他們的命運，卻沒有姚、王兩人好，因爲他們從天寶三年認識後，彼此雖然非常傾慕，並很談得來，可是他們相處的時間，卻只有短短的幾年，眞是聚少離多。後來李東去汶魯，杜西往長安，從此二人就勞燕分飛，毫無音訊了，所以李、杜這種境遇，也就只好以時運不濟來託辭了，因爲他們剛好遇上唐朝盛極而衰的安史禍亂之際，以致二人都只好過著顛沛窮苦的生活，李是被流放夜郎，杜則是飄零蜀中，後來李白被赦歸來，直到老死，終其生他們兩人都未得相晤，而成爲千古的恨事；不像文治雖也去了雲南，卻是以榮任臨安太守的官職去履新的，且不久他卽解組歸田，回鄉過著逍遙自在的生活，姚雖沒去蜀中，卻也一直在京師和金陵等地，前面時日多在翰林院，後面歲月則多主講於各地的書院，擔任極有清譽的掌院之職，生活也都還不錯。再者，李、杜相識時，在年歲上，李已四十有四，杜雖稍年輕，但也超過而立之年，已經三十有三了，兩人的享壽也都不高，不若姚、王二人相識時都只二十四、五歲，不僅年齡相近，而且還都永年，他們相交四十八載，一直到老死，雖亦有天南地北的契闊，但暮雲春樹，彼此的懷想訊息，數十年來都從未斷絕，他們只要過一些時間，就會找機會託人帶信探問，或設法見面，縱然是已經年入衰老，爲了相會，冒風雪，衝寒迎雨，涉江登山，也是在所不避。他們西窗剪燭，論心談禪，商量學問，無不融洽，綜觀他們一生的交誼，少年時彼此相互讚賞鼓勵，晚年時依然相互傾心關情，他們相交一世，相重一生，匪特情好深篤，而且還遇上清朝學術文章全盛的乾嘉時代，以與李、杜二人遘逢政治黑暗、戰亂頻仍的坎坷歲月，在中國文學史上比較起來說，其幸與不幸也眞不啻是天壤之別，夠令人深思的。

最後還要特別一提的，就是姚王兩人之交友，就像讀書做學問一樣的，他們都是擇善而交，取友必端，而於朋友之事有能盡力者，則惟恐其不盡！其事例甚多，今且舉其二事，藉見其風範之美：

第一件事是文治對於書法的學習，是主張心手合一的，他說：「心則通矣，入於手則窒，手則合矣，反於神則離，無所取於其前，無所識於其後，達之於不可迕，無度而有度，天機闔闢，而吾不知其故。」這點，姚鼐的看法也是一樣的，並以爲其論甚是而善之㊀；但是文治對於古人法書眞僞評斷的看法，姚則有不同的見解，而不一意附和阿從，如姚述有一次爲此與文治爭辯的情形說：「王禹卿嘗謂：『辨論古人法書，當以神氣體勢鑒別眞僞，方爲正法眼藏，如米襄陽、董思白輩是也，若如尤延之、何紀瞻輩以考證求當，豈有是處？』吾謂：『君言固是，然亦復太偏，且如世所傳虞永興破邪論序，自署銜太子中書舍人，太子官但有中舍人，安有中書舍人？永興父名荔，而序中用薜荔字，此必唐時僧徒寡聞見者。所妄作僞託，欲以自取重於世耳！思翁乃不能辨，屢云學永興破邪論，精鑒者乃如是乎？又戲鴻堂帖陶隱居書而稱元帝，陶隱居安知湘東即位後之諡，此皆考證之明見其謬，而思翁不能無失也！然則自詡鑒別，或亦不免輕信而自欺，反有不如考證家之無可藏匿耳！』」[66]。顯然姚鼐考證古人法書的方法是不錯的，如果要完全依照文治的方法，以神氣體勢來辨別，就會很危險而有所偏失，所以文治對於姚的這種實事求是的看法，也就無話可說了；不過儘管他們在學問上，爲了求其眞求其善，偶有不同的意見，但這些卻無損於他們相好的友情。

第二件事是文治早年在京師考取進士後，生活雖稍有改善，但因見他們的好友朱孝純貧困超過自己甚多，就把本身還要養家的有限薪祿，分出來給孝純一家享用，甚至還曾爲了孝純外出典當掉朝衣，其後孝純也取上功名，外放途中，因水土不服，竟不幸染病在身，家中妻子兒女的生活都跟著發生困難，孝純卽函告一切，文治得悉後，也是立刻給以賙急[67]。又過了幾年終於否極泰來，孝純因居官清正，勦匪有功，不但遷官泰安知府，還再調升淮南運使，官祿權位都大了，這時他看到姚的生活並不很好，也是既重且敬的特別把姚請來主掌揚州的梅花書院，而文治則常以佛理規二人，孝純過世後，其遺詩的整理付梓，當然義不容辭的也是姚、王兩人來做了，試問這種篤念舊交，知所存恤，尙俠重義的文人朋友，世間又能尋覓得幾個？所以他們的爲人之可愛與可敬，也眞是蘭芳桂馥令人不勝嚮往！昔人有詩云：「種樹種松柏，結交結君子；松柏耐歲寒，君子有終始！」讀之不免令我們覺得這詩好像就是爲姚、王二人的友誼來寫的，反觀今世人情之淡薄澆漓，昔賢的深厚友誼就更足珍貴，彌堪爲後世之楷式了。

注釋

❶ 惜抱軒尺牘：與吳小方書

❷ 惜抱軒尺牘：與胡雒君書

❸ 夢樓詩集卷一

❹ 惜抱軒詩集卷一

❺ 惜抱軒詩集卷一：「王君病起，有詩見和，因復次韻」詩

❻ 夢樓詩集：姚鼐序

❼ 姚的家庭較王爲窮困，他有兄弟三人，妹兩人，據其所撰馬儀顓夫婦雙壽序云：「乾隆甲戌乙亥間吾家貧甚，日不能具兩飯哺，輒食粥（惜抱軒文後集卷四）。又姚詩，於朱子潁郡齋，值仁和申改翁見示所作詩，題贈一首，亦云：「我昔少年百不求，東舟載走殊方州。短褐之衣飯不足，胸探江漢千珠旒。偶向人間結豪士，擊筑和歌燕市秋。……」（惜抱軒詩集卷三）均可見之。

❽ 惜抱軒文後集：卷十：朱海愚運使家人圖記

❾ 夢樓詩集：姚鼐序

❿ 惜抱軒詩集卷六

⓫ 海愚詩鈔：王文治序

⓬ 夢樓詩集卷二

⑬ 汪舟次即汪楫，康熙間舉鴻博，授檢討，官至福建布政使，嘗充冊封琉球正使，與詩人朱竹垞善，著有琉球奉使錄及悔六詩文集等

⑭ 夢樓詩集卷二

⑮ 夢樓詩集卷二

⑯ 見香港何氏至樂樓所藏石濤寫黃硯旅詩意冊

⑰ 秦蕙田，字樹峰，無錫人，乾隆丙辰一甲三名進士，授編修，官至刑部尚書，謚文恭，著有味經窩類稿、五禮通考等，當時詔舉經學，文恭之贊議居多。

⑱ 惜抱軒詩集卷三

⑲ 淡墨錄卷十五

⑳ 夢樓詩集卷二：劉樸夫南歸以詩代書寄揚州毘陵諸舊遊

㉑ 夢樓詩集卷三

㉒ 惜抱軒詩後集：姚有詩云：「昔至洪州郡，曾瞻長者顏………」題云：「乾隆戊寅冬，見凝齋先生於南昌………」

㉓ 國朝詩人徵略卷三十七

㉔ 夢樓詩集卷六，丁香館下集

㉕ 夢樓詩集卷七。又按：侍路川，爲姚鼐及文治年輕時在北京結識之文友，後主講於德州書院。

㉖ 棲靈寺在揚州名勝蜀岡上，即宋孝武所稱大明寺者，寺之西偏爲平山堂，則歐陽修守郡時所築，清康熙

時曾加重修，殿宇塔院，松柏森森。

㉗ 惜抱軒詩集卷一

㉘ 夢樓詩集卷八，南詔集

㉙ 夢樓詩集卷十：「嵩明遊海潮寺，郤寄朱子穎司馬，並田汝戢孝廉、陸正揆秀才。」

㉚ 惜抱軒詩集卷七

㉛ 同㉚

㉜ 惜抱軒詩集卷八

㉝ 同㉜

㉞ 惜抱軒文後集卷七：中憲大夫雲南臨安府知府丹徒王君墓誌銘並序

㉟ 夢樓詩集卷十六

㊱ 肇論：唐僧肇作，計三卷，內分：物不遷，不眞空，般若無知，涅槃無名等四論。

㊲ 折釵偶或爲顏行：顏行前列也，管子：輕重：「若此則士爭前戰爲顏行。」折釵則謂書法上轉折用筆求其曲折圓而有力之法，此處蓋謂文治在書法方面，亦時有創新超前之變化也。

㊳ 惜抱軒詩集卷九

㊴ 此卷詩草，現爲大陸常州章氏所藏。

㊵ 蔣士銓，字心餘，乾隆年進士，詩文俱佳，所撰戲曲最有名於世，與王文治尤爲友善。著有忠義堂集等多種。

41. 惜抱軒文集卷十一：蔣君墓碣
42. 惜抱軒文集卷十一：丹徒王氏秀山阡表。
43. 惜抱軒文集卷四：食舊堂文集序。
44. 惜抱軒詩集卷八
45. 同44
46. 惜抱軒詩集卷三
47. 蔣春農，字宗海，乾隆七年壬申進士，官至內閣中書，馴雅該博，聲著日下，工詩能篆刻，又善丹青，具蕭疏古淡之趣，不屑蹈襲前窠，年甫四十，乞養歸田，嘗主講揚州梅花書院，春農與文治頗友善，亦丹徒人。
48. 惜抱軒詩集後卷，顧澗薲焦山拓銘圖詩：「焦山寺裡隨僧粥，枯木堂中看古文。卻使臥遊生遠想，海門東眺碧天分。」
49. 海愚詩鈔卷十二
50. 惜抱軒詩集卷三
51. 惜抱軒尺牘姚鼐與魯習之書有云：「往時王禹卿在揚州，為鼐書一文入石，舛誤之字，不復鐫改，余謂此那得通？禹卿笑云：君自有集與後人證明耳！又蘇公自書赤壁賦，與子之共適，適誤作食，亦不注改，良以自有文集足取正之，此皆石本不逮集之說也，第恐鼐集無傳世之望，今姑引此以自解耳！」此段故事，亦正可看出兩人之性格也。

52 夢樓詩集卷十四
53 夢樓詩集卷十四
54 惜抱軒詩集卷八
55 惜抱軒詩集卷三
56 惜抱軒文集卷十四
57 惜抱軒詩集卷七
58 惜抱軒詩集卷十
59 同58
60 惜抱軒詩後集
61 同60
62 惜抱軒文集卷八：王禹卿壽序
63 同62
64 惜抱軒尺牘：與陳碩士書
65 惜抱軒文集：筆記八
66 惜抱軒文集下：遺書跋
67 海愚詩鈔卷二：「送王夢樓先生出守臨安」詩：「………先生玉貌富文史，退之遠蹈前賢修，初來旅食住京邸，邂逅謂我非常儔，時攜姬傳過我飲，擧杯意氣橫齊州………先生射策擢高第，身騎巨鰲登瀛州，………時分祿米給朝炊，還典朝衣資薄遊，去年賤子向江海，病嬰寒濕幾不瘳，伏枕作書到都邑，弱女幼子勞相賙，歸家悽皇聞婦語，感激涕泗沾衾裯………。」

主要參考書目

王文治：夢樓詩集

姚　鼐：惜抱軒文集

姚　鼐：惜抱軒詩集

姚　鼐：惜抱軒尺牘

姚　鼐：惜抱軒書札

朱孝純：海愚詩鈔

試寫程鉅夫與錢舜擧的關係

程鉅夫，名文海，以字行，其先世乃安徽徽州人，宋末家建昌，元兵南下，從季父飛卿入覲世祖於燕京，授管軍千戶，後官至翰林學士承旨，諡文憲，著有雪樓集傳世。鉅夫博學閎才，受世祖寵遇優渥最多，歷事中外者逾四十年，可說是元初名臣，他對元皇朝的最大貢獻，應該還是至元二十三年在中國人文薈萃的江南地區，徵召到趙孟頫等二十餘位文人學士，而吳興八俊之首的錢舜擧卻未能徵召在內，這可能也是鉅夫一直所深以為憾的事。

近代研究錢舜擧的人都知道舜擧和趙孟頫的關係很深，因此頗有探討他們兩人關係的文字，但卻從沒有人注意到鉅夫和舜擧的關係，筆者因為對於舜擧為人的欽慕，因此有暇就閱讀一些宋元之際文人學士的文集，希望從他們的詩文裡得到些許舜擧生平的消息，果然在若干文集中找到一點零星的資料，其中如程鉅夫的雪樓文集裡，就透露了一些早年他與舜擧由認識而相知的訊息，對於這一發現，筆者也不敢自珍，所以便把它寫出來，用供關心錢舜擧事蹟的人士參考。

在雪樓文集中，最足以顯示鉅夫和舜舉關係的一首詩，便是鉅夫的題「錢舜舉梅竹折枝圖」這詩了，詩云：

吳興畫首早相知，粉墨淒涼歲月移。惟有寒梅並翠竹，京華相對獨題詩。

——程雪樓文集卷二十八——

從前詩中的「相知」兩字我們不難看出，他們兩人應該算是很好的朋友了，這也不難使我們想到至元廿三年鉅夫到江南徵召遺逸時，也就是他們開始相識的時間，那時舜舉之成爲他主要訪求的對象之一，自是不容懷疑的，因爲以當時舜舉的聲譽言，實不在趙孟頫諸人之下，不過由於舜舉具有強烈的愛國情操，可以想見的，鉅夫雖然和他見面了，也許還談過很多，但這場徵召還是被這位有吳興畫首之稱的舜舉巧妙地避開了，因之舜舉也就成爲吳興八俊中惟一沒有被徵召到的一位，這不是舜舉的寡合輕世，卻正是他的超逸拔群之處，他既沒有做元皇朝的官，生活自然像寒梅翠竹一般的清香高逸，比起在紅塵垢面的官場，還要折腰逢迎的程鉅夫這些人來，不但品高道尊，清濁自見，相形之下，也就不免使鉅夫感到繁華夢中的自身，背後才眞是粉墨淒涼，這沐猴而冠的歲月，也不知要弄到什麼時候，眞是令人羞愧可悲！

程鉅夫到江南訪賢時才卅八歲，那時趙孟頫也只卅三歲，但舜舉已是四十五歲左右了，可是舜舉看起來卻非常年輕俊美，或許這就是當時許多詩人喜歡稱他爲錢郎的原因了，經過了二十年左右，鉅夫一方面仍是非常欽慕舜舉隱逸不仕的生活，另方面更非常欣賞他的藝事，認爲他的花鳥畫，實在是融合了徐熙和黃荃這兩大畫家之長，而且簡直使徐黃復生了！因此我們可以相信鉅夫本人一定收集了不少舜舉的花鳥作品，特別是在舜舉晚年時，鉅夫還曾另寫過一首題舜舉折枝花鳥畫的詩，那是他在另一位做官的朋友家中看到的藏畫，詩題是：「題仲經知事，家藏錢舜舉折枝」，詩云：

花鳥徐黃死不傳，筆端那得許清姸，錢郎狡獪今猶在，字畫翻騰作少年。

——程雪樓文集卷廿七——

我覺得這實在是一首値得注意的詩篇，尤其是「錢郎狡獪今猶在，字畫翻騰作少年。」這兩句個中消息，不正是透露了當初鉅夫到江南徵召遺賢俊逸時，就是被聰明的舜舉以身體欠佳爲由，而巧妙地推脫掉徵召的一段無人得知的往事麼？當然鉅夫看到這幅畫的時候，他定會想到舜舉眞夠機伶的，我那時怎會被他騙過去的，這一幌又是二十多年了，那風采俊美的舜舉現在雖然也已經老了，但他卻保存了大節不虧，這實在是不能不令人欽羡的，不過最令鉅夫快慰的，還是他們雖然已經長久不見，但從這幅舜舉晚年所畫的折枝花的用筆運墨來看，舜舉的身體畢竟還是很健朗的，要不然又怎能字畫翻騰，腕力遒勁十足？眞的，在鉅夫看來，這些字畫，就是年輕人的身手，也不過如此啊！

鉅夫還有二首題舜舉所作花卉圖的詩，雖然是讚美黃蜀葵的一心向陽之性，和白菊的芳心潔白，但字裡行間，仍不難看出他對舜舉忠貞愛國的情操，晚節猶香的品格，實在是充滿著無限欽慕之情的，今將此二詩錄列於次，以證我所說的不謬：

舜舉黃蜀葵

淡黃衫子道家粧，露白風清殿眾芳。只有向陽心尚在，紛紛紅紫任低昂。

——程雪樓文集卷廿八——

題段郁文所藏錢舜舉畫白菊

黃中雖正色，潔白見芳心。折得無人把，何如晚逕深。

——程雪樓文集卷廿七——

此外鉅夫的雪樓集中，還有好幾首題舜舉畫的詩，這些詩對於舜舉的繪事，也是感興不已，讚譽有加的，今亦併錄於後，藉見其推崇的一斑：

舜舉棠梨練雀

霜暈棠梨臉，風梳練雀翎。含毫心欲醉，開卷眼還醒。

舜舉梨花折枝

粉面丹心淺絳襦，清明時候古城陽。一枝獨背春風老，盡日巡簷撚白鬚。

題段郁文所藏錢舜舉畫梨花

一枝寒食雨，落紙不沾濡。他日成秋實，還能寄我無。

鉅夫的投元，似乎有不得已的苦衷，他幫元世祖在江南徵召的遺賢俊逸，可說都是好人，沒有什麼狐假虎威，作惡百姓魚肉鄉里的，他對於舜舉的忠貞情懷，也還能領略而感到慚愧，他歷事四朝不但能建言興革，而且鯁直敢言，不畏權奸，對於漢人的保護，也盡了很大力量，所以儘管他做了元朝的官，也還不失爲一位良知未泯的好人！但是另外一位翰林學士承旨名叫王思廉的，可就和程鉅夫不同了，他不僅在宋亡以後，即投身元廷，做了蒙古人的臣下，照理說也夠靦顏的了，但是他卻無視於舜舉的大節凜然，竟對舜舉所作的一幅梅花圖，恬不知恥的寫出如下的一篇詩來：

題錢選壽陽梅

一聲白雁渡江潮，便覺金陵王氣消。畫史不知亡國恨，猶將鉛粉記前朝。

——元詩紀事卷四——

按王思廉前詩所謂白雁渡江，乃指至元十二年元朝中書左丞相伯顏率兵渡江，屯師建康（今南京）旋即南下滅宋事。因宋未亡時，江南即有謠云：「江南若破，白雁來過。」當時人皆不知所喻，及宋亡，乃知白雁即元蒙丞相伯顏（或作巴延）的諧稱。王氣銷散，謠諺亂生，也是當時的實情。而壽陽梅則指南朝宋武帝女壽陽公主事，因她在人日即正月七日臥宮中含章殿，梅花飄落在她的額上隱約形成了一朵五瓣的花樣，宮人相效遂以為梅花粧的故事，以後這梅花也就被稱為壽陽梅了，舜舉所畫雅事原意不過如此，想不到王思廉卻不知羞耻自命清高起來，而對舜舉作出商女無知的譏諷，這眞是歷千古而因少見的奇聞鮮事了。

瞿宗吉的生平事蹟

瞿佑，字宗吉，別號存齋，晚年又號樂全叟，他是浙江錢塘人，在明朝洪武末年到永樂六年，曾在封國於河南開封的周王府，擔任過多年的右長史之職。他不但學問淵博而且能詩善文，書學子昂(註)，寫得一手好字，稱得上是一位極富才情的博雅之士。他的著述極多，可惜的是大多都已佚亡，堪稱學術上的一大損失，其一生事跡，據明人徐伯齡所撰的蟫精雋一書說：

先生名佑，字宗吉，生值元末兵燹間，流離四明，岌亂姑蘇，明春秋經，尤嗜著述，尋以仁和山長歷宜陽、臨安二縣，旣而相藩，藩屛有過，先生以輔導失職，坐事繫錦衣獄，尋竄保安為民。太師英國公張輔起以敎讀家塾，晚回錢塘，以疾終。所著有通鑑集覽鐫誤、香臺集、剪燈新話、樂府遺音、歸田詩話、興觀詩、順承稿、存齋遺稿、詠物詩、屛山佳趣、樂全稿、餘清曲譜、保安新錄、保安雜錄等集。一見存其目，喪亂以來，所失亡者，往往人為惜之，如剪燈錄、采芹稿、春秋貫珠、春秋捷音、正葩掇英、誠意齋稿、管見摘編、鼓吹續音、風木遺音、存齋類編、天機雲錦、遊藝錄、大藏搜奇、學海遺珠等集，茲不可復得也，……先生博雅之才，為不可量也，夫先生於流離顛沛喪亂之餘，晚值多故之秋，而其著述不衰，學問益富，視彼飽食終日，無所用心者，有愧多矣！❷

瞿佑被謫保安的確實時間，在我國已無資料可尋，僅能據西湖志餘所載，永樂己亥瞿佑於保安作望江南詞五首一事，推知其謫放時間當在永樂六、七年間。按西湖志餘的記載是這樣的：

永樂間宗吉以詩禍下錦衣獄……已而宗吉謫戍保安者十年，時興河失守，邊境蕭條，永樂己亥（十七年）降佛曲于塞外，選子弟唱之，時值元宵，宗吉淒然作望江南五首云：「元宵景，野燒照山明，風陣摩天將夜半，斗杓揷地過初更，燈火憶杭城。……」❹

不過日本慶安元年所覆刻的在我國久已失傳的杭州本「剪燈新話」序文中，卻保存了好幾篇有關瞿佑生平的重要資料，而且其中有一篇「重校剪燈新話後序」，就是瞿佑本人寫的，此文不僅爲國內刊本所未見，且內容極爲豐富，甚至連瞿佑的謫戍時間，亦淸楚的提出爲戊子歲，亦卽永樂六年，實爲難得一見的瞿氏晚年文獻。其文云：

少日讀書之暇，性喜著述，螢窗雪案，手筆不輟，每為鄉丈拓軒凌公所稱許，不知者有玩物喪志之譏，而決意不回，殆忘寢食，久而長編巨册，積成部帙，治經則有春秋貫珠、春秋捷音、正葩掇英、誠意齋課稿，閱史則有管見摘編、集覽鐫誤，作詩則有鼓吹續音、風木遺音、樂府擬、題屏佳趣、香臺集、采芹稿，攷字則有名賢文粹、存齋類編，填詞則有餘清曲譜、天機雲錦，纂言紀事則有遊藝錄、剪燈錄、大藏搜奇、學海遺珠等集。自戊子歲獲譴以來，散亡零落，略無存者，投棄山後與農圃為徒，念夙志之乖遠，憐舊學之荒廢，書空默坐，付之長太息而已！間遇一二士友求索舊聞，心倦神疲，不能記憶，茫然無以應也，近會胡君子昂，以剪燈新話四卷見示，則得之於四川之蒲江，子昂請為校正，而唐君孟高、汪君彥齡，皆親為謄錄之，字書端楷，極為精緻，蓋是集為好事者傳之四方，抄寫失真，舛誤頗多，或有鏤版者，則又脫略彌甚，故特記之卷後，俾舛誤脫略者見之，知是本之為真確，或可從而改正云。抑是集成於洪武戊午歲，距今四十四祺矣！彼時年富力強，銳於立言，或傳聞未詳，或鋪張太過，未免有所疎率，今老矣！雖欲追悔，不可及也！覽者宜識之。

永樂十九年歲次辛丑，正月燈夕，七十五歲翁錢塘瞿佑宗吉甫書于保安城南寓舍。

瞿佑獲譴的原因，他本人既諱而不談，因之就產生了兩種猜測，一是說「藩屏有過，先生以輔導失職」❺，但我們在永樂六年前的各種史料上，卻找不到什麼藩王的大過，有足以使瞿佑入獄被放的事。另一說則是「先生以詩禍編管保安」❻，不過也有說「先生輔導以正，有聲於時」的❼，似乎瞿佑又不會有什麼大錯，所以這件事就費人疑猜了。

與瞿佑同時在周王府家任過職的王翰，曾爲瞿氏做過幾首詩，顯示了瞿佑不僅能文而且畫學錢選，尤以瓜果見長，同時也透露了他在周藩府中所受到的器重，詩云：

雙瓜圖二首爲瞿長史賦

開圖好似吳興筆，愛與青斑爲寫生。中有周詩千古意，子孫蕃大更才名。
碧叢抽穗爲米苣，青蔓懸瓜若旨苕。一般天機精妙處，便堪持此換瓊瑤。

瞿長史黃瓜圖

車前楚楚初抽穗，桂髓綿綿引嫩條。葉底翠罌真可摘，孰云不可報瓊瑤！

和賜瞿長史象牙笏韻

周旋陛陛已多年，名器新頒秩九遷。價重一雙和氏璧，賜同十萬水衡錢。摛辭每揞金坡下，對命高擎玉殿前。舊物青氈何足貴，好俱簪綬盛家傳。❽

瞿佑在年輕時，就是才思很敏捷的人，故有千里駒之稱⑨。又據王昶明詞綜說，凌彥翀於宗吉爲大父行，彥翀作梅詞霜天曉角，柳詞柳梢青各一百首，號梅柳爭春，宗吉一日盡和之，彥翀大驚，嘆呼爲小友，宗吉以此知名，後彥翀自南荒歸葬西湖，宗吉作詩送之云：「一去西川隔夜臺，忽看白壁瘞蒼苔。酒朋詩友凋零盡，只有存齋冒雨來。」存齋，宗吉自號也⑩。

瞿佑的詩，不僅以敏捷見稱，而且組織工麗，咏古之作，尤多驚策，永樂初，時靖難未久，故詩禍之說，或有所本，而爲當時所諱言亦未可知。他有過汴梁詩一律，頗能見其詩作之驚策，詩云：

歌舞樓臺事可誇，昔年曾此擅豪華。尚餘艮嶽排蒼昊，那得神霄隔紫霞。廢苑荒草堪牧馬，長溝柳老不藏鴉。陌頭盲女無愁恨，能撥琵琶說趙家。

又有過蘇州詩七絕一首，王船山極爲讚賞，以爲不減劉夢得當年，其詩云：

桂老花殘歲月催，秋香無復舊亭臺。傷心烏鵲橋頭水，猶望閶門北岸來！⑪

由於瞿佑不僅對我國的歷史和社會有豐富的認識，就是對於元明之際的政治與時事，也有深刻的瞭解，所以他的許多詩作如天魔舞、春社詞、金陵懷古、讀秦紀、……及詠永樂年間詔選女子入宮諸篇，可說都有其獨到之處，而不能純以遺懷寄興視之。

現存的瞿佑詩文不多，計國內可見的不過歸田詩話、香臺集⑫、詠物詩和剪燈新話等數種而已，日本所存的則有藏於尊經閣文庫內的存齋殘卷，內閣文庫的樂全集和詠物詩等，其他散見於明清以來的各種書籍中的詩詞，則有我所輯的瞿存齋詩詞輯佚。這些著作對於後世的影響，可以看得出來的是，他的歸田詩話實爲我們保存了不少元明之際的文人生活資料，剪燈新話也對於後來日韓兩國以及我國明清小說的發展，有著重大的關係⑬，因此，瞿佑的著作，對於研究中國文學或社會發展史的人來說，我覺得應該是有其一定的價值存在的，這也就是我爲什麼要將個人多年來所輯得的瞿佑詩詞，公之於世的緣由。尚祈博雅君子不吝賜教是幸。

注釋

❶ 明人書學論集，頁九十三，豐坊書訣云：「瞿佑字宗吉，書學子昂，中楷。」

❷ 見徐伯齡：蟫精雋，卷四，頁八，呂城懷古一文。

❸ 王昶：明詞綜，卷一，頁七。

❹ 田汝成：西湖遊覽志餘，卷十二。

❺ 同❷。

❻ 過庭訓、本朝分省人物考，卷四十二，頁三及萬曆本杭州府志均作是說。

❼ 管竭忠：開封府志，卷二十二，頁三。「河南通志」卷五五。

❽ 王翰：梁園寓稿，卷四，頁六及卷五，頁十。

❾ 吳旦生：歷代詩話，卷七十三：「瞿佑字宗吉，年十四，鄉人章彥復命賦雞詩，大加稱賞，手寫桂花一枝，並題其上以贈云：「天上麒麟元有種，定應高折廣寒枝。」瞿翁遂構傳桂堂，廉夫訪士衡（佑之叔祖）於此堂，遊宴屢日，因和兜字韻詩，時宗吉尚少，見廉夫香奩八題，卽席倚和，……廉夫語士衡曰：「此君家千里駒也。」宗吉別有香奩集百餘首，每題有引，俱自爲序。

❿ 同❸。

⓫ 王夫之：船山遺書全集，明詩評選卷八，頁十。

⓬ 香臺集手抄殘本現存臺北故宮博物院，爲北京圖書館舊藏，其書所收詩篇已不足五十首，經遵時於數年前向好友吳哲夫推薦，遂將其刋佈於偉文書局印行之古籍叢刋內，故今之坊間可得而見也。

⓭ 見日人青木正兒氏所著之支那文學藝術考，第六十七頁，又氏著中國文學概說第五章戲曲小說部份亦稱：「有趣味的創作爲明瞿佑的怪談小說集剪燈新話，這本書日人從早就喜歡它，德川初期，淺井了意的伽婢子中，多翻案此書而成者。」筆者按：瞿佑的剪燈新話不僅在日本和韓國發生影響，卽在中國對於明清小說的發展亦有重大關連，如蒲松齡的聊齋志異卽其一例。今國立中央圖書館尙藏有剪燈新話其書的日本活字及朝鮮刻本。

錢舜舉對我國書畫藝術的貢獻

錢選，字舜舉，與趙孟頫同時，爲吳興八俊之一，也是我國宋元之際最傑出的大藝術家，因爲在繪事而外，舜舉的學養和氣節，都超越過孟頫輩太多，實在是了不起的人物。

舜舉不僅博古多文，雅好藝事，尤精鑑賞，一生所見祕籍珍圖，誠不可勝數，今就所知曾經舜舉鑑藏或臨摹題跋過的古畫名蹟，略加述列於后，藉見其涉歷之廣，評鑑之精。當然此等書畫因爲得到舜舉的寶愛，也就更爲後世所珍愛，而延長了它們的藝術生命，這自不能不說是舜舉對於中國書畫藝術的一大貢獻。

一、閻立本西旅獻獒圖

按舜舉的人物畫，多有用唐相閻立本法者，其所摹立本西旅獻獒圖，傳世者卷數似不在少，蓋此圖原爲舜舉所寶藏，故摹寫自多，而今之美國底特律美術館及臺灣私人藏家（見王世杰編藝苑遺珍）亦均藏有其摹本，不同的是美國部份則著錄稱之爲「異域歸忠圖卷」，而卷末則均有舜舉之一跋，略云：

唐宰相閻立本作西旅獻獒圖傳於世，余早年留吡山石屋得其本，今轉瞬四十年，再為之則老境駸駸矣！

據上述資料可知博陵閻相所作之獻獒圖眞跡，經舜舉珍藏於其習懶齋中者當在四十年以上，且舜舉於暮年時尤極爲寶愛之，故爲之再次摹寫，而有老境駸駸之慨也。閻相手跡，傳世稀如星鳳，即舜舉所藏之原跡，今亦不可見矣！幸賴有舜舉摹本多卷而傳其神采，則舜舉於保存珍貴藝術文物，使不致於泯滅無見，有功於後世亦大矣哉！

二、韓左軍馬圖卷

按韓幹，唐陝西藍田人，善貌寫人物，尤工鞍馬，初師曹霸，後乃別自成家，王維見其畫極獎掖之，官至太府寺丞，玄宗好馬，西域大宛歲有來獻，命幹采圖其駿，有玉花驄、照夜白等，時岐、薛、申、寧諸王廄中善馬，幹並圖之，風格之佳，有古今獨步之稱。韓之畫傳世不多，英人大衞德藏有其人馬圖一幅，堪稱傑作。

查式古堂書畫彙考卷九錄有韓左軍馬圖一卷，而歷代名士爲其題跋者有陸放翁、錢舜舉等廿五人，舜舉之題詩如下：

韓公胸次有神奇，寫得天閑八尺駒。曾為岐王天上賜，不隨都護雪中驅。霜蹄奮迅追飛電，鳳首昂藏似渴烏。春草青青華山曲，三邊今日已無虞！

三、周昉內人雙陸圖卷

按石渠寶笈續編，寧壽宮著錄，收有無名款之絹本著色周昉內人雙陸圖一卷，舜舉題詩於其後云：

周昉當年號神品，能傳宮禁眾名姬。因看雙陸思纖手，想見唐家極盛時。

是此圖不僅曾爲舜舉所鑒評，或且爲其所收藏者也，舜舉詩後復有劉孝基及陸師道詩文，而師道則題云：

……此圖，乃唐人周昉筆也，而錢進士為之題，設色精雅，神妙絕倫，如良工之無斧鑿痕，視之皆有生意，真超凡入聖之筆也。……

蓋此圖入明以後輾轉為陸師道友人王季重所藏，清初則又收於式古堂卞氏名下，其後又進入清宮，清末民初於變亂中竟流落海外，而成為美國佛雷爾美術館之藏畫，如此鴻寶，竟致飄泊異域，誠使人不勝浩歎也。

四、李龍眠九歌圖

按式古堂書畫彙考卷十七，載錄有明文嘉題錢舜舉臨龍眠九歌圖云：

右九歌圖乃龍眠居士李伯時之筆，而元吳興錢舜舉所摹，然不必計也，但楮素潔白而用筆精妙，有可愛玩，雖然求龍眠而不得，舜舉斯可矣！其上隸古，且是虞學士伯生所書，蓋當時虞公以隸法名天下，宜其書于此也。

可知龍眠之九歌圖卷，明季已告佚失，幸有舜舉此臨本，賴以傳世，亦云幸矣！此外舜舉尚臨有龍眠之西園雅集圖一卷，詳見陳繼儒書畫史，歷代鑒藏部份。

五、茂宗十六羅漢圖卷

按式古堂書畫彙考畫部卷之十五，有茂宗十六羅漢圖卷，舜舉題云：

僧梵隆字茂宗，居吳興之菁山，善畫山水人物，高宗雅愛之，因得名於時。此卷乃茂宗筆，觀其經營位置，作羅漢渡水狀者，或扶或倚，深則厲，淺則揭，回視顧盼，無不畢備，此茂宗之過於人者，予甚羨之。

查茂宗乃宋僧梵隆之字，爲高宗時畫家，其寫羅漢出入盧楞枷、貫休之間。而湖州府志卷九十三則云：「梵隆乃葉少蘊門僧，久居卞山，故其作畫極多，德壽宮評畫以隆爲龍眠嫡嗣。」可見梵隆乃以白描畫法得傳，則此畫自屬白描羅漢渡水圖中之極品無疑，否則舜舉又何爲美之？

六、張戡獵騎圖卷

按張戡爲五代時之人物畫家，以番部人馬聞名於世，而流傳畫蹟甚少，式古堂書畫彙考，畫部卷之十著錄有張氏獵騎圖卷，舜舉於此圖卷末題云：

張戡居近燕山，得胡人形骨之妙，盡戎衣鞍轡之精，故入神品，此卷非戡不能到，余甚愛之，宜十襲珍藏。

可見舜舉於此圖之寶愛，實非他卷可及，蓋此卷之人物犬馬，莫不宛然生動，堪稱精絕也，舜舉以後復有明人高若鳳等五人所題詩文，頗能道出此圖之內容，並有助於瞭解張戡之畫風及其生平，玆錄高若鳳詩一首沈右跋文各一則於后，以見其概。高若鳳詩云：

一犬前趨五馬隨，赭袍公子跨烏錐。壯游卻憶飛狐北，正是清秋出獵時。

沈右跋云：

張戡者，朔方人也，當五季之世，與胡瓌父子、李贊華、房從真俱以善畫番部人馬之屬名於時，其畫以狼尾製筆，蓋必有所取焉，今觀戡所畫獵騎圖一卷，其間人物、犬馬、弓矢、服飾之類，毫分縷析，曲盡其妙，觀其攬轡疾馳，宛然有沙漠萬里之態，於是知戡畫法精絕，與胡瓌輩不相上下也。

七、趙令穰羣鵝圖卷

按令穰字大年，爲趙宋宗室，官至崇信軍節度使觀察留後，嘗於端午節進所畫扇，哲宗書其背云：「朕嘗觀之，其筆甚妙。」並書國泰二字賜之，一時以爲榮。見唐畢宏、韋偃畫，師之，不歲月間，便能逼眞，所作甚清麗。雪景類王維，小山叢竹學東坡，小景墨雁、雜禽、亦出尋常。歿贈開府儀司三司、追封榮國公。而令穰所畫群鵝圖卷（見石渠寶笈下）拖尾則有舜舉一跋，尤足說明舜舉在少年時代，亦曾師法臨摹過令穰的畫蹟。其跋云：

趙令穰字大年，弟令松字永年，友于俱能畫，其法出唐人畢宏、韋偃，此卷乃大年筆。聰明過人，變二者之法，自出一家，可敬可服，選少年亦師之，可為雅玩。

八、復州裂本蘭亭

按復州裂本蘭亭，蓋宋理宗以賜其寵臣右相賈似道者。其爲名蹟，實可與定武雁行，或係元兵迫建康時，似道被貶後，由半閒堂流落民間，入元以後而爲錢選收得者，故舜舉特於其卷首手繪賺蘭亭圖一幅，蘭亭文後舜舉並題詩云：

背（一）：鼠鬚汪硯寫流觴，一入書林久復藏。二十八行經進字，回頭不比在塵樑。

以下復有明人陶宗儀、趙子崧、邵亨貞、董其昌等八人之題跋，郁氏書畫題跋記有著錄焉。

九、顧愷之列女圖

按石渠寶笈續編養心殿著錄有：錢選臨顧愷之列女圖水墨畫一卷。素牋本，欵吳興錢選舜舉畫。後幅並有戊子小春乾隆御題行書云：

石渠寶笈舊藏顧愷之列女圖，為男女二十有四，童子四，皆標其名，圖中八事，并系以頌，末一事，則缺花氏母及其女子，頌亦未錄，按愷之卷後，汪注跋云：元跋一十五變，四十九人，歲遠遺脫，缺七變廿有一人。則顧卷在南宋時已經缺佚，注於戚某家見蟬翼紙臨本，亦有缺少，注亦嘗摹補，後又為葉隆禮撤去，而附以跋語，故今顧卷中並無補圖。蓋虎頭畫世罕覯，吉光片羽，得之已足珍貴，與其續貂致誚，毋寧去贋以存真也，茲得錢選臨本，只缺鄧曼及傅姆六人，且以許穆夫人至遽伯玉一段，誤列於後，蓋原裱失檢，因為重裝更正，其標名及頌，選當時皆未臨寫，則命于敏中補書之，原缺六人，悉仍其舊，亦猶顧卷不藉摹續意也。卷後董其昌跋謂與晉人一塵之隔，所許自不妄。王穉登跋謂顧本婦人皆朱眉，驗之果然，益可為此卷藍本之證，惟愷之所圖乃劉向列女傳事實，並書其頌，穉登誤以為女史箴，特未嘗深考耳，因並識之。

詩經群山考

一、二南部份

南山

毛傳云：「南山，周南山也。」

時案：王應麟詩地理考引通典云：「長安縣有終南山。」地理志：「終南在武功縣東。」括地志：「終南，一名南山。」此蓋以終南即南山也。又引郡縣志曰：「終南山在京兆府萬年縣南五十里，一名太一，一名中南。」此則以終南爲太一或中南者也。然王氏復以潘岳西征賦有云：「九嵕巀、嶭、太一、巃嵸，面終南而背雲陽，跨平原而連嶓冢。」而謂終南太一，非一山也。更引李善之說曰：「終南，南山之總名，太一，一山之別號。」❶則南山爲終南乎？爲太一乎？果何是耶？王氏之不能決者，往往如此！而陳奐則以爲南山卽太一山，非終南山也。其說曰：「詩言南山，雖繫於召南，實與周南不分疆域，故傳云：『周南山也。』考周原在今岐山縣東，其南與郿縣接界，太一山卽太白山，在縣東南，則周南山卽太一山也。終南山，山在鄠鎬之南，古文尚書家說以武功縣之太一當終南，說者謂秦風之終南，卽此詩傳所說之終南，其誤最甚」❷。尹繼美則以爲周南山卽終南山，（括地志：終南山一名南山，一名周南山。）終南山爲周望山，故詩多舉此爲言，殷雷：在南山之陽，小雅：如南山之壽，南山有臺，節彼南山，信彼南山，皆指終南❸。近人張曉峯氏亦謂南山卽終南山，其言曰：「召南草蟲之詩曰：陟彼南山。又殷其雷之詩曰：在南山之陽。」此南山卽狹義的終南山，廣義的秦嶺，因其在鄠鎬之南故名。」❹

竊以爲詩人之作，多卽景取興，南山蓋周畿內泛言之山，與陶靖節詩：「采菊東籬下，悠然見南山。」所謂之南山，意正相同，而不必實有，更不必強指某山爲南山也。

二、衞風部份

楚丘

毛傳云，楚丘也。正義曰：「鄭志張逸問楚宮今何地？答曰：楚丘在濟河間，疑在今東郡界，然衞本河北，至懿公滅，乃東徙渡河，野處漕邑則在河南矣，又此二章升漕虛，望楚丘，楚丘與漕不甚相遠，亦河南明矣，故疑在東郡界中。杜預云：楚丘，濟陰成武縣西南，屬濟陰郡，猶在濟北，故云濟河間也。但漢之郡境已不同，鄭疑在東郡，杜云濟陰也。」❺

時案：楚丘有二，一在今河南滑縣東六十里者爲衞楚丘，卽詩言「定之方中，作于楚宮」之楚丘也。一在今山東曹縣東南約四十里，爲曹楚丘，古戎州已氏之邑，卽春秋隱公七年戎伐凡伯之楚丘，在成武者也。然昔人每有誤以在成武者卽詩之衞楚丘者，顧棟高闢之甚精，其說曰：「春秋時，有兩楚丘，隱公七年戎伐凡伯於楚丘，在山東曹縣東南四十里，本戎州已氏之邑，凡伯過其地，因刼略之，杜注所謂濟陰成武縣西南者是也。成武與漕縣連境，其一爲僖公四年（時按：當爲僖公二年，顧誤）。衞遷於楚丘，在滑縣東六十里，漢爲白馬縣，水經注曰：白馬濟有白馬城，衞文公東徙，渡河都之，隋開皇十六年，同時置兩楚丘縣，一在漢已氏縣，以戎伐凡伯之楚丘爲名，爲楚丘。一在漢白馬縣，卽桓公封衞者，爲北楚丘。後以曹縣有楚丘，因改名衞南縣。杜佑通典曰：白馬春秋衞漕邑，衞南、衞文公所徙之楚丘也。元和郡縣志及舊唐書所載並同，朱子詩集傳亦云，漕、楚丘，皆在滑州，尤顯然較著，乃班固地理志於成武下則曰：齊桓公所城，遷衞文公於此❻。旣混滑縣之楚丘於成武，而文定說春秋於凡伯傳則云：罪衞不救王臣之難，又混成武之楚丘於滑縣，蓋兩失之，孔穎達疏定之方中，胸無定見，兩岐其說曰：漢之郡境已不同，故鄭疑在東郡，杜云：濟陰也。不知杜云濟陰成武者，乃是凡伯傳之楚丘，與衞無涉，鄭疑在東郡，東郡今之東昌府，亦與滑縣絕遠。傅寅又曰：「堂當是今博州邑，博濮二州連境，案東昌府之堂邑縣與兗州府成武縣相去四百五十里，如何云望楚與堂乎？總因兩楚丘相混，至班固一誤，孔穎達再誤，傅寅三誤，而近日皇輿表於兗州府成武縣亦注云，衞楚丘邑。沿僞襲謬，千載同病。」一

❼陳奐亦曰：「春秋有兩楚丘，一爲曹國邑，一爲衞國邑，常熟顧祖禹方輿紀要云，曹州曹縣東南四十里有楚丘城，春秋戎州已氏之邑，左傳隱公七年戎伐凡伯於楚丘，又襄公十年，宋享晉侯於楚丘，蓋在曹宋間，漢置已氏縣屬梁國，今山東兗州府成武縣卽其地，此楚丘之在宋魯間者也。樂史太平寰宇記，澶州衞南縣下云，衞文公自曹邑遷楚丘，卽此城也，漢爲濮陽縣地，隋開皇十六年，於此置楚丘縣，後以曹州有楚丘縣，改名衞南，此在衞之南垂，故以名縣，又云楚丘城在縣西北四里。方輿紀要云，直隸大名府滑縣，縣東六十里衞南廢縣，春秋時楚丘地，此楚丘之在衞者也。穀梁傳以戎伐之戎爲衞，故楚丘爲衞楚丘。左、公羊，不以戎爲衞，而杜預、何休注，仍誤以楚丘屬衞，酈道元濟水注，濟水北逕楚丘城西。以成武之楚丘爲衞文公遷邑，又瓠子水注，京相璠曰，濮陽城西南十五里有沮丘城，六國時沮楚同音，以爲楚丘。道元以京說爲非，要之先儒之誤，始於穀梁異解，而以成武楚丘當之，其說實踵於班固漢書·地理志云，山陽郡成武有楚丘亭，齊桓所城，遷衞文公於此，子成公，徙濮陽，故帝丘，顓頊虛，今開州，漢濮陽地，滑縣漢白馬地，春秋之曹邑也，則楚丘自當在開州滑縣之間，京相璠以沮丘當楚丘，其說良是，不當遠在兗州界內。地理志又云，齊桓公帥諸侯伐狄，而更封衞於河南曹楚丘，班氏因其誤以戴

公所盧之曹卽曹國，遂以戎伐之楚丘，卽文公所徙之楚丘，且文公時，大河在滑縣之東北入海，至西漢以後，則濮陽成武皆在河南矣。鄭箋云，楚丘，自河以東，夾於濟水。又鄭志答張逸問，楚丘在河濟間，疑在今東郡界中，然則鄭意近在濮陽，不從漢志成武之說矣。」[8]顧、陳二氏之說，蓋皆正誤闢謬之言也，是楚丘當指在河南滑縣東六十里者無疑[9]，舊謂爲成武，衞文所遷者誤。楚丘城則以楚丘而得名者也。

景山

毛傳云：「景山，大山。」正義曰：「釋詁云：景，大也，故知景山爲大山。」[10]朱熹曰：「景測景以正方面也，與既景迺岡之景同，或曰：山名，見商頌。」[11]

時案：景山有三說，一曰大山，卽毛傳、正義所云，景乃形容詞；一曰景山乃測日影（同景）於山也，景乃動詞，卽朱熹之說也；一曰山名，景乃名詞；其說亦有二焉，一謂在淸曹州府屬曹縣，在漢爲成武。水經注濟水注：北逕元氏縣故城西（元氏卽曹縣），又北逕景山東，詩所謂景山與京者也，又北逕楚丘城西。明一統志：景山在曹縣東四十里，廢楚丘北，衞文公徙居楚丘，測日影於此。一謂在淸河南衞輝府滑縣東六十里，蓋卽太平寰宇記所云：景山在澶州衞南縣東南三里。九域志：開德府有景山者也。隋之衞南在漢爲濮陽，屬東郡首縣[12]。是景山有二，一在今山東曹縣，一在今河南滑縣，蓋皆後人附會名之，不得實之說也[13]，詩云：景山與京。景爲大山，京乃高丘，相對成文，景山之不當爲山之專名，由此可見，當以毛說大山爲是。

三、齊風部份

猺

毛傳曰：「猺，山名。」不言其所在。

案猺山，齊國之山也，故說文曰：「猺，猺山也，在齊地，從山，狃聲。」詩曰：「遭我乎猺之間兮⑭。」猺一作巎或作嶩⑮，皆字之異也。朱右曾引隋書地理志曰：「北海郡益都縣有猺山。」又引方輿紀要曰：「猺山在臨淄縣南十五里。」⑯蓋益都與臨淄二地不僅相去甚近，且亦風煙相接，故既云猺山在臨淄南，又云在益都縣內。今山東臨淄縣南有猺山焉，蓋其地也。猺山附近，古殆以產銅聞名於世，故隋時江總所作之鐘銘，猶有「梟氏之匠，猺陽之銅」一語，猺陽卽猺山之南也。

南山

毛傳曰：「南山，齊南山也。」正義曰：「詩人自歌土風山川不出其境，故云南山，齊南山。」⑰

時案：齊風南山詩之南山，有二說：

甲、謂南山卽牛山。此說可以陳奐爲代表，其言曰：「南山屬齊風，故傳云齊南山也，齊南

二、曹大家注幽通賦云：「夷齊餓於首陽山，在隴西首陽。」（今甘肅隴西縣西南。）

三、戴延之西征記云：「洛陽東北首陽山，有夷齊祠。」（今在河南偃師縣西北。）

四、孟子云：「夷齊避紂居北海之濱首陽山。」（疑在今山東北部近渤海之地。）

五、說文云：「首陽山在遼西。」（今河北盧龍縣東南。）[22]

以上諸說之山，以地望言，與詩唐風相關者，當以在晉地蒲坂之首陽爲最[23]，蓋唐風屬晉國，則唐風中之首陽，自以在晉地者爲是也[24]。其山卽水經注所謂之雷首山（一稱首山），闞駰十三州志所謂之獨頭山[25]。括地志謂其山西起雷首，東至吳坂，長數百里，皆隨地而異名，歷山、薄山、襄山、甘棗山、中條山、渠山蓋皆其別稱也[26]。然亦有謂蒲坂之山不當爲唐風中之首陽者，如姚際恒卽曰：「集傳以首陽爲首山之南，然則何以云首陽之東乎？」[27]姚氏蓋未明首山一稱首陽，遂有此文字上之質疑也。又臨海金鄂求古錄則云：「曾子制言中篇云：夷齊居河濟之間。莊子讓王篇云：夷齊北至於首陽之山，遂餓而死。言北至於首陽，則首陽當在蒲坂之北，雷首南枕大河，不得言北也，況論語言首陽之下，是首陽二字名山，非言首山之陽也。蒲坂雷首山，一名首山，不名首陽，則謂首陽在蒲坂者，非也。唐國卽晉國，晉始封在晉陽，卽夏禹都，至穆侯遷於翼，在今平陽，獻公居絳，亦屬平陽，詩所詠首陽，卽夷齊所言隱之首陽也，平陽爲堯都，又黃帝所葬，二子所願居，其地近河濟，又在蒲坂之北，與曾子、莊子所言皆合，但非在河濟之間，意二子先居於河濟，後乃隱於首陽，……故曾子言居河濟之間，而不隱首陽，莊子言北至於首陽，明自河濟間而北去也，首陽之在平陽可無疑矣。」㉘平陽蓋今之山西臨汾，地亦屬晉，金氏之說，可謂明辨矣，然仍不免如歷來釋首陽者，斤斤於其地是否爲二子所顧居，或餓死之所，素不知恥食粟者乃必無之事也㉙。蓋唐風首陽無論在蒲坂或在平陽，皆不必爲夷齊所隱也，所當求者，乃其地望是否相合耳。

五、秦風部份

終南

毛傳云：「終南，周之名山中南也。」又郡縣志曰：「終南山在京兆府萬年縣南五十里，一名太一，亦名中南。」㉚

時案：終與中通，故毛傳以中南稱終南也。然謂太一爲終南者，則不免謬誤，蓋太一乃指陝西郿縣境內之太白山㉛。秦風之終南則漢京兆長安縣之南山，卽今陝西西安南五十里之終南山，故陳奐曰：「酆在長安西，鎬在長安東，則終南爲周酆鎬之南山矣。」㉜然亦別有說者，如朱右曾卽謂終南當在甘肅隴州境內，蓋以終南首起於此，故以託此。朱氏又引括地志云：「終南、南山、橘山、楚山、秦山、周南山、地肺山，此七稱皆終南之名也。」㉝要之，其山自西抵東，綿亙不絕，實皆一山，不必豐鎬之間始爲終南山也。

六、曹風部份

南山

毛傳曰：「南山，曹南山也。」

時案：曹風南山，元和郡縣志以爲在曹州濟陰縣東二十里，寰宇記則謂在縣東南八十里者[34]，且爲氾水所出[35]，蓋卽方輿紀要所云在曹縣東南八十里者[36]。朱右曾曰：「春秋僖公十九年諸侯盟於曹南，卽此。」[37]竊以爲其說皆不免武斷，曹風南山不過詩人取興之辭，此正與陶淵明：「采菊東籬下，悠然見南山」之南山意同，而不必實有某山，或強以某地之山附會之也。

七、豳風部份

東山

王應麟詩地理考引程氏曰：「東山，所征之地。」[38]

時案：東山，毛傳、鄭箋皆不云其所在，蓋以爲非特指某山者，故嚴粲釋之曰：「三監在周之東，周公自西徂東以征之，軍屯必依山爲固，故以東山言之。」[39]亦有以爲東山乃特指某山者，如讀詩略記卽云：「張元岵曰，東山卽魯之東山，魯蓋古之奄國。括地志：曲阜縣東有奄里。卽奄國之地，書稱管蔡流言，奄君教祿父以叛。孟子所云伐奄三年正指此東山之師也[40]。然則魯之東山又果爲何山耶？」閻若璩曰：「或云費縣西北蒙山，正居魯四境之東，一名東山，孟子云孔子登東山而小魯指此，疑近是。」[41]陳奐亦曰：「魯東蒙山在今山東沂州府蒙陰縣南，周公所誅之奄國在魯境內，魯初封曲阜，其後益封，始得奄之故地，左傳祝鮀稱因商奄之民，封魯於少皞之墟。服虔注云，商奄，魯也。周公之征，管蔡之罪未著，勸祿父以畔者，奄君薄姑也。故出師必先征奄國，奄國強大，故踐奄又在克殷之後，詩以徂東山發端者，謂此也。孟子盡心篇：孔子登東山而小魯與詩東山同。」[42]是皆以東山爲蒙山，卽孟子所云孔子登而小魯者也，而山之所在，一則曰在費縣西北，一則曰在蒙陰縣南，初以爲二說非也。實則蒙山正橫亙於二縣之間，閻、陳二氏所觀其山之處地不同，則山之所在自亦有所不同也。然則魯之蒙山，果卽詩言之東山乎？朱右曾別有說焉，其說曰：「黎陽東山也，一名大伾，禹貢：導河至於大伾。國語：商之興也，檮杌次於丕山。漢書．溝洫志：賈讓言，黎陽故大金堤從河西西北行，至西山南頭乃折東，與東山相屬，北盡魏界，卽此東山也。今衞輝府濬縣東二里，周五里，高四十丈有奇，……詩言東山，史記以東爲兵所。周書言臨衞攻殷一也。墨子曰：昔周公非關叔（時按：當爲管叔）東處於商。雖傳聞異詞，可見東卽東征在商地矣，其所以必徂東山者，是時管蔡首亂啓商，而徐奄、蒲姑、淮夷同時煽動，徐在臨淮，奄在魯，蒲姑在濟，淮夷在淮浦，熊盈未詳（時按：熊盈乃附屬於徐、奄之種族）。大率皆東諸侯也。商在河北，與之往來，必道黎陽東山，武庚所居之朝歌才七

九、大雅及周頌部份

岐

山名。漢書・地理志云：「右扶風美陽縣，禹貢岐山在西北。」[49]又顧棟高引郡縣志曰：「岐山一名天柱山，在今陝西鳳翔府岐山縣北十里。」[50]

時案：岐山爲周室肇基之所，文王、武王、周公、召公皆產於其地，岐山縣志稱其勝概云：「岐山北橫，渭水南環，周原峙於東隅，卷阿抱於西鄙。」山又名括箭嶺，以山有兩岐，故名[51]。或曰岐山俗稱鳳凰堆，山在今陝西岐山縣東北五十里[52]。

旱

毛傳曰：「旱，山名。」

時案：毛傳雖以旱爲山名，而不及其所在也。然亦有人取漢書地理志漢中郡南鄭縣之旱山以實之者，以爲旱山在梁州之境，與漢廣相近，故取以興焉[53]。而嚴粲則曰：「詩人因山川以起興皆取其在境內者，漢中遠於豐鎬，豐鎬之間，高山多矣，何獨遠取漢中之旱山乎？既非耳目所及，何言瞻也？旱山不知所在，闕其所不知可也。」[54]余謂其說是也。至於九域志：與元府有旱山。明一統志：旱山在漢中府城西南六十五里。蓋皆後人因詩而附會之山名也。

嶽

毛傳云：「嶽，四嶽也，東曰岱，南曰衡，西曰華，北曰恒。堯之時姜氏爲四嶽之祀。」

時案：嶽，山之大者也，詩人即興，未有捨近而求諸遠者。崧高惟嶽之嶽，當非堯時所謂之四嶽。近人屈萬里曰：「嶽當即尚書禹貢所謂之硏山，亦曰吳山，或稱吳嶽，在今陝西隴縣西南。」55其說是也。

梁山

鄭箋曰：「梁山在馮翊夏陽西北。」

案：經稱梁山有三，一見春秋成五年書梁山崩，爾雅所謂梁山晉望是也，在今陝西韓城西北56，即鄭箋、朱傳、王氏詩地考誤以爲韓奕梁山者也57。一則孟子所稱太王去邠踰梁山，在今陝西乾縣西北五里58。一即詩經韓奕之山，在今北平西北四十里，即尹繼美以爲石景山，而朱右曾以爲在涿州之北四十里，昌平州之西者也59。然韓國近燕，自不能以彼二梁山之在陝西者實之，余謂當以在北平附近者爲是。

十、魯頌及商頌部份

泰山

陳奐曰：「泰當作大，釋文作大山。韓詩外傳、說苑雜言篇引詩作大山。說文：岱，大也。」[60]是泰山一作大山，又作岱山。

案泰山亦稱東嶽，或曰岱宗，其山峯巒溪洞不可勝數，爲古來封禪勝地，山在今山東泰安縣北五里。史記謂：「泰山之陽則魯，其陰則齊。」[61]蓋以此山乃齊魯之界，山南爲魯國之境，山北則齊國之域也。

龜

毛傳云：「龜，山也。」

案陳奐云：「郡國志：『泰山博縣北有龜山。』水經汶水注云：『龜山在博縣北一十五里，昔夫子望山懷操，故琴操有龜山操焉，山北卽龜陰之田，春秋定公十年，齊人來歸龜陰之田是也。』今山東泰安府新泰縣西南有龜山。」[62]實則魯頌之龜山乃在今山東泗水縣東北，新泰縣西南四十里[63]。而非如陳奐所謂卽春秋琴操之龜山也。魯頌云：「奄有龜蒙，遂荒大東」，是龜山當在魯之東境，此山據二縣之界，東爲費縣之蒙山，故奚斯龜蒙並詠，若春秋龜山乃郡國志所謂在泰山博縣之龜山也。然晉魏博縣在今泰安縣爲魯北境，不得云遂荒大東也，其山爲橫阜，伏類龜，直培塿耳，據琴操云，孔子去魯作歌曰：「予欲望魯兮，龜山蔽之，手無斧柯，奈龜山何？」夫言欲望魯，則身出魯境，故不得以魯頌之龜山當之也[64]。而近世志書多引春秋琴操以證兗州府泗水縣龜山[65]不知左傳明曰汶陽之田，是在汶北矣，琴操明曰吾欲望魯兮，是已去魯矣，安得混而爲哉？且博縣龜山與泗水龜山二者相距有百里之遙，亦不可強合也[66]。

蒙

毛傳云：「蒙，山也。」

案蒙山一名東山[67]，或曰即東蒙山，然人多誤以為二山也。如閻若璩即曰：「東蒙，山名，即書之蒙羽其藝，詩之奄有龜蒙，自元和志誤析為二，謂在沂州費縣西北八十里者，蒙山在費縣西北七十五里者，東蒙相距僅五里，覺論語與書、詩，遂各有所屬，界若鴻溝，昔歲過其下，土人承譌，歷歷指點以示我，余則舉漢地志蒙陰縣注曰：『禹貢蒙山在西南，有祠，顓頊國，在蒙山下』證其為一山，而土人仍不悟也。」[68]其山緜延四十餘公里，在今山東省蒙陰縣西臺村東南，高一千四百四十公尺，山中石壁峭立，茂松葱鬱，可謂奇景天成。山頂產雲芝茶，至為名貴，其山西南則接費縣界。蒙山又稱雲蒙，蓋其山因天將雨，則奇雲錯出也。

鳧

毛傳云：「鳧，山也。」

案王應麟詩地理考引郡縣志以為鳧在鄒縣東南三十八里[69]，而陳奐則以為鳧在今鄒縣西南[70]。是鳧有二說，一則曰在鄒之東南，一則曰在鄒之西南。考陳氏之說蓋本元、于欽之齊乘，而宋前地志諸書則皆謂鳧在縣之東南，與齊乘謂在縣西南者異。鳧山有異說，當自金人田肇鳧山人祖廟碑始，其說云：「邑之西南五十餘里，有山曰鳧，魯頌曰：『保有鳧繹』即此山。」實則此鄒縣西南之山，據魏書地形志乃高平郡之承雀山，後人見其形似梟飛，遂誤爲梟山，不知唐宋地，元和郡縣志作承注，太平寰宇記作承斥，元豐九域志作承匡，皆爲承雀形近之譌，未有以爲梟山者也[71]。且梟繹相連，詩有明文[72]。繹山既在今山東鄒縣東南，則梟山之所在，自當從郡縣志之說，以在今山東鄒縣東南者爲是也。

繹

毛傳云：「繹，山也。」

案繹山俗作嶧山[73]以在鄒邑，故一名鄒山，又稱鄒嶧山，或稱騶嶧山，其山蓋在今山東省鄒縣東南二十五里（或說二十二里），水經注謂嶧山周迴二十里，高秀特出，積石相臨，殆無土壤，石間多孔穴，洞達相通，有如數間屋處，俗謂之峯孔，晉永嘉中太尉郗鑒將鄉曲保此山，今山有大嶧，名曰郗公峯，山北有絕巖，秦始皇觀禮於魯，登於嶧山之上，命丞相李斯以大篆勒銘山巔名曰書門，宗封其山爲靈巖侯，明改封嶧山之神[74]。左傳文十三年邾文公卜遷於繹，哀八年邾眾退保於繹。杜預以爲邾邑在魯國鄒縣北者，即此山也[75]。或謂繹山即禹貢之繹陽[76]鄒繹乃不同之二山，皆誤。蓋禹貢繹陽乃葛嶧山，去鄒繹山且二百餘里，峯巒亦多不相連，自不能謂即繹山也[77]。丁鼎丞曰：「梟繹爲疊韻連緜字，繹古音譯玉，梟繹與駱驛爲古今字，駱古音讀路，爾雅繹山，屬者嶧。郭云：兩山駱驛相連屬。故一謂之梟，一謂之繹。」[78]是與繹山相連者，梟山也。嶧山風景絕佳，山勢殆可與泰山爭雄，而有「青芙蓉」之稱，故元鮮于樞詩曰：「東方巨鎮宗岱宗，羣山列侍臣妾同。西南倔起一萬仞，卻立不屈如爭雄。何年天星下天宮，墜地化作青芙蓉。外如剝削中空洞，閨風玄圃遙相通。」

徂來

毛傳云：「徂來，山也。」

案徂來一稱尤來[79]或作徂徠[80]，今山東泰安縣之東南四十四里，卽其山之所在也。山東通志謂其山峯巒嵯峨，周迴百六十里，殿宇隱松柏之中，溪流出藤葛之下，風栗霜柿燦若繁星，洵勝地也[81]。蒼柯紅葉，有若錦繡，則此山風光之美亦可想見矣。

新甫

毛傳云：「新甫，山也。」

案新甫山一稱宮山，在今山東省新泰縣西北四十里，連萊蕪縣界，詩曰：「新甫之柏」是也[82]。王先謙以爲卽梁甫山也[83]。其山高峯插天，盤結百餘里，蒼翠若畫屏，而錦疊繡錯，雲溪風隧，數百里空青不盡，秀麗可知也。爲泰山左翼，舊名小泰山，又因九峯如蓮，亦號蓮花，山上有雲徧，岫下有毬杖壑，西有水寨溪、五雲洞，西北有千人洞深遠不可測，峯前有孤雲寺，漢武帝封禪於此，見仙人跡建離宮於上，遂改名宮山[84]。後仍以新甫名焉。而今人遊此地，則不免有「斤盡魯侯柏，苔殘漢武碑」之嘆也。

注釋

❶王應麟：詩地理考，卷二，頁一九。

❷陳奐：詩毛氏傳疏，第一册，頁三〇。

❸尹繼美：詩地理考略，卷一，頁四—五。

❹張其昀：中華五千年史，第二册，西周史，頁一〇三。

❺毛詩正義，卷三—一，頁四八。

❻班固：前漢書，卷二十八上，地理志，頁二一，山陽郡，成武縣下云：「有楚丘亭，齊桓公所城，遷衞文公於此。」

❼顧棟高：毛詩類釋，卷二，頁四—五。

❽陳奐：詩毛氏傳疏，第二册，頁一一—一二。

❾程發軔：春秋地名圖考，頁二四。

❿見❺。

⓫見朱子詩經集傳卷二。

⓬馬瑞辰：毛詩傳箋通釋，卷五，頁一四—一五。

⓭陳奐：詩毛氏傳疏，第二册，頁一二云：「景山，楚丘旁邑之山也，景訓大，故傳云大山，則不以景爲山名矣。水經濟水注，黃溝支流，北逕景山東，即引衞詩景山與京作證，其說恐不得實。」

⑭ 段玉裁：說文解字注，第九篇下，頁一。

⑮ 班固：前漢書，卷二十八下，地理志，頁二六云：「臨淄名營邱，故齊詩曰：『子之營兮，遭我乎嶩之間兮。』師古曰：『齊國風營詩之辭也，毛詩作還，齊詩作營，之，往也。嶩，山名也，字或作嶩，亦作巎，音皆乃高反，言往適營丘而相逢於嶩山也。』」

⑯ 朱右曾：詩地理徵，卷三，頁六。

⑰ 孔穎達：毛詩正義，卷五—二，頁八四。

⑱ 陳奐：詩毛氏傳疏，第二冊，頁九七。

⑲ 見❸。

⑳ 張其昀：中華五千年史，第二冊，頁二六六。

㉑ 毛詩正義，卷六—二，頁九九。

㉒ 史記，卷六十一，伯夷叔齊列傳，正義，頁六七二。

㉓ 顧棟高：毛詩類釋，卷三，頁八。

㉔ 馬瑞辰：毛詩傳箋通釋，卷十一，頁一九—二〇。

㉕ 水經注，卷四，頁四四，河水又南過蒲坂縣西注。

㉖ 程發軔：春秋地名圖考，頁四〇。

㉗ 姚際恒：詩經通論，卷六，頁一三七。

㉘ 陳奐：詩毛氏傳疏，第三冊，頁二五—二六。

㉙ 皇清經解，卷二十，閻若璩：《四書釋地》，頁二九。

㉚ 引自王應麟詩地理考，卷二，頁一九。

㉛ 見本考南山條。

㉜ 陳奐：詩毛氏傳疏第三册，頁三六。

㉝ 朱右曾：詩地理徵卷三，頁八。

㉞ 王應麟：詩地理考，卷二，頁二五。

㉟ 太平御覽，地部七，引十道志云：「曹南山，有氾水出焉。」

㊱ 程發軔：春秋地名圖考，頁二八。

㊲ 朱右曾：詩地理徵，卷三，頁八。

㊳ 王應麟：詩地理考，卷二，頁二八。

㊴ 嚴粲：詩緝，卷十六，頁二三。

㊵ 朱朝瑛：讀詩略記，卷二，頁八九。

㊶ 閻若璩：四書釋地，卷二十，頁一〇。

㊷ 陳奐：詩毛氏傳疏第三册，頁八四。

㊸ 朱右曾：詩地理徵卷四，頁九。

㊹ 皇清經解，卷一九二，惠吉士：詩說，頁一八二，謂敖在滎澤縣西四十里。程發軔：春秋地名圖考，頁四三則云：「敖山在今河南廣武縣西北十五里。」時按廣武西北卽滎澤之西北，惠吉士以爲在滎澤西十

五里，蓋本諸寰宇記卷九，頁一一，鄭州滎澤縣下：「敖山在縣西十五里」而有此誤者也。

㊺ 陳奐：詩毛氏傳疏，第四册，頁五三云：「敖前乃指敖山之南。」

㊻ 引自朱朝瑛：讀詩略記，卷三，頁三二。

㊼ 酈道元：水經注，卷七，濟水注，頁九四云：「濟水又東逕敖山北，詩所謂搏狩於敖者也。其山上有城，卽殷帝仲丁之所遷也……秦置倉於其中，故亦曰敖倉城也。」

㊽ 顧棟高：毛詩類釋，卷三，頁五。

㊾ 班固：前漢書，卷二十八上，地理志，頁一一。

㊿ 顧棟高：毛詩類釋，卷三，頁一。

51 張其昀：中華五千年史，第二册，頁五。

52 藍孟博：西安，頁一五。

53 王應麟：困學紀聞，卷三，頁二六六。

54 嚴粲：詩緝，卷二十五，頁三五—三六。

55 屈萬里：詩經選註，頁一八三。

56 顧棟高：毛詩類釋，卷三，頁三。

57 王應麟：詩地理考，卷四，頁一六。

58 閻若璩，四書釋地，頁一四。

59 尹繼美：詩地理考略，卷二，頁三三。

⑩ 司馬遷：史記，卷一二九，貨殖列傳，頁二〇五。
⑪ 陳奐：詩毛氏傳疏，第七册，頁六五。
⑫ 陳奐：詩毛氏傳疏，第七册，頁六五—六六。
⑬ 程發軔：春秋地名圖考，頁八八。
⑭ 山東通志，卷二十四，頁一一三五。
⑮ 如王應麟之詩地理考引郡國志博縣龜山，謂在襲慶府奉節縣，又引郡縣志謂在兗州泗水縣，且曰孔子有龜山操。
⑯ 山東通志，卷二十三，疆域志第三，頁一一一七。
⑰ 顧棟高：毛詩類釋，卷三，頁八，引何楷曰：「蒙山一名東山，孟子謂登東山而小魯是也。」
⑱ 毛詩正義卷二十二，頁三四九，正義曰：「論語說顓頊云：昔者，先王以東蒙主謂顓頊主蒙山也。」又皇清經解，卷二十一，頁三六，閻若璩四書釋地東蒙條。
⑲ 王應麟：詩地理考，卷五，頁一一。
⑳ 陳奐：詩毛氏傳疏第七册，頁六六。
屈萬里：詩經選註，頁二〇四，謂鳧山在今山東魚臺縣。案卽陳奐所云之鄒縣西南也。
㉑ 山東通志，卷二十四，頁一一三三，疆域志第三，山川篇。
㉒ 魯頌閟宮詩云：「保有鳧繹」。鳧繹連文可見二山之近。又丁惟汾詁雅堂叢著上册，頁四三八云：鳧繹為疊韻連緜字，繹古音讀玉，鳧繹與駱驛為古今字，駱古音讀路，爾雅釋山，屬者嶧，郭云：兩山駱驛

相連屬，故一謂之㠀，一謂之嶧」。皆㠀嶧相連之證也。

⑬ 陳奐：詩毛氏傳疏，第七册，頁六六。

⑭ 山東通志，卷二十四，疆域志第三，頁一一三一。

⑮ 見左傳文公十三年及哀公八年。

⑯ 顧棟高：毛詩類釋，卷三，頁九，引李氏標曰：「禹貢：徐州嶧陽孤桐，此嶧卽嶧陽也。」

⑰ 同⑬、⑭。

⑱ 丁惟汾詁雅堂叢著上册，頁四三八。

⑲ 酈道元：水經注卷二十四，頁三一四，汶水篇注云：「（汶文）又西南流，逕徂徠山西，山多松柏，詩所謂徂徠之松也。……鄒山記曰：『徂徠山在梁甫、奉高、博三縣界，猶有美松，亦曰尤徠之山也，赤眉渠帥樊崇所保也，故崇自號尤徠三老矣』」

⑳ 王先謙：詩三家義集疏，卷二十七，頁一七云：唐石經來作徠。

㉑ 山東通志，卷二十三，疆域志第三，山川篇，頁一一一四。

㉒ 顧祖禹：讀史方輿紀要，卷三十一，頁二六。

㉓ 王先謙：詩三家義集疏，卷二十七，頁一七云：「漢地理志泰山郡有梁父縣。後魏志魯郡汶陽縣有新甫山，新甫卽梁甫也。父甫古通用。白虎通曰：梁甫者，泰山旁山名。又曰：梁，信也，甫輔也。信古讀如伸，伸辛雙聲，顏氏家訓音詞篇引字林伸音辛，則知梁訓爲伸，伸讀同辛，故梁甫一作新甫。」

㉔ 山東通志，卷二十三，疆域志第三，山川篇，頁一一一七。

沙州敦煌二十詠校箋

一、前　言

敦煌石室寶藏自一九〇〇年四月流布於世後，因其資料豐富，不僅具有學術探討之價值，且又包羅層面極爲廣濶，無論宗教、語言、史地、文學、藝術、醫藥、民俗，乃至民間賬籍、譜牒、甚而尚有希伯萊文舊約聖經殘頁等等，可謂無不盡有，加之多爲第一手資料，故對於各方面學有專長之中外學者，最能觸發研究興趣，往往就其興會所至，列出重點分別探討，甚至畢生努力於斯，樂莫大焉！至於造益後學而踵武前賢者則尤多俊彥，於是研究敦煌石室文獻者乃大有發明，蔚然形成敦煌專學，數十年來其收穫之富，貢獻之大蓋可想見。

敦煌寶物之流失海外，始之於一九〇七年英籍匈亞利人斯坦因首至敦煌，計取去寫本廿四箱，以及其他圖畫古物等五箱，其中寫本內長卷無缺者凡三千卷，殘卷則亦有六千卷，卽今英國倫敦大英博物館所藏者；同年末法人伯希和繼至，又取去寫本十餘箱約六千卷，亦屬精品，卽今法國巴黎圖書館所藏者。當伯希和道經北京時，因請教國人羅振玉，其事始爲清廷所悉。然不以爲意也。翌年日人橘瑞超繼往又取去一部份，至是淸政府始命甘肅有司將石室中之殘卷悉數運北京，惜以人謀不臧，搬運至京途中，大部份精品又多爲人盜取，此殆後來流入蘇俄列寧格勒圖書館者。而我國所得能保有者，則不過九千卷矣！往昔國事蜩螗，學術文物之不爲政府人民所寶愛，乃至於此，良可浩嘆也！所幸近數十年散處各國之敦煌學術資料，均已獲得公開，加以攝影之術大進，故籍舊卷皆可申請攝製微卷，合而彙印爲專書，雖有所花費，而學者得以減省舟車跋涉之苦、抄寫校對之勞，研讀之時，則又如見其眞，誠大有助益於學術研究也，此則又敦煌寶籍散失異域不幸中之大幸矣！

余少時於開發西域之前賢如張博望、班定遠輩，最爲欽遲，故於邊疆史地文學頗多接觸，亦時有文字發表於報刊雜誌以請益於師友，頗獲田師炯錦及世伯沙學浚二先生之嘉勉，囑多著力焉！民國四十五年春余時尚肄業東吳法學院，因見家君師大教授任申伯先生輯錄敦煌佚叢，以其部份文字多與西域有關，遂利用課餘之暇，加以閱讀而興味甚濃也，猶憶當時印象最深者，乃詩篇中之敦煌二十詠，惟以詩中文字頗有脫誤，加之若干人地之事又無箋釋，實難推求，讀之良感不便，然不失私心之喜愛也，而余之所不解者，其後竟亦未再追究探討，則余少年時之荒廢不學，亦有足以汗顏者，時光荏苒，乃不覺駸駸又三十餘年矣！今秋十月雙慶有長假數日，因整理書室，重又檢得其書再讀一遍，遂爲敦煌二十詠作一校箋，庶不致蹉跎時日而稍贖前愆，蓋以此二十詠自伯希和取得其寫卷五本及斯坦因取得其殘卷一本西去歐洲後，其文字中土雖有抄本，而數十年來竟未能如其他文卷受人注目及研究，有之，亦僅一、二人如王重民氏爲之校勘而已，然脫失未盡，不無憾焉！至於爬梳箋釋之事，環觀學林，則尚無動筆者，或其事費時無功，而壯夫有所不爲也，學問之道，一至於此，亦可嘆也！

敦煌二十詠之作者爲誰？今已不可探究，然其成詩時間則可考知乃成於唐末五代之前，此以其詩不僅有涉及晉隆安中西涼王李暠父子之李廟咏，亦有關乎唐中宗神龍年間，刺史張孝嵩之玉女泉故事者，而伯編三八七〇號敦煌二十詠寫本末尾，則復有（唐懿宗）咸通十二年十一月廿日學生劉之端寫記字樣，凡此均足說明，此二十詠涵蓋之時代也。至其詩之價值除載錄當時風俗人情外，而於增進後人對敦煌史地之瞭解則尤有助益，並可與沙州地志殘卷及敦煌錄互爲比校印證。余不敏，乃敢率爾爲眾所不爲者而爲之，而學殖又有所不逮，勉強校箋，自不免有所疏謬，貽笑於大方者，尚祈博雅君子有以指教是幸。

二、沙州敦煌二十詠並序

僕到三危，向踰二紀，略觀圖錄，粗覽山川，古跡靈奇，莫可詳究，聊申短詠，以諷美名云爾！

沙州：沙州本前涼置，轄今甘肅安西至新疆吐魯番之地，治敦煌，晉改置瓜州，尋改爲西沙州，貞觀七年去西字，天寶元年改敦煌郡，乾元元年復爲沙州，有縣三，即龍勒、效穀、懸泉。

敦煌二十詠，今可見者詩凡六寫本，其編號分別爲伯二七四八、伯三九二九、伯二九八三、伯三八七〇、伯二六九〇（僅存第一首）、斯六一六七等六號。又本題伯三九二九號作「沙州敦煌古蹟廿詠」，伯二九八三號「廿詠」作「二十詠」。伯二六九〇、二九八三、三八七〇等三號題下皆無「並序」二字。伯字係表伯希和所取得者，斯字則表斯坦因所取得者。

三危：「三危」，伯三九二九、三九八三、斯六一六七號皆寫作「峗山」，伯二九八三號「危」亦作「峗」。按「三危」乃敦煌名山之望，故又爲敦煌之代稱。序云：僕到「三危」，正敍作者之來敦煌也，又按杜預左傳：「允姓之姦，居於瓜州。注：允姓之祖，與三苗俱放於三危。瓜州，今敦煌也。」括地志：「在沙州敦煌縣東南四十里，山有三峯，故名，亦名卑羽山。」金履祥尚書注：「沙州敦煌縣東四十里有卑雨山，有三峰甚高，人以爲三危。」明都司志：「三危爲沙州望山，今在城東南三十里，三峯聳峙，如危如墮，故名。」

「向」字伯二七四八、三九二九號並無，此據伯二九八三、三八七〇、斯六一六七號補入。

二紀：古時一紀爲十二年，「向逾二紀」則云作者客居敦煌已過二十四年矣！按國語晉語：「畜力一紀」注：「十二年歲星一周爲一紀。」又伯三九二九「二紀」寫作「三紀」，當係筆誤。

伯二七四八、三九二九號「短」字下多衍文「見」字，此依伯二九八三、三八七〇號刪去。

伯二七四八、三九二九號「爾」字下亦多衍文「矣」字。

(一) 三危山詠

三危鎮羣望，岫崿凌穹蒼。萬古不毛髮，四時含雪霜。巖連九隴嶮，地竄三苗鄉。風雨暗溪谷，令人心自傷。

三危：伯二六九〇、二九八三、三九二九號皆作「峗山」，伯二七四八號則作「三危」，今從之。按史記·五帝紀，司馬相如傳，正義引括地志云：「三危山在沙州東南三十里。」又括地志云：「三危山有三峯，故曰三危，俗亦名卑羽山在（敦煌）縣東南四十里。」

羣望：衆所仰望也。詩·小雅，都人士：「萬民所望」。

岫嶝：山有穴爲岫，高厓爲嶝。

毛髮：指山之草木。不毛髮者，謂不生草木也。

「嶮」字，伯三八七〇號作險。

地竄三苗鄉：山海經云：「又西二百二十里曰三危之山。」注曰：「今在敦煌郡。」尚書云：「竄三苗於三危。」是也。

伯二九八二號「谷」誤作「浴」。

(二) 白龍堆詠

傳道神沙異，喧寒也自鳴。勢疑天轂動，殷似地雷驚。風削稜還峻，人躋刄不平。更尋培井處，時見白龍行。

白龍堆：「堆」字伯三八七〇號作塠，蓋堆之俗字也。白龍堆乃漢唐時代由敦煌西至樓蘭城所必經之途，亦卽羅布泊古海床，漢唐時代稱爲鹽澤之蒲昌海，實際上爲堆積厚之硬鹽層與石膏層，故分佈面積甚廣，此等鹽層，又常皺成傾斜形之大塊巨堆，其間復壓成細微之稜角，無論行旅人馬途經其地，皆有艱苦不便之感，其最狹處寬度凡三十餘公里。沙岡堆塊，起伏相接，一線灰白，遠望似龍，古人見而異之，遂名爲白龍堆，或又簡稱爲龍堆，如唐太宗飲馬長城窟詩云：

「都尉反龍堆，將軍旋馬邑。」又沙州文錄載唐僧統撰述之翟家碑亦云：「龍堆磅礴，透弱水而川流。」

神沙：卽敦煌之鳴沙山也。按舊唐書地理志沙州下云：「隋敦煌郡，武德二年置瓜州，……五年，改爲西沙州，皆治於三危山，在縣東南二十里，鳴沙山一名沙角山，又名神沙山，取州名焉，在縣七里。」又沙州地志殘卷云：「鳴沙山，其山流動無定，峯岫不恒，俄然深谷爲陵，高崖爲谷，或峯危似削，孤岫如畫，夕疑無地，朝已干霄，中有井泉，沙至不掩，馬馳人踐，其聲若雷。」

伯二七四八號自「異」字至「勢」字，共缺七字。

「疑」字伯三九二九號作「擬」，「轂」字伯二七四八號作「鼓」。

殷似雷電驚：「殷」字當是「聲」字傳寫之誤，蓋「勢疑天轂動」正與「聲似地雷驚」相對成文也。

「削」字下伯二七四八號缺失四字。「稜」字伯三九二九號作「陵」。

「人」字伯二九八三號缺失，「刃」字伯三九二九號作「忍」，仍當作「刃」爲是，刃蓋形容白龍堆巨大鹽積堆塊之山稜，雖經年有行旅經過，風沙吹刮而稜線如刃，終不稍變也。

「培」字伯二九八三、三九二九號並作棓。又伯二七四八號「見」字下缺失四字。

時見白龍行：此云鳴沙山附近井泉，往昔傳說時有白龍出沒也。

(三) 莫高窟詠

雪嶺干清漢，雲樓架碧空。重開千佛刹，旁出四天宮。瑞鳥含珠影，靈花吐蕙叢。洗心遊勝境，從此去塵蒙。

莫高窟，卽今敦煌千佛洞，一稱敦煌石室，位於敦煌縣南四十里（北緯四十度，東經九十四度五十分）。據聖曆元年（西元六九八年）李懷讓大周李君修功德記，其窟始建於苻秦建元二年（卽晉廢帝太和元年，西元三六六年）蓋因沙門樂僔行至此山，忽見金光，狀有千佛，遂爲造窟一龕，其後法良禪師及刺史建平公東陽王等相繼造作，至武周時遂達千龕。

「嶺」字伯三九二九號誤作「領」。

「干」字伯三八七〇號作「千」，伯二七四八號作「于」，並誤。當從伯二九八三、三九二九號作「干」字是。

「漢」字當從伯三九二九號作「漢」是。

「碧」字伯三九二九號誤作「壁」。

千佛刹：按卽指莫高窟，俗所謂千佛洞是也。

四天宮：泛指四座大廟。或卽四天王之廟所也，按長阿經曰：「東方天王名羅吒，領乾闥婆及毗舍闍神將，護弗婆提人，南方天王名毗琉璃，領鳩槃荼及薜茘神，護閻浮提人，西方天王名毗留博叉，領一切諸龍及富單那，護瞿那尼人，北方天王名毗沙門，領夜叉羅刹將，護鬱單越人。」

瑞鳥：鸞鳳也。

「靈」字伯三九二九號誤作「令」。

洗心：洗滌心中雜念之謂。唐、孟浩然贈洪府都督韓公詩：「物情多貴遠，賢俊豈遙今。遲爾長江暮，澄清一洗心。」又改過向善之意，後漢書郭泰傳：「洗心向善。」

(四) 貳師泉詠

賢哉李廣利，為將討兇奴。路指三危迴，山連萬里枯。抽刀刺石壁，發矢落金烏。志感飛泉湧，能令士馬甦。

貳師泉：一種懸泉水。據唐人寫沙州圖經云：「在（沙）州東一百三十里，出於石崖腹中，其泉傍出細流，一里許卽絕……」西凉異物志云：「漢貳師將軍李廣利西伐大宛，迴至此山，兵士衆渴乏，廣乃以掌拓山，仰天悲誓，以佩劍刺山，飛泉湧出，以濟三軍，人多皆足，人少不盈，側出懸崖，故曰懸泉。」遵時按：上述西凉異物志乃凉州異物志之筆誤，蓋唐人書寫所未注意，今並爲更正，又敦煌錄載：「貳師泉，去沙城東三程，漢時李廣利軍行渴乏，祝山神，以劍劄山，因之水下流。」

李廣利：李廣利者漢武帝所寵李夫人之兄也。武帝時廣利爲貳師將軍，發屬六千騎及少年數萬人往西域取善馬，西過鹽水（按卽今新疆羅布泊）攻郁城不下，返至敦煌，遂屯歲餘，再發甲卒十八萬，越帕米爾高原長驅直入錫爾河岸之大宛國都（大宛卽今中亞烏茲別克、吉爾吉斯、塔吉克三共和國之地）圍攻月餘，城下，殺大宛王，並另立昧蔡爲其王，且令派遣質子於長安，一時西域震服，以是漢之聲威遠播更及於烏孫、大宛以西，各國遣使來貢者不絕，廣利之武功煊赫蓋可知也。

「指」字伯三九三九號作「至」。

「危」字伯二九八三、三九二九號並作「峗」。

「矢」字伯二九八三號誤作「爾」。

發矢落金烏：金烏，日中之三足烏也。此用淮南羿射十日，中其九日，日中九烏皆死，墮其羽翼故事，以喻李廣利弓箭之高超神勇。

「甦」字伯三八七〇號作「蘇」。

（五）渥洼池天馬詠

渥洼為小海，伊昔獻龍媒。花裡牽絲去，雲間曳練來。騰驤走天闕，滅沒下章臺。一入重泉底，千金市不迴。

渥洼池天馬：渥洼，水名，在今甘肅安西縣境內，蓋黨河之支流所聚者也，漢書・武帝紀所云：「元鼎四年，馬出大宛渥洼水中，作天馬之歌。」又云：「將軍李廣利斬大宛王首，獲汗血馬來，作西極天馬之歌。」亦並指此。然余頗疑此水殆卽今敦煌莫高窟附近之月牙泉是也。他日有暇，當再考之，姑附記於此。

龍媒：駿馬也。漢書禮樂志：「天馬徠，龍之媒。」又杜甫詩：「有能市駿骨，莫恨少龍媒。」

章臺：「章」字伯三九二九號誤作「張」。章臺本宮名，戰國時秦所建，在陝西長安故城西南隅，中有章臺，故名。

重泉底：此言深水之下也，按漢書・武帝紀云：「其馬生渥洼水中，神異難得者也。」

「迴」字伯二九八三號誤作還，與詩韻不合，非。當從伯三八七〇號作「迴」。

(六) 陽關戍詠

萬里通西域，千秋尚有名。平沙迷舊路，眢井引前程。馬邑無人問，晨雞吏不聽。遙瞻廢關下，晝夜復誰扃。

陽關：故址在今甘肅敦煌縣西南一百五十六里，黨河之西，王維詩有：「勸君更盡一杯酒，西出陽關無故人。」之語，蓋其地為唐人西出之最後關頭也。

萬里通西域：此以西域去長安相距約萬里而云。又唐人岑參玉關寄長安主簿詩亦云：「東去長安萬里餘。」玉關則玉門關也。其地在敦煌西北約百六十里，並可為證。

「秋」字伯二九八三號，誤作「金」。

眢井：無水之枯井，即廢井是也。

「引」字伯三九二九號作「隱」。

馬邑：伯二七四八、三八七〇號並誤書為「馬色」，伯三九二九號又誤作「鳥素」。馬邑蓋指馬匹互市買賣之所也。

廢關：按陽關自唐建中二年（西元七八一年）沙州陷吐蕃之後即告廢，此亦撫今憶昔有感之作也。

（七）水精堂詠

陽關臨絕漠，中有水精堂。暗磧鋪銀地，平沙散玉羊。體明同夜月，色淨含秋霜。可則弃胡塞，終歸還帝鄉。

水精堂：按晉書卷八十七，凉武昭王傳有云：「初，呂光之稱王也，遣使市六璽玉於于窴（卽于闐），至是（晉隆安四年）玉至敦煌，納之郡府，乃（原書誤作仍）於南門外臨水起堂，名曰：靖恭之堂，以議朝政，閱武事。圖讚自古聖帝明王，忠臣孝子……起嘉納堂於後園，以圖讚所志。」余頗疑此靖恭堂卽水精堂之別稱也。蓋水精乃形容玉色之晶盈雪白，玉體之圓潤可愛，故詩中亦明言此玉乃色白而圓者，所謂：「體明同夜月，色淨含秋霜。」是也，或卽上述于闐所納之六璽玉形狀耳。而靖恭堂西凉錄亦載其所，惜唐時已破毀，惟堂階尙存，詩人見之，不免興悲也。

磧：沙漠也。杜甫送人從軍詩：「今君渡沙磧，累月斷人煙。」

「沙」字伯三九二九號作「砂」。

弁：「棄」字之俗寫。

「塞」字伯三九二九號誤作「賽」。胡塞，長城之謂也。

「終」字伯三九二九號誤作「中」。

帝鄉：京師所在，乃天子鄉里，唐時京師在長安，故帝鄉所指卽謂長安也。後漢書・劉隆傳：「河南帝城多近臣，南陽帝鄉多近親。」

「歸」字伯三八七〇號作「期」。

(八)玉女泉詠

用人祭淫水，黍稷信非馨。西豹追河伯，蛟龍遂隱行。紅粧隨洛浦，綠鬢逐浮萍。尚有銷金冶，何曾玉女靈。

玉女泉：按敦煌錄：「城西八十五里有玉女泉，人傳頗爲有靈，每歲此郡率童男女各一人，年則順成，不爾損苗。父母雖苦坐離，兒女爲神所錄，歡然攜手而沒。神龍中刺史張孝嵩下車，郡人告之，太守怒曰：豈有以源妖怪害我生靈！遂設壇備牲泉側曰：願親見本身欲親享。神乃化爲一龍，從水而出，太守應弦中喉，拔劍斬首，親詣闕進上，玄宗（遵時按：當係中宗之誤）嘉稱再三，遂賜龍舌，勑號龍舌張氏，編在簡書。」可見此乃敦煌地區之神話也。

西豹：西門豹之簡稱也。豹，戰國魏人，魏文侯時爲鄴城（在今河南臨漳縣西）令，鄴俗素信巫，歲斂錢，選良民處女投河中，謂爲河伯娶婦，收錢數十萬，用其二三十萬，民以爲苦，豹得其情，投巫於河，其俗乃除，豹遂發民鑿十二渠，引河水灌田，後世賴其利，司馬遷史記滑稽傳、魏世家、河渠書，多稱美其事焉。

河伯：河神也。「伯」字伯三八七〇號誤作「佰」。

「行」字伯三九二九號誤作「刑」。

「粧」字伯三九二九號作「粉」。

洛浦：洛水之濱也，漢，張衡思玄賦：「載太華之玉女兮，召洛浦之宓妃。」

「浮」字伯三九二九號誤作「淫」。

銷金治：銷金治者，以金熔鑄爲水之謂。蓋形容淫祭爲銷金費財，極爲浪費民間財力之事也。

（九）瑟瑟監詠

瑟瑟焦山下，悠悠採幾年。為珠懸寶髻，作璞間金鈿。色入青霄裡，光浮黑磧邊。世人偏重此，誰念楚材賢。

瑟瑟：西域所產之一種玉石，唐時敦煌婦女頗喜用之爲妝飾。杜甫石笋行：「君不見益州城西門，陌上石笋雙高蹲。古來相傳是海眼，苔蘚蝕盡波濤痕。雨多往往得瑟瑟，此事恍惚難明論……」唐書于闐國傳：「德宗遣內給事朱如玉之安西，求玉於于闐，得瑟瑟百斤。」按唐時于闐在今和闐西十一公里，瑟瑟監者，則其時官設採玉之製作所也。

焦山：地名，蓋西域產瑟瑟之礦所，今不詳何在。

「爲珠懸寶髻」，伯三九二九號作「爲懸寶蓋髮」。

「材」字伯三九二九號作「才」。

（十）李廟詠

昔時興聖帝，遺廟在敦煌。叱咤雄千古，英威靜一方。牧童歌塚上，狐兎穴墳傍。晉史傳豁略，留名播五凉。

李廟：此乃西涼王李暠，祀其先世之廟，沙州圖經及敦煌錄均載記其事，而圖經則更詳記其廟東更有一廟，爲祀李暠之子譚、讓、恂等之廟。其文云：「先王廟，其院周迴三百五十步，高一丈五尺。次東有一廟，是暠子譚、讓、恂等廟，周迴三百五十步，高一丈五尺，號曰李廟，屋宇除毀，階牆尚存。」因李廟在唐時已甚荒敗，故此詩乃有「牧童歌塚上，狐兎穴墳傍。」不勝黍離之悲，誠爲當時歌詠實況。

「時」字伯三九二九號作「日」。

「與」字伯二七四八號誤作「與」。

興聖帝：卽涼武昭王李暠是也。暠字玄盛，隴西狄道人，漢前將軍李廣之十六世孫，少而好學，性沈敏寬和，美器度，通涉經史，尤喜文義，及長頗習武藝，誦孫吳兵法，晉隆安四年，暠以安西將軍敦煌太守，獲晉昌太守唐瑤移檄六郡，推爲大都督大將軍涼公，領秦、涼二州牧，有今甘肅西北部之地。暠更發兵東伐涼興，並擊玉門以西諸城，皆下之，及晉義熙元年遂因勢改元爲建初。史稱暠有「緯世之量，當呂氏之末，爲群雄所奉，遂啓霸圖，兵無血刃，坐定千里，謂張氏之業指期而成，河西十郡歲月而一。」今觀其所著述賦及戒子書（均見晉書卷八十七），尤足見其仁民愛物，爲政之精誠恬豁，用能創業西涼也。暠薨於晉安帝義熙十三年（西元四一七年），年六十七，國人諡曰昭武王，有詩賦數十篇傳世，唐玄宗天寶二年（西元七四二年）詔追尊之爲興聖帝。

「遺」字伯三八七〇號誤作「遺」，伯三九二九號作「唯」。

「狐」字伯三九二九號誤作「孤」。

「墳」字伯三九二九號作「其」。

晉史傳韜略：按晉書卷八十七、列傳第五十七涼武昭王李玄盛傳，卽李暠傳也。書頗稱其器度之美，忠勇傑出，謂云：「涼武昭王英姿傑出，運陰陽而緯武，應變之道如神，呑日月以經天，成物之功若歲，故能懷荒弭暴，開國化家，宅五郡以稱藩，屈三分而奉順。」又曰：「武昭英叡，忠勇霸世。王室雖微，乃誠無替。遺黎飲德，絕壤霑惠。積祉丕基，克昌來裔。」蓋當中原板蕩動亂不安之際，外族恣睢，烽煙頻起，僻處河西之沙州得能保有一片寧境地，而爲中國之疆域者，實賴暠之韜略過人，努力經營有以致之也。

五涼：「涼」字伯二七四八號，誤作「京」。五涼者，舊以甘肅河西之地先後有前涼、後涼、南涼、西涼、北涼五國建立，故世多有習稱其地爲五涼者。

（十一）貞女臺詠

貞白誰家女，孤標坐此臺。青娥隨月轉，紅粉向花開。二八無人識，千秋已作灰。潔身終不嫁，非為乏良媒。

貞女臺：伯三九二九號作「貞女樓」。

貞白：立身清白貞潔之謂也。

孤標：獨特超出者也。

「娥」字伯三八七〇號作「蛾」。

「轉」字伯三八七〇號作「盡」。

「灰」字伯三九二九號誤作「迴」。

「終」字伯三九二九號誤作「中」。

良媒：好媒也。詩經氓篇：「匪我愆期，子無良媒。」

（十二）安城祆詠

板築安城日，神祠與此興。一州祈景祚，萬類仰休徵。蘋藻來無乏，精靈若有憑。更看雩祭處，朝夕酒如繩。

安城祆詠：此爲詠沙州附近安城所建之祆教神廟詩也。安城何在今已不能詳。祆教則爲唐時由波斯傳入西域之拜火教，唐貞觀五年其教且傳入長安，勅建祆神廟焉。又按沙州圖經載：「祆廟在州東一里，立舍畫神，主（境內蔎）物，總有二十龕，其院周迴一百里。」伯二六二九號紙接縫處有「歸義軍節度使新鋳司」印，其紀錄斷簡有「七月十日城東祆賽神酒兩甕」字様，此爲當時人以酒祭祆神，以爲祈雨有關資料。圖經言沙州有四所雜神，即土地神、風伯神、雨師神、及祆神。今據詩言除祆神廟可知建於沙州築城之同時外，其他三神廟則不悉起於何時矣！

板築：板爲砌牆之板，築爲舂土之杵。築牆時以兩板夾土，用舂夯，使之結實，此處言板築則築城之謂也。

與：伯三九二九號「與」字作「以」。

一州：伯三九二九號「一州」作「州縣」。

景祚：大福也。

蘋藻：蘋與藻皆水草名，古時廟中祭祀用爲示敬者。左傳，襄公二十八年：「濟澤之阿，行潦之蘋藻，置諸宗室，季蘭尸之，敬也，敬可棄乎！」又庾信西門豹廟詩：「蘋藻由斯薦，樵蘇幸未侵。」

雩祭：旱而求雨之舞樂祭也。

(十三) 墨池詠

昔人精篆素，盡妙許張芝。草聖雄千古，芳名冠一時。舒牋行鳥跡，研墨染魚緇。長想臨池處，興來聊詠詩。

墨池：按沙州圖經張芝墨池：「在縣東北一里，效穀府東南五十步，張芝是後漢獻帝時人，於此學書，其池盡墨，書絕世，天下傳名。王羲之云：（芝）臨池學書，池水盡墨，好之絕倫，吾弗及也。又草書出自張芝，時人謂之聖，……（中略）開元四年九月燉煌縣令—趙智本勸諸張族一十八代孫張仁會等，修葺墨池，中立廟及張芝容。」

草聖：張芝，字伯英，號有道，爲我國東漢時敦煌酒泉人，芝不僅爲我國歷史上最爲傑出之章草書法大家，且品德高古，爲人正潔，知名於當時，即現行之今草相傳亦其所創。蓋張芝最精章草，故能研其體勢，去其點畫波磔，每字一筆而成，偶有不接者，亦皆形斷神連，氣脈暢通，時出新意，遂爲三國時之韋誕推稱爲「草聖」，東晉大書法家王羲之於漢魏書跡，亦首推鍾（繇）、張（芝），以爲其餘不足觀也，故詩云：「草聖雄千古，芳名冠一時」，信非虛言也。張芝有弟名昶，亦以書名於世，有「亞聖」之稱焉。

「芳」字伯三九二九號誤作「方」。「冠」字誤作「觀」。

鳥跡：篆文似鳥跡，以喻古篆也。古人傳說黃帝之世，倉頡見鳥獸之跡，以造書契。

魚緇：緇者，黑色也。此謂張芝長年勤於習書，筆硯清洗極多，遂令池水爲之墨黑而池魚亦緇也。蓋每次寫字完畢，書家必須將筆硯上之餘墨用清水洗淨，筆毛才不致有所脫落或曲鋒之病，硯石也才不致因有宿墨在上，而不能發墨細膩，有損於筆與硯也。

（十四）半壁樹詠

半壁生奇木，盤根到水涯。高柯籠宿霧，密葉隱朝霞。二月含青翠，三秋帶紫花。森森神樹下，祈賽不應賒。

宿霧：昨夜之霧也。陶潛詠貧士詩：「朝霞開宿霧，眾鳥相與飛。」

「密」字伯三九二九號誤作「蜜」。

三秋：九月季秋也。王勃滕王閣序：時唯九月，序屬三秋。

「祈」字伯三九二九號作「祇」。

賒：緩也，此言祇神之賽，正當其時而不可緩也。

（十五）三攢草詠

池草三攢別，能芳二月春。綠苔生水嫩，翠色出泥新。弄舞飡花蝶，潛驚觸釣鱗。芳菲觀不厭，留與待詩人。

三攢草：敦煌水草之一種，今未見之。

「三」字，伯二七四八號作「一」字，今依詩題及伯三九二九、三八七〇、斯六一六七號三卷，爲之改正。

「綠苔生」三字原缺，玆據伯三九二九、三八七〇、斯六一六七號三卷補足。又綠字伯三九二九號誤作「緣」。三八七〇誤作「錄」。

「嫩」字伯二七四八號誤作「嬾」，從斯六一六七號改正。

出泥新：出汚泥而不染也。「新」字伯二七四八號誤作「連」字，今從伯三九二九、三八七〇、斯六一六七號三卷予以改正。

「弄」字伯三九二九、三八七〇、斯六一六七並作「散」字。

「觸鈞」二字伯三八七〇號錯書作「鈞觸」。

「非」字伯三九二九號誤作「非」。

「與」字伯三九二九號誤作「與」。

(十六) 賀拔堂詠

英雄傳賀拔，割據王敦煌。五郡徵巧匠，千金造寢堂。綺簷安獸瓦，粉壁架虹梁。峻宇稱無德，何曾有不亡。

賀拔：按王應麟玉海：「賀拔氏出陰山，後魏：賀拔度。拔三子：允、勝、岳。唐：賀拔惄、延嗣。北齊：賀拔仁。」考賀拔本高車種類，初據有今外蒙古之地，惟甚強獷，亦遊牧之部落也，其後歸魏，始以其部名氏。而王應麟玉海所引賀拔氏之歷代名流，其或能與敦煌有關連者，稽之史實，僅賀拔延嗣一人而已，蓋唐景雲二年嘗有詔以賀拔延嗣爲涼州都督、河西節度使也，事見新唐書卷五十兵制。余謂：「延嗣既爲河西節度使，乃封疆大吏，其英勇神武，擁有重兵自不待言，其後於此割據稱王亦非不可能，然遍檢沙州舊籍，未有此事之載錄焉，余頗疑史之有缺漏也！或賀拔稱王敦煌時，未能愛恤民力，反獨大興土木，造作宮室，不以國事爲重，遂導致賀拔王國之不旋踵而國亡人滅也。」詩人後來過其宮室遺跡乃不免興悲，而有「峻宇稱無德，何曾有不亡」之嘆也。

割據王敦煌：伯三九二九號「據」誤作「劇」，「王」誤作「往」。

五郡：甘肅河西之地，自漢以來向稱四郡，卽武威、酒泉、張掖、敦煌是也。其後又置金城郡，謂之河西五郡，事見晉書·地理志。

巧匠：精於造作宮室之匠人。又「巧」字，伯三七八〇號作「般」。按般匠則指公輸般，又稱魯班，春秋時營建之巧匠也。

「造寢堂」三字，伯三八七〇號缺「造」字。「寢」誤作「霞」。

獸瓦：獸狀磚瓦之用於宮殿廟宇簷角屋脊者，所謂五脊六獸是也，如璃吻瓦形似獸，以其性好望，故又名嘲風，或稱鴟尾，風水家言此等獸瓦多能鎭邪壓火災。

虹梁：言屋之梁形似龍而曲如虹者。

峻宇：古文尙書·五子之歌曰：訓有之，內作色荒，外作禽荒，甘酒嗜音，峻宇雕牆，有一于此，未或不亡。此云賀拔稱王不一年半而亡，此古有明訓者也。

（十七）望京門詠

郭門望京處，樓上啓重闉。水北通西域，橋東路入秦。黃沙吐雙堠，白草生三春。不見中華使，翩翩起虜塵。

重闉：城樓上之重門。說文：闉，城內重門也。詩曰：出其闉闍。

西域：泛指今甘肅敦煌以西新疆地帶之高昌等國，更西且包有帕米爾以西之吐火羅及昭武九姓諸國（今皆中亞之地）。「域」字伯三八七〇、三九二九號均作「境」。

路入秦：進入長安之路也，秦乃陝西之別稱。

「沙」字，伯二七四八號作「砂」，今從伯三九二九號改作「沙」。

雙堠：漢唐時代長城沿線多設烽堠，以爲通訊屏障之用，往往五里設單堠，十里設雙堠，以記道里焉。又「堠」字，伯三九二九號誤作「後」。

白草：按漢書・西域傳：「鄯善國出玉，多蒹葭、檉柳、胡桐、白草。」顏注：「白草似莠而細，無芒，其乾熟時正白色，牛馬所嗜也。」岑參詩：「北風吹沙卷白草。」

「生」字伯三九二九號作「空」，此據伯三八七〇號改。

（十八）相似樹詠

兩樹夾招提，三春引影低。葉中微有字，階下已成蹊。含氣同修短，分條德且齊。不容凡鳥坐，應欲俟鸞棲。

「兩」字，伯二八七〇號誤作「雨」。

「夾」字，伯二七四八號誤作「爽」。

招提：寺廟也，按玄應音義十六曰：「招提，譯云四方也，招，此言四，提此言方。謂四方僧也，一云招提者訛也，正言拓鬥提奢，此云四方，譯人去鬥去奢。拓經誤作招，以拓招相似，遂有斯誤也。而後魏太武帝始光元年造伽藍，創爲招提之境，招提二字遂爲寺院之異名。」又杜甫詩：「已從招提遊，更宿招提境。」

三春：謂季春三月也。晉書・摯虞傳・思游賦曰：「揖太昊以假憩兮，聽賦政於三春。」又唐岑參詠青木香叢詩：「六月花新吐，三春葉已長。」

葉中微有字：此用貝多葉寫經事，貝多或作貝多羅，蓋印度樹名，其葉薄如紙，網脈細致，多用以寫經文，此世所以稱佛經爲貝葉經者也。

階下已成蹊：漢書・李廣傳贊：諺曰：桃李不言，下自成蹊。注謂：蹊，徑道也。言桃李以其華實之故，非有所召呼而人爭歸趨，來往不絕，其下自然成徑，以喻人懷誠敬之心，故能潛有所感也。

含氣：蓋謂有生命者。後漢書・趙咨傳：夫含氣之倫，有生必終。

修短：「短」字伯二七四八、三八七〇號皆誤作矩。今從伯三九二九號。

分條德且齊：詩・豳風・七月：蠶月條桑，取彼斧斨，以伐遠揚。蓋謂枝條不正者宜加修剪，以求整齊，而果實亦必豐美焉！

「俟」字，伯三九二九號作「使」，非。

凡鳥：平常普通之禽鳥也。按世說新語：稽康與呂安善，每一相思，千里命駕，安后來，值康不在，（安兄）喜出戶延之，不入，題門上作鳳字而去，喜不覺，猶以爲欣。故作鳳字，凡鳥也。

（十九）鑿壁井詠

嘗聞鑿壁井，茲水最為靈。色帶三春綠，芳傳一味清。玄言稱上善，圖錄著高名。德重勝銖兩，諸流量且輕。

「嘗」字，伯三九二九號作「常」。

鑿壁井：按沙州圖經有大井澤記載云：「大井澤東西卅里，南北廿里。右在州北十五里。漢書・西域傳，漢遣破羌將軍辛武賢對昆彌，至敦煌，遣使者按行，悉穿大井，因號其澤曰大井澤。」詩云：「玄言稱上善，圖錄著高名。」或詠其有功水利之事，亦未可知也。

「綠」字，伯三八七〇及三九二九號並作「淥」。

「錄」字，伯三九二九號，誤作「淥」，玆據伯三八七〇號改正。

「兩」字，伯三八七〇號誤作「雨」，非。

「量」字，伯二七四八號誤作「兩」，今從伯三九二九、三八七〇、斯六一六七號改正。

（二十）分流泉詠

地湧澄泉美，環城本自奇。一源分異派，兩道入湯池。波上青蘋合，洲前翠柳垂。況逢佳景處，從此遂忘疲。

按沙州圖經載記有云：「一所壕壍水，濶四十五尺，深九尺，壕遶城四面。右其壕西南角，有一大泉分為兩道，繞城四面，周繞至東北隅合流，北出去城七里，投入大河。」此詩蓋詠繞行敦煌城之分流泉，景色之美，有足以令人忘疲去倦者。

「環」字，伯三八七〇、三九二九號均誤作「還」。此據伯二七四八號改正。

「兩」字，伯三八七〇號誤作「雨」。

湯池：護城河也。

「蘋」字，伯三八七〇及三九二九號皆誤作「頻」，今亦並為改正。

余少時從先祖父泳之公讀經，頗以誦三百篇爲樂，及長，尤屢屢讀之，而興味益濃，雖至月落參橫，猶不之知也，每於掩卷之餘，深感詩中所涉山川古地甚多，而諸家傳疏獨簡，且舛謬時出，實不能不以爲憾者，蓋前人之撰專書言詩地理者獨少，宋以前無有也，有之，當自王應麟詩地理考始，然其書直據故籍雜採衆說，凡鄭氏詩譜、爾雅、說文、地志、水經、及先儒之言，有一涉於詩中地名者，皆隨手抄錄，可謂勤且力矣！而病在記載紛糅，既無取捨，亦無論斷，遂致是非得失，一概並存，使後之覽者不免有諸說紛紜，莫衷一是之感。王氏以後六百年間，繼其遺緒者，則更無餘子，至清季始有焦循撰毛詩地理釋四卷，朱右曾撰詩地理徵七卷，尹繼美撰詩地理考略二卷，程大鏞撰毛詩地理證今十卷，誠可謂洋洋大觀矣，然焦氏之書久已佚而不詳，程著更未付刊，其內容如何，今亦不得而知。今所存者惟朱、尹二氏之書耳！而此兩書之體製取捨雖較王氏詩地理考加詳，各有其一得之見，然其書皆成於清季，故當時斷定之縣地，已今多變異，且其內容因受資料所限，不免有抱殘守缺，無所玩索之感，而疏漏傳訛之處，則尤足增人滋惑也。

余不敏，有感於前述之種種，因不揣淺陋，乃就詩中所涉及之山川地理，以課餘之暇，經時多年，撰成詩經地理考一册，以繼前賢之遺緒：而撰寫之態度，則力求公正，其有佐於詩地理參證者，不論古今，皆廣爲取材，其有不明者，則究其根源，以正得失；其有紛亂者，則治其糾纏而參以管見；其有附會者，則明其傳訛，以補積非。要之，總在求地望之準確，以爲麟經者之一助，而治史地之學者或有可以稽者也。本書計分四編，卽山川、城邑、列國及其他四部份，所以如此者，蓋求其簡明，使閱之者得能開卷暸然，讀之者得能不執兩端之惑。惟末學膚淺，謬誤難免，尚祈大雅方家，不吝正之爲感。

周憲王研究序

六年前偶讀霜崖曲跋，發現該書的著者吳瞿庵先生，對於明代初年的一位親王——周憲王所撰的誠齋雜劇，有著特別的偏愛和稱美，心中便起了很多問題，後來我又從錢謙益的列朝詩集小傳裡，看到錢氏所寫的憲王小傳，全文如下：

王諱有燉，周定王之長子，高皇帝之孫也。洪熙元年襲封，景泰三年薨，在位二十八年，謚曰憲。王遭世隆平，奉藩多暇，勤學好古，留心翰墨，集古名蹟十卷，手自臨摹，勒石名「東書堂集古法帖」，歷代重之，製誠齋傳奇若干種，音律諧美，留傳內府，至今中原絃索多用之。李夢陽汴中元宵絕句云：「中山孺子倚新妝，趙女燕姬總擅場，齊唱憲王新樂府，金梁橋外月如霜。」緜今日思之，東京夢華之感，可勝道哉！王詩有誠齋錄、新錄諸集傳於世，如春日云：「深巷日斜巢燕急，小樓風靜落花閒。」春夜云：「彩檻露濃垂柳濕，珠簾風靜落花香。」秋夜云：「梧桐露滴鴛鴦瓦，楊柳風寒翡翠堂。」……橫堤晚望云：「神如秋水十分淨，心似中原萬里平。」皆風華和婉，颯颯乎盛世之音也。

這篇傳記雖然寫得極爲簡略，但是它卻更進一層的觸發了我要去瞭解憲王其人其事的意念，於是就利用假期將所能找到的憲王的著作，一一細加閱讀，果然有吳氏信不欺我之感！乃再檢閱明史，希望對於憲王的事蹟能夠更多一些認識，可是明史周王列傳部份，對於這樣一位才華絕世的王子所作的記載，竟只寥寥數語，實在不能不說是千古憾事，心中遂不免爲之悵悵，乃決心就憲王之生平爲題，作一比較詳細的研究，以釋此不彰之憾！

有了上述這一意念之後，我就開始分門別類地搜集有關憲王種種的資料，諸如他的家世、生平、師友、遊歷、著作、……以及思想等等。並以明實錄爲主，首先替憲王作了一篇較爲詳明的「周憲王年譜」，訂正前人對於憲王生卒年月所加之錯誤，其後的兩年內，筆者又從列朝詩集及其他的一些舊籍內，輯出憲王所存的誠齋詩四十餘首爲其箋註，作「周憲王詩箋」一卷，更從千頃堂書目中得知憲王尚有牡丹譜一卷，係與其所撰詩集牡丹百詠合刊而今已失傳者，乃再據憲王所撰之牡丹樂府爲其復原，作「周憲王牡丹譜」一卷和「周憲王與牡丹」專文一篇，最近三年則又先後撰成「周憲王與東書堂法帖」等數篇，這樣子做下來，可以說眞是時有所獲，興趣盎然！不過也正因爲在這方面長年累月下的功夫太多了，因此相關的各種問題，也就不斷的與日俱增起來，而個人在學問上又是個喜歡追根究底的人，所以本書的撰成乃達六年之久，這實在是當初決心寫此書時，所始料未及的。

回想起來，在撰寫本書期間，所遭遇的困難也眞夠多的，首先就是關於周憲王的生平事蹟，因爲前人多未注意，所以並無專篇特著足資參考，必須從與憲王同一時代內的文人或顯貴中，去推測那些人可能是和他有過交往的，然後再仔細去查閱他們的詩文專集，看看這些書內是否有和憲王相關的文字，但是這些集子有時翻了好幾十部，也查不到一絲相關的痕跡，所以曠時費日的事，眞是不可以道里計，而筆者的餘暇又是那麼有限！其次是有些人和事，明明看來是與憲王相關的，但經過幾番追究後，卻又都落了空，譬如竹垞詩話臣士部份所載的錢仲益小傳內說錢乃無錫人，於永樂初以翰林編修轉周王府長史，並著有錦樹集，惜其集罕傳於世。但是當筆者查遍有關於錢的詩文，如三華集、無錫縣志等等後，竟仍一無所獲，最後還是在陸心源所撰的穰梨館過眼錄中，才發現錢氏原來是漢王府長史，因爲該書中卽收有錢的一篇寧靜齋記，其文末且署有永樂八年歲在庚寅九月重九日，漢府長史勾吳錢仲益撰字樣，這是多麼淸楚明白的事！但自竹垞以來，三百年間錢之被人誤爲周府長史，竟乃無一人爲之白，以致使著者不知花費了多少搜索工夫，這就眞令人哭笑不得了！又如李時勉的古穰集中也有一篇輓周府長史周孟簡的序，說明孟簡晚年爲周王府長史並卒於其任上的經過。按時勉與孟簡同爲永樂二年一榜及第的進士，照理說此序可算是第一手的資料，比什麼後代的文獻都可靠了，然而在著者幾經查考後，乃知周事實上卻是襄王府的左長史！再如三年前著者於日人八木澤元博士所撰的名著「明代劇作家研究」一書中，得知憲王的父親周定王朱橚尚撰有「定園睿製集」十卷，其書且尚存於日本的內閣文庫內，心想這十卷文集中必保存了很多有關於憲王父子的珍貴資料，足供查考之用，於是便設法找出時間，特地趕到日本東京的該文庫去，等到費盡千辛萬苦將該書借到手頭閱讀一過後，卻發現這書乃憲王的堂姪蜀定王友垓所作，與憲王的父親根本就是風馬牛不相關的，所以雖是很小的一些問題，追究下來，眞不知要花掉多少心血和時間，學者爲學之良非易易，資料蒐集之困難重重，蓋亦於此可見其一斑。

不過，著者在撰寫本書的期間，因爲日坐書城，涉歷的明人文集較多，所以有關於明代的人和事，意外的收穫也不是沒有的，今略舉三事以說明此一得之樂：

第一就是發現了很多舊籍的誤謬，也因而改正了不少前賢之失。像明史列傳周王橚傳內所述及的儒臣王翰，其生平便與事實出入很大，因爲明史不但說翰在洪武末即爲周王相，而且還說他見定王有異志，屢諫不納，乃佯狂而去。今據王翰本人所撰的梁園寓稿一書中的若干詩篇，則不僅發現王翰於洪武末年其人尚在山西境內，並無擔任周府長史之事，而且王翰還是在永樂初才到周府擔任教授之職的，因此明史所說他佯狂以去的事，就未免厚誣古人了！諸如此類積非成是的事，以上不過是其一端，今皆因撰寫此書之便，爲之一一匡正。

其次便是找尋出不少古人的友情。譬如李昌祺及于謙這兩人，可說都是明代初年最爲淸廉公正的方牧大員，他們不僅學問淵博，而且生活也堅苦清約，實爲時流所難比，但是歷來就沒有人知道這兩位性情介特的社稷之臣，卻是周憲王晚年的好友，特別是昌祺，那簡直就是憲王的知己了！所以著者在本書中，特地爲他二人寫了專篇介紹，這種發現，固不僅增加了周憲王晚年生活的資料，也爲千古以往的明代文壇平添了不少士林佳話。

再則爲訪求到一些久已佚失於國內的珍本祕籍，例如曾在周王府擔任長史之職的山陽才子瞿佑，他一生著作極多，其中以剪燈新話及歸田詩話這二本書最爲膾炙人口，不幸的是他於永樂年間竟因詩禍入獄，謫戍塞垣甚久，所著諸書，遂致散失殆盡，但是他是何時入獄的？杭州府志等書始終都說不明白，而我卻因蒐集憲王資料之便，幸運地在海外的日本，不僅獲得他久已佚失於我國的樂全集微卷全影，而且還從該書中的一首詩序內，得悉他是在永樂六年四月入獄的，因此樂全集的重見，直接的既釋杭州府志諸書的存疑，間接的也推定了與他同時任職於周王府的王翰所著之梁園寓稿內，一些詩篇寫就的時代。總之，像瞿佑所著的這類海內孤本，能夠在流落海外幾百年後，又重歸上國，相信這種快慰自然不是屬於我一個人的，就是一般研究明代文學的人，亦當樂與共享的！

寫到這裡，不禁又想起從前曲學大家吳瞿庵氏所曾引以爲傲的幾句話：「余按誠齋雜劇據百川書志外史類，甄月娥等傳奇多至卅一種，往在都下，曾購得二十二種，雖搜羅未備，而自也是翁錢曾王後，藏憲王雜劇之多，已未有若余者矣！」而我個人在經過多年的辛勤蒐羅後，關於憲王的著作及資料，其所得所見之富，實早已超過當年吳氏所購得者，且有過之而無不及，但這些並不是我快樂之所在，高興的還是在於因爲有了這些資料，總算把憲王的一生事蹟，找出一個比較顯明的梗概，以往人們對憲王所不明白和不知道的地方，現在也都弄清楚了。對於這樣一位不世出的親王文學家，能夠喚起人們對他親切的懷想和重新評價，這已不僅使我把過去經年累月消耗在各地圖書館中的辛勞，冲失得一乾二淨，就是個人在那些數不清的夜晚，獨自揮毫於斗室中所得的寂寥，也像浪花樣地被冲得煙消雲散了。古人說：「書中自有黃金屋，書中自有顏如玉。」或不信讀書之樂有如此者，今乃於撰寫此書時獲得印證，我的這種歡樂之情，眞又不知較之當年吳氏因爲藏有廿多種憲王的雜劇，而感到的快慰要超過多少倍了。

最後，我願對本書的內容略加敍述如下：本書計分八章，第一章爲緒論，全文乃在介紹著者撰述本書的動機和經過，第二章便是敍述周憲王的生平和思想，同時對於他一生的事蹟，也加以廣泛的探討，藉使讀者對憲王的爲人，有一個比較鮮明的認識。第三章則就多面的資料，尋出憲王一生的足跡，不僅北歷於沙漠，南遊於江漢，而且其遊踪還要超過我們所知者甚多。第四、五章，乃就憲王的家世和交遊，探討其對憲王所發生的種種影響，第六章則是對憲王各種著作的介紹，並加以評介，藉見其得失與影響。第七章便是憲王的年譜，對於他王府中所發生的事情，乃多注意，目的在使有心於研究憲王事蹟的人，對於憲王的家庭生活以及他的生卒年月等等，能夠有更多一層的瞭解。最後一章則爲結論，說明憲王對於後世的影響所在，以及他何以足資被後人所深深懷念的原因。

王文治研究序

王文治，字禹卿，江蘇丹徒（鎭江）人氏，他生於前淸雍正八年，卒於嘉慶七年，享壽七十三歲。他一生都充滿了傳奇性，既雅好文學音律，又喜遊歷名山大川，舟車所至，往往爲當時人所不能到，而其書法文章之秀逸，則尤爲時人所重，堪稱乾嘉時代有名的書法大家。

文治又號夢樓，乃中年返鄉，因卜居之所近夢溪旁，其地本宋儒沈括故居，遂以爲號者，蓋亦有仰慕前賢夢溪之意，故今世所見文治之書跡，凡有夢樓字號者，均爲其中年後之作品證也。此外，他還有幾個名號及齋號如：達無、無餘、西湖長、放下齋、快雨堂等，但此等稱號在書畫上，除快雨堂、放下齋外則似乎並不多見用。

文治少時，家境極爲貧困，他有弟文源及文明二人，雖同居窮巷陋室，而頗相友愛，均能力學向上，後來亦各有所成，惟文治不僅以天資聰穎過人，復以苦學不倦，故尤能更上層樓，達到學無所不入，又無所不得的超脫境界，是以其一生於詩文書畫、音律、佛理之學皆有極大之成就。

世皆知江蘇鎭江有三山之美，卽金、焦、北固是也，此三山或臨長江，或居長江之中而四面臨水，皆占江南山水之勝，故四時風光無不佳好，文治幼時常倘徉於此等山水間，或讀書，或遊憩，對於其一生所具之山水癖或不無因緣也。他少小時頗喜讀書山中，至今詩集中尙有焦山八公洞十詠題漢隱庵詩記其事，如其自注云：「其地乃吾幼時讀書處。」可見他在焦山，有過相當長的讀書時間，因爲書讀得不少，風景看得很多，故少時常有遇景題詩之作，且動輒成囊，他有過金壇詩，蓋卽述其十二歲赴金壇應試途中遊賞作詩，歡喜得像小雞出籠一樣之情景，詩云：「不到金壇縣，僂指廿餘載。憶年十二三，應試棹初買。時如出籠雛，縱翼尋爽塏。攜朋展遊賞，遇景題每留。居然成一囊，瓦礫雜珠琲。自信不足傳……」讀之誠亦有趣也。

他又負氣好奇，年輕時在家鄉雖已以詩文書法著，但仍不自滿意，而懼其不可傳，必欲更求精進，古懷壯思，獨有異於時俗而後已。乾隆十八年，他廿四歲，以選貢入京師，遂告別故鄉，由江南渡江北上經甓湖，過黃河、易水，並遊覽山東歷下及大名湖諸名勝，入多而至北京，自此逗留於京師者凡三年，多與文人名士相往還，其中論詩講文最爲契好相賞者則有姚鼐、朱孝純、彭澧等人，其後姚氏且成爲桐城派之古文大家，影響清代文學至鉅，而姚、朱二人晚年之學佛，實亦受文治之規勸影響所致。文治好友愛士，終其生相往來者如：姚鼐、朱子潁、畢沅、蔣士銓、潘恭壽、袁枚、汪穀、趙翼等蓋皆一時之俊彥，各有千秋者也。

文治最好遊歷，早年卽由江蘇北上河北已如前述，乾隆二十一年翰林侍讀全魁奉命將至琉球冊封，聞文治善書法又能詩文，即邀之往，而當時海上風險極大，向爲人所不敢去，文治則欣然以赴；遂與全使南下浙江，三月至杭州，過錢塘再越仙霞嶺而至福州，時已六月中，文治既附博望之舟，東向渡海以窮溟渤，及將至岸，不幸竟於姑米山島遇颶風而遭覆舟之險，又幸而得救未死，乃於琉球縱覽殊方異域之風土人情，發爲歌詠，今存所著夢樓詩集中有海天遊草兩卷，蓋即文治斯時之作品也。其後文治於乾隆二十五年會試中一甲三名進士，得朝廷授翰林編修，遂寓居北京宣武門外之丁香館，多遊歷京師內外，唱和無虛日。乾隆二十九年文治三十五歲，奉命由翰林侍讀出任雲南臨安知府，是年初夏他遂告別京師友朋南下，經東阿、寶應而至揚州，又作舊地之重遊，然後渡過長江再至故鄉鎮江，稍作盤桓即南往杭州，並稍停留，即經桐廬、桐江，由水道而入富陽，又經鄱陽至袁州、長沙，旋經玉屏以入黔中，時已由夏入秋，楓葉轉紅，景色且變，再過平鑴、馬龍諸地遂入滇中，如此長途山河跋涉者歷時凡半年，文治因亦得縱觀沿途景物之美，山川之險，風俗之奇，而發爲詩歌以紀其事。不過在他擔任臨安知府的這三年裡，剛好遇上緬人入寇，兵事倥偬，爲官大不易，且與其文人性格亦相乖違，故累欲脫簪解纓以去，乾隆三十二年秋終得以鑴級解郡，遂得循例告歸，計陸行三十日，舟行五十日，沿途風光又自輕鬆而「且喜自身又屬我」矣！蓋文治少時，頗欲有所作爲，及入仕途，方知自身性格不適於官場，本來即非此中人，而文士之淸閒生活，方爲其所樂求者。他在滇南之作品南詔集中詠當時緬事眞象極多，如倉卒、止練諸詩皆有足補史事者，其後無官一身輕，他又屢至蘇、杭諸地遊，並掌教於西湖之崇文書院。乾隆四十年春，文治四十六歲，他遊興再起，遂再北上經河南商邱過嵩山、函谷、潼關諸地，西至長安爲關中之遊，並乘興往甘肅蘭州、臨洮，食哈蜜之瓜，至此亦稍可見文治駱馬之廣，遊興之豪矣！

文治之書法秀逸天成，頗得董其昌之神髓，故極有名，在當時已有「天下三梁，不及江南一王」之稱，（因余已有專章論之，此處不多敍述）故其書跡傳世甚夥，又因他早年與琉球之淵源，書法爲琉人所欽美，故其法書名跡至今猶有爲日本與琉球寶重珍藏者。文治亦善畫，前人間有述之者，然不多見，其詩集中則偶有記述畫墨梅、蘭花之事，眞跡如何狀貌？則不得而知，筆者有幸曾見其畫跡三軸，一爲山茶梅花，乃日本崑崙堂所藏。一爲墨梅，一則爲柳燕圖，今均藏於大陸。皆筆墨秀潤，瀟灑有致之文人畫也，而柳燕一軸，畫三燕呢喃棲息於柳枝上，則幾近白陽山人風味，尤爲可喜。

至於文治之詩文著作，今可見者僅其自訂之夢樓詩集一種，且皆其早年入京以來以至晚年之作品，而其一般文章及少時詩文因多未保存則幾已不可獲見，筆者雖多方辛苦搜羅，亦僅得其佚文及詩詞各若干篇，今多已收入個人所輯之王文治詩文輯佚集內，以供世人欣賞。文治於書法最有興趣，故歷代名家碑帖書跡，多有接觸鑑定，每有所見或討論輒爲題識，其友人子汪承誼心最嚮慕之，乃集文治平日與其父汪心農之書識，益以別所評識彙而刻之爲八卷，卽「快雨堂題跋」是，此則可稱爲文治之一大書學著作，實爲難能可貴者，然今亦不可獲見矣！雖往昔各家所輯美術叢書，亦未能收入，可見是書之難求也，以是筆者遂就平日讀書閱覽所見王氏之題跋，隨手輯錄爲「快雨堂題跋新輯」三卷，俟後再有發現，當集刊爲續卷，以求復其全貌藉免珠遺之憾。

文治晚年好佛，不僅茹素不葷，且多誠懇勸人學佛勤修，然尤好音律，家蓄伎樂，吹簫度曲，以爲賞心悅耳之事，雖學佛而不能移也，家庭生活開支之大，自可想見，然終文治一生，未見其生活有困難也，蓋其法書實爲當時人所最喜愛者，欲求其書法墨寶者自必有所餽贈，文治之交遊既廣，則門生友朋之富有者，自亦必多贈金納帛以爲潤筆之事，此於其詩集中亦偶有消息可見，如其題倚樹聽泉畫詩卽云：「一枝班管且醫貧，也似昌黎諛墓文……。」又自注：「余年來恃作書自活」。都是最佳的說明。

文治一生事蹟不獨極具傳奇性，卽其日常活動，實亦已代表我國古代賴文墨維生之一般文士生活，對於文治生活得能有所認識，則清代以來以書畫名世之文人之活動面；及其對社會之影響自不難瞭解矣！文治爲吾鄉先賢，筆者自幼卽自先祖父處累聞其名，頗多欽仰，近年以來因赴琉球旅遊，不意竟得知其事跡甚多，益增欽慕。爰於暇日借得食舊堂藏版夢樓詩集，遍讀一過，並搜集有關資料撰成清代書法家王文治生平研究一書，計分下列八章，卽：一、生平，二、交遊，三、行跡，四、思想，五、著作，六、書藝，七、年譜，八、輯佚是也。希望因有此書的出版，而於文治一生事蹟與影響稍能有所彰顯。尚祈博雅君子不吝賜教，以匡不逮爲幸。

元人題錢舜舉畫詩輯序

錢舜舉爲我國宋元之際，藝術家中最傑出之一人，他不僅博學能文，精於繪事，而且旁通經史、音律、金石之學，遺憾的是他的一些著作，如習懶齋稿等都在其晚年時，被他親自燬去，因之他的一些生平事蹟就更爲隱晦，而不爲人知了！

舜舉之偉大除掉其在藝術上有獨特的成就外，就是表現在人品上的志行高潔，卓然不群了！因爲在宋亡以後，和他在同時聞名於世的許多才藝之士，如他們吳興八俊中的趙孟頫等七人都改變志節，歸附了蒙元，只有他一人堅貞自勵，獨不與焉！當然他的這種孤高傲岸的做法，是不能見諒於當時的這些儕輩的，相信這也是他遺世的詩篇中，何以有「寡合人多忌，無求道自尊」之語的來由。

舜舉的繪畫最具文人氣息，他的筆墨不僅流暢自然，線條也細熟綿密，飄逸有勁，而且色彩淡雅，生意俱足，其畫之得意者則更多題詩於上，並加自刻鈐印及題跋，眞是朱墨爛然，韻味無窮！其爲宋季自徽宗皇帝以來，唯一能將詩、書、畫、印，匯爲一體之四絕大家固不待言，於後世文人畫發展的影響之大，更可想見。

我個人對舜舉欽慕已久，往年曾爲其輯成「錢舜舉題畫詩」及「錢舜舉題跋」各一卷，又嘗於讀書之暇，輯錄其相關資料若干卷，擬撰「錢舜舉研究」一書，藉光其潛德幽輝，皆因資料有限，加之俗務羈身，始終未能下筆，頗以爲悵。不過也有可以聊堪告慰於世的，就是經過個人多年的探討，總算已略知舜舉是吳越王錢俶之後裔，而明嘉靖年間奪天下魁，譽滿江南之松江才子錢鶴灘進士且是舜舉之後裔。此外舜舉的年齡，過去大家多以爲在六十五歲左右，今則已知其享年當在八十以上，也可說是年登大耄的了，這些雖不能說是一大發現，但至少也將舜舉生平的空白塡實了不少。

在搜集舜舉資料的同時，多年來因爲閱讀一些元、明以來文人學士的文集，見到有題舜舉畫的詩篇時，就順手加以錄寫，不想竟累積了不少詩篇，這些題畫詩的畫蹟今多已不見，但詩的內涵仍有探討的價値，例如其中吳澄的題舜舉馬一詩，就是有關推算舜舉年齡極重要的第一手資料，今先將元人的題畫詩部份彙刊成集，並就所知略加箋註，尙祈博雅君子不吝賜教爲感。

周憲王詩箋

一、前　言

周憲王姓朱名有燉，一號誠齋，乃明太祖第五子周定王橚之長子。生於洪武十二年（西元一三七九），卒於正統四年（西元一四三九），享年六十一歲，實爲有明宗室中之第一才子。

憲王博學能文，書法妙入山陰父子堂奥間，爲世子時卽有東書堂帖十卷及修禊序帖一卷行世；而所繪牡丹、芍藥尤稱於時，惜今已不傳。至其著述則更豐富，計詩有：誠齋錄、誠齋新錄等集，詞曲有：誠齋詞、誠齋樂府，戲劇則有雜劇關雲長義勇辭金等卅一種行世，爲明代戲曲家作品傳世於今之最多者。

憲王之詩，風華和婉，颯颯乎有盛世之音。余因憲王乃不世之奇葩，而其生平事蹟實令人有不彰之嘆，遂以餘暇撰成周憲王研究一書，都十萬言，另在研究之餘，輯得其存世之詩四十七首，於癸丑年初夏略爲箋注，成周憲王詩箋一卷，以傳其人與詩。尚祈博雅君子有以賜教焉！

二、周憲王詩箋

宮詞四首

屛掩春山夜漸長，秋來處處有新涼。一天明月星河澹，滿殿風吹茉莉香。

秋深涼氣滿樓臺，落葉蕭蕭擁玉堦。清曉九門金鎖掣，監宮先報進鷹來。

勁翮凝霜畫不成，馬前多是內官擎。鷹坊下直人爭問，誰貢河東白海青。

三山水合放鷹時，千騎如雲授指麾。日暮六街塵滾滾，馬前橫抱白鵝歸。

星河：一稱銀河，卽天河也。

玉堦：班固西都賦：「玉堦彤庭。」文選張衡思玄賦：「蹈玉階之嶢峥。」舊注曰：「玉階，天子階也。」

九門：禮記月令：「毋出九門。」注：「古天子九門：一路門、二應門、三雉門、四庫門、五皋門、六城門、七近郊門、八遠郊門、九關門。」

金鎖：杜牧宮詞：「銀鑰卻收金鎖合，月明華落又黃昏。」

內官：內侍也，卽宮中之太監。

鷹坊：卽鷹房也。歐陽玄詞：「鷹房持獵回車駕，卻道海青逢燕怕。」

河東白海青：河東蓋指遼東而言。李時珍本草綱目曰：「青鵰出遼東，最俊者謂之海東青。」又柯敬仲宮詞：「元戎承命獵郊垌，敕賜新羅白海青。」按統志云：「海東青，小而健，能擒天鵝，有重三十餘斤者，以首得者爲貴，進御膳，故名頭鵝，賞黃金一錠，今鼓中鎖刺曲，有名海東青，蓋象其聲也。」

三山水合：李白詩：「三山半落青天外，二水中分白鷺洲。」

六街：京師之街道也，唐宋時京城中皆有六街。曹松長安春日詩：「浩浩看花晨，六街揚遠塵。」

白鵝：卽白天鵝也。

綠腰琵琶

四面簾垂碧玉鈎，重重深院鎖春愁。綠腰舞困琵琶歇，花落東風懶下樓。

綠腰：琵琶曲名，又稱錄要或六么。吳旦生歷代詩話云：「青箱雜記：曲有錄要者，錄霓裳羽衣曲之要拍。」海錄碎事載琵琶錄云：「康崑崙彈新翻羽調綠腰。」注：「卽錄要也，本自樂工進曲，上令錄出要者，乃以爲名，言綠腰，誤也。」蔡寬夫詩話云：「綠腰本名錄要，今又謂之六么。」碧雞漫志云：「六么一名綠腰，元微之琵琶歌：綠腰散序多攏撚。」又云：「逡巡彈得六么徹，霜刀破竹無殘節。」沈亞之歌者葉記云：「合韻奏綠腰。」又誌盧金蘭墓云：「爲綠腰玉樹之舞。」白樂天楊柳枝詞：「六么水調家家唱，白雪梅花處處吹。」又聽歌六絕句內樂世一篇云：「管急弦繁拍漸稠，綠腰宛轉曲終頭，誠知樂世聲聲樂，老病殘軀未免愁。」注云：「樂世一名六么。」王建宮詞：「琵琶先抹六么頭。」故知唐人腰作么，惟樂天與王建耳！或云此曲無過六字者，故曰六么，至樂天獨謂之樂世，他書不見也。

琵琶：樂器名。按琵琶本出胡中，馬上所鼓也。推手前曰批，引手卻曰把，象其鼓時以爲名也。

楊柳枝二首

春來折盡更逢春，舊折長條又復新。雖有行人相送別，今年不是去年人！

莫折柔絲五尺金，一絲絲繫別離心。春風吹到無情處，亂滾香綿結晝陰。

楊柳枝：白樂天尚書有妓樊素善歌，小蠻善舞，嘗爲詩云：「櫻桃樊素口，楊柳小蠻腰」，白氏年既高邁，而小蠻方豐豔，乃作楊柳辭以託意曰：「永豐西角荒園裡，盡日無人屬阿誰？」

莫折柔絲：謂勿折柳枝以送行客也。文選古詩：「攀條折其榮，所以遺所思，……此物何足貴，但感別經時。」又三輔黃圖：「灞橋在長安東，跨木作橋，漢人送客至此橋，折柳贈別。」

竹枝歌二首

春風滿山花正開，春衫女兒紅杏顋。儂家盪槳過江去，為問阿郎來不來？

巴山後面竹雞啼，巴水前頭沙鳥棲。巴水巴山到郎處，聞郎又過石門溪！

春衫：韓愈芍藥歌：「嬌癡婢子無靈性，競挽春衫來比並。」

紅杏顋：謂女子面頰紅如杏花之爛漫可愛也。

儂家：通俗編稱謂：「吳俗自稱我儂。」又廣韻：「儂，我也，吳人自稱曰吾儂。」子夜歌：「寒夜尚未了，郎喚儂底爲？」東坡詩：「語音猶自帶吳儂。」

巴山：主峰在陝西南鄭之南，東南行斜亙於川陝邊境，有小巴、米倉諸山，隨地異名。今四川南江縣北有大巴山、小巴山。杜甫詩：「何路出巴山。」

竹雞：竹雞形如鶉而較大，尾短，羽褐色，有斑紋，味美，喜居竹木間。本草集解：「竹雞居竹林，其性好啼，諺云：『家有竹鷄啼，白蟻化爲泥。』蓋好食蟻也。」竹雞又名菌子，或曰泥滑滑，因其聲也。本草釋名：「菌子卽竹雞也，菌子言味美如菌也，蜀人呼爲雞頭鶻，南人呼爲泥滑滑，因其聲也。」

巴水：卽巫山下所經之水。三巴記：「閬白二水東南流，曲折三回如巴字。」

石門溪：巴地水名，所在不詳。

竹枝歌又一首

五溪春雨杜鵑時，桂嶺西風八月期。一帶湘山南北路，請郎聽唱竹枝詞。

時按：右竹枝歌一首，係余據朱彝尊明詩綜所錄憲王之詩輯入者。

五溪：寰宇記：「彭水有五溪，謂酉、辰、巫、武、沅等溪也，古老相傳，楚子城巴，巴子兄弟五人流入五溪，各爲一溪之長。」

桂嶺：明一統志：「桂嶺在廣東曲江縣西四十里，桂水所出，其山多桂，故名。」

湘山：卽君山也，一稱洞庭山，在湖南岳陽縣西南洞庭湖中。史記秦紀：「始皇二十八年，浮江至湘山祠，逢大風，問湘君何神，博士曰：『堯女舜英葬此。』始皇大怒，使刑徒伐湘山樹，赭其山。」

竹枝詞：樂錄：「竹枝之名，起於巴蜀，唐人所作，皆蜀中風景，後人因效其體於各地爲之。」

柳枝歌二首

白居易楊柳枝云：「永豐西角荒園裡，盡日無人屬阿誰？」宣宗朝樂工唱此詞，遂令中使取二株植於苑中。予於洪武年間至長安，尋永豐坊，乃在陝西城內東兩街，尚有垂楊，柔枝拂地，愛而賦之。

蘇小門前萬縷垂，白家園內兩三枝。聽歌看舞人何在？惟有東風展翠眉！

三月風和散麯塵，枝枝垂地每傷神。為君繫得春心住，忍折長條送遠人。

宛轉千條掛晚風，拖烟帶雨渭城東。征衫點得輕輕絮，寄入陽關曲調中。

蘇小：樂府廣題：「蘇小小，錢塘名倡也，蓋南齊時人。」又吳地記：「嘉興縣前有晉伎蘇小小墓。」是蘇小有二，皆當時之名妓也。白居易詩：「柳色春深蘇小家。」溫飛卿詩：「蘇小門前柳萬條。」

聽歌看舞：雲溪友議：「居易有妓樊素善歌，小蠻善舞，嘗爲詩曰：『櫻桃樊素口，楊柳小蠻腰。』」

展翠眉：古人畫眉用青黑色之黛，此處蓋謂柳葉展翠，如女子之秀眉焉。梁元帝賦：「愁容翠眉斂。」唐太宗柳詩：「半翠幾眉開。」

永豐坊：故址在今陝西西安城內。

麴塵：白居易詩：「晴沙金屑色，春水麴塵波。紅簇交枝杏，青含卷葉荷。」周禮內司服鞠衣注：「黃桑服也，色如鞠塵色，象桑葉始生。」按麴塵卽麯塵，爲酒麴所生，色淡黃，故謂淡黃色曰鞠塵。

罥：挂也。晏殊雨中詞：「怕綠刺罥衣傷手。」

拖煙帶雨：僧慕幽柳詩：「臨水帶煙藏翡翠，倚風兼雨宿流鶯。」

陽關曲調：原爲王維之渭城曲：「渭城朝雨浥新塵，客舍青青柳色新。勸君更進一杯酒，西出陽關無故人。」後歌入樂府，以爲送別之曲，亦稱陽關曲調。按陽關故址在今甘肅敦煌西南，因位居玉門關南，故稱陽關。

渭城：故地在今陝西西安城東。按王維有渭城送客詩，故後世詩詞言離別者，多用此典。

何處難忘酒六首

何處難忘酒？年光似擲梭。清明憐已過，春色苦無多。席上紅牙板，花前皓齒歌。此時無一盞，爭奈牡丹何？

何處難忘酒？初秋暑尚存。雙星渡銀漢，微月照黃昏。瓜果排中閣，笙歌拂小軒。此時無一盞，何以待天孫？

何處難忘酒？遙登庾亮樓。歌聲通上界，笑語在瀛洲。玉宇晴無際，冰輪夜不收。此時無一盞，何以玩中秋？

何處難忘酒？重陽戲馬臺。菰蒲隨水落，橘柚待霜催。蟋蟀吟將老，茱萸插幾回。此時無一盞，黃菊向誰開。

何處難忘酒？寒窗一局棋。新蒭開竹葉，老樹發梅枝。撥火煨霜芋，圍爐詠雪詩。此時無一盞，虛度小春時。

何處難忘酒？深冬掩鳳幃。管絃清曉發，獵騎夜深歸。羊角隨風起，鵝毛大雪飛。此時無一盞，辜負黑貂衣。

擲梭：舊時織布用梭入緯，往來投擲不止，因以爲迅快之喻，所謂年光似擲梭者，卽今所稱之光陰如梭是也。

清明：節氣名，在寒食節後之二日，爲每年之四月五日或六日。

紅牙板：通考．樂考：「拍板長闊如手，大者九版，小者六版，以韋編之，胡部以爲樂節，蓋以代朴也。」注云：「朴，擊其節也，情發於中，手朴足舞，朴者，因其聲以節舞。」硏北雜志：「宋趙子固每醉，歌樂府，執紅牙以節曲。紅牙，拍板也。」

皓齒歌：嵇康詩：「微歌發皓齒。」杜少陵詩：「佳人絕代歌，獨立發皓齒。」

雙星：謂牽牛織女二星也。焦林大斗記：「天河之西有星謂之牽牛，東有星謂之織女雙星。」杜少陵：「銀漢會雙星。」

銀漢：銀河也。廣雅：「天河謂之天漢，亦曰銀漢。」李白詩：「夢長銀漢落，覺罷天星稀。」

天孫：卽織女星。史記・天官書：「織女，天孫女也。」吳競詩：「河漢天孫合，瀟湘帝子遊。」

庾亮樓：卽南樓。世說：「庾太尉在武昌，秋夜氣佳景清，佐吏殷浩，王胡之之徒登南樓詠，音調始遒，聞函道中有屐聲甚厲，定是庾公，俄而牽左右十許人步來，諸賢欲起避之。公徐云：『諸君少住，老子於此處興復不淺。』因便據胡床，與諸人詠謔竟坐。」此南樓卽詩稱之庾亮樓，與九江之庾公樓，乃後世所託建者不同。按亮字元規，風格峻整，晉鄢陵人也。

上界：天國界名。爲五類諸天之一，色界無色界之諸天也，見祕藏記末。

瀛洲：海上仙山也。史記：「海中有三神山，名曰蓬萊、方丈、瀛洲，神仙居之。」十洲記：「瀛洲在東海中，洲上多仙家，風俗似吳人，山川如中國。」

玉宇：王殿也。蘇軾詞：「只恐瓊樓玉宇，高處不勝寒。」

冰輪：謂月也。蘇軾詩：「冰輪橫海濶。」

重陽：舊以陰曆九月初九日爲重陽，又曰重九。文選・魏文帝與鍾繇書：「歲往月來，忽九月九日。」九爲陽數，而日月並應，故曰重陽。又潘大臨詩：滿城風雨近重陽。

戲馬臺：太平寰宇記：「戲馬臺在彭城縣南三里。」按戲馬臺本項羽所築，宋武始建第舍，重九日，引賓客登臺賦詩。其地自春秋以來，即成用武之處，春秋鄭伯取宋彭城，而漢高祖、項羽皆起於此，後漢呂布自下邳相持，築城於彭城。謝靈運並有九日從宋公戲馬臺送孔令詩。彭城，今江蘇徐州所在之地。

茱萸：植物名，一稱越椒。續齊諧記：「汝南桓景從費長房遊學，長房謂之曰：『九月九日，汝家中當有災，宜急去，令家人各作絳囊，盛茱萸以繫臂，登高飲菊花酒，此禍可消。』景如言，齊家登山，夕還，見雞犬牛羊一時暴死。長房聞之曰：此可代也。」後世九月九日，攜茱萸囊登高，飲菊花酒，皆本此。風土記：「俗於九月九日折茱萸以插，言辟邪惡。」杜甫詩：「明年此會知誰健，醉把茱萸仔細看。」

小春：農曆十月間也，按荆楚歲時記，十月天氣和暖似春，故曰小春。

羊角：旋風名爲羊角。莊子：「有鳥名鵬，翼若垂天之雲，摶扶搖羊角而上者九萬里。」注：「上行風謂之扶搖，風曲上行若羊角。」

黑貂裘：此用蘇秦事。按戰國策趙策云：「蘇秦說李兌，抵掌而談，李兌送蘇秦黑貂之裘，黃金百鎰。」又同書秦策云：「蘇秦仕趙，趙王負貂裘、黃金使說秦王，書十上而說不行，黑貂之裘敝，黃金百斤盡，資用乏絕。」

鵝毛：喻白雪也。白居易詩：「可憐今夜鵝毛雪，引得高情鶴氅人。」又酬令公雪中見贈詩：「雪似鵝毛飛散亂，人被鶴氅立徘徊。鄒生枚叟非無興，唯待梁王召卽來。」

擬不如來飲酒八首

莫向忙中去，閒時自養神。功名一場夢，世界半分塵。日月朝還暮，時光秋復春。不如來飲酒，醉裡樂天真。

寄雨紅塵客，其如歲月何？新詩隨意寫，時曲放懷歌。老去朱顏改，年高白髮多。不如來飲酒，看我舞婆娑。

擾攘何因爾，終朝傀儡牽。望塵忙趕市，滿貫苦錢多。造物商巖板，羲和穆駿鞭。不如來飲酒，一醉大家眠。

世態看來熟，浮生何苦忙。好花供老眼，佳茗刷枯腸。池上紅鴛並，簾前紫燕翔。不如來飲酒，高臥北窗涼。

故友成衰謝，新交未是儔。心勞悲幕燕，計拙笑巢鳩。莫作少年事，休將老態愁。不如來飲酒，賞玩菊花秋。

莫入三街市，宜乘九夏涼。隨緣得妙術，守分是仙鄉。寫字騰龍虎，吹簫引鳳凰。不如來飲酒，爛醉錦箏旁。

羨我霜髯老，逢時正太平。園畦頻點檢，書畫悅心情。綠竹栽些個，紅棋著一枰。不如來飲酒，且莫問輸贏。

幸喜身康健，休論愚共賢。詩聯有神助，志懶得天全。十日一風雨，三家百頃田。不如來飲酒，同樂好豐年。

紅塵：俗世之謂也。班固賦：「紅塵四合，煙雲相連。」徐陵詩：「紅塵百歲多。」

婆娑：舞貌也。詩經．陳風．東門之枌篇：「子仲之子，婆娑其下。」

傀儡：木偶也。樂府雜錄：「自昔傳云起於漢祖。或謂周穆王時工人偃師所始作。」列子．湯問篇：「臣之所造能倡者，穆王驚視之，趨步俯仰，信人也。巧夫鎖其頤，則歌合律，捧其手，則舞應節，千變萬化，惟意所適，王以爲實人也。」

商巖板：商書．說命：「高宗夢帝賚予良弼，其代予言，乃審厥象俾以形，旁求于天下，說築傅巖之野，惟肖。」韓詩外傳：「傅說負土而板築，以爲大夫，其遇武丁也。」

羲和：廣雅：「日御謂之羲和。」淮南子：「日駕車以行，羲和爲御。」白居易詩：「羲和鞭日走，不爲我少停。」

穆駿：謂周穆王之八駿也。穆天子傳：「八駿：赤驥、盜驪、白義、踰輪、山子、渠黃、華騮、綠耳。」王嘉拾遺記：「周穆王巡行天下，馭八龍之駿，名曰：絕地、翻羽、奔霄、越影、踰暉、超光、騰霧、挾翼。穆王神智遠謀，使跡轂遍於四海。」

浮生：人生於世，虛浮無定，故曰浮生。莊子・刻意篇：「其生若浮，其死若休。」又李白春夜宴桃李園序：「浮生若夢，爲歡幾何？」鄭谷詩：「往事悠悠成浩嘆，浮生擾擾竟何能？」

幕燕：喻事之危也。左傳襄公二十九年：「季札謂孫林父曰：夫子之在此也，猶燕巢於幕之上。」又左傳襄公二十九年吳季札如晉，將宿於戚，聞鐘聲焉！曰：「夫子之在此也，猶燕之巢於幕上，而可以樂乎？」

巢鳩：方言：「鳩，俗謂之拙鳥，不善營巢，取他鳥巢居之。」詩・召南・鵲巢：「維鵲有巢，維鳩居之。」傳：「鳴鳩，不自爲巢，居鵲之成巢。」白居易詩：「傷心自嘆鳩巢拙。」

九夏：農曆之四、五、六月三個月共九十日，謂之九夏，卽炎夏之謂。陶潛榮木敍：「日月推遷，已復九夏。」蕭統六月啓：「三伏漸終，九夏將謝。」

寫字騰龍虎：喻筆勢遒勁如龍騰虎躍也。王羲之傳：「王羲之逸少，尤喜隸書，爲古今冠，論者稱其筆勢，以爲飄若浮雲，矯若驚龍。」袁昂古今書評：「韋誕書如龍威虎振，劍拔弩張。」蘇軾孫華老求墨妙亭詩：「蘭亭繭紙入昭陵，世間遺跡獻龍騰。」

吹簫引鳳凰：列女傳：「蕭史善吹簫，秦穆以女弄玉配之，夫婦吹簫引鳳至，乃乘鳳仙去，穆公爲之作鳳臺。」列仙傳：「蕭史者，秦穆公時人也，善吹簫，能致孔雀白鶴於庭，穆公有女字弄玉，好之，公遂以女妻焉，日教弄玉作鳳鳴，居數年，吹似鳳聲，鳳凰來致其屋，公爲作鳳臺，夫婦止其上，不下數年，一旦皆隨鳳凰飛去。」

爛醉：大醉也，言人醉後，其狀頹倒如爛泥也。元稹詩：「用長時節君須策，爛醉風雲我要眠。」章碣長安春日詩：「輸他得路蓬舟客，紅綠山頭爛醉歸。」

朝謁皇陵

萬壑松風捲翠濤，花間晴露滴征袍。龍收夜雨歸滄海，虎帶春泥過石壕。千古袞旒藏玉匣，九重宮殿壓金鰲。橋陵謁罷頻回首，五色氤氳王氣高。

皇陵：按明王在晉國朝山陵考：「皇陵在中都鳳陽府太平鄉，洪武初號曰英陵，尋改皇陵，今號曰翔聖山，葬仁祖淳皇帝，廟諱世珍。」

滄海：大海也。十洲記：「滄海在北海中，水皆蒼色，神仙謂之滄海。」

袞旒：即袞冕也。古時天子袞服而冕旒，袞是龍衣，旒乃天子冠冕前後之垂玉，所以蔽明者也。

玉匣：梓宮也。葛洪西京雜記：「漢帝及諸王送葬，皆珠襦玉匣，匣形爲鎧甲，連以金鏤，皆鏤爲蛟龍鸞鳳龜麟之象，世謂蛟龍玉匣。」

九重宮殿：天子之居也。楚辭・九辯：「豈不鬱陶而思君兮，君之門以九重。」

金鰲：海中之金色大龜也；王建宮詞：「蓬萊正殿壓金鰲。」蘇坤金山詩：「人踏金鰲背上行。」

橋陵：黃帝陵也。在今陝西中部縣西北橋山之上，其山因沮水穿之而過，狀乃如橋，故名橋山。史記・封禪書，漢武帝巡朔方還，祭黃帝塚橋山，即此。按本詩所稱當指明皇陵而言。

氤氳：杜少陵詩：「秋與坐氤氳。」

王氣：謂地氣當出天子者也。庾信賦序：「將非江表王氣，終於三百年乎。」又南史・陳後主紀：「隋軍臨江，後主從容謂侍臣曰：王氣在此，來者必自敗。」

秋蟬

敗柳疏林寄此生，涼時不似熱時鳴。蛻形先覺金風動，輕翼偏嫌玉露清。抱葉常如經雨態，過枝猶帶咽寒聲。桑間此際螵蛸老，游息安閒莫漫驚！

蛻：蟬脫殼曰蛻。史記・屈原傳：「蟬蛻於汚濁，以浮游塵埃。」淮南子・說林訓：「蟬飲而不食，三十日而蛻。」

玉露：秋露也，齊書高帝紀：卿煙玉露，旦夕揚藻。喻露珠潔白似玉也。

金風：秋於五行屬金，故以謂秋風。梁昭明太子夷則七月啓：「金風曉征，偏傷征客之心。」李商隱辛未七夕詩：「由來碧落銀河畔，可要金風玉露時。」

抱葉：杜甫詩：「抱葉寒蟬靜。」

螵蛸：螳螂子也。本草綱目李時珍曰：「螳螂深秋乳子作房，黏著枝上，卽螵蛸也。房長寸許，大如拇指，其內重重有隔房，每房有子如蛆。弘景曰：螳螂逢樹便產，以桑上者爲好。」按產桑上者名桑螵蛸，可入藥。

秋信

飄飄梧葉委銀床，天際初來雁幾行。露氣忽從今夜白，漏聲偏覺五更長。驚幽夢矣書千里，有美人兮天一方。報道桂花成蓓蕾，雨餘庭院喜新涼。

露氣忽從今夜白：李白詩：「玉階生白露，夜久侵羅袜。」

漏聲偏覺五更長：漏卽銅壺滴漏，爲古計時之器，作者夜靜不寐，遂感宮漏益永，而五更益長也。

蓓蕾：花始蕊也。梅堯臣詩：「獵獵牆頭蓓蕾風。」

小亭卽景

小亭西畔畫樓東，開遍堦前芍藥叢。梅子雨乾還有雨，楝花風過更無風。喜看池內魚生子，驚退簾前燕逐蟲。坐久忽聞黃鳥語，綠楊深處午陰中。

梅子雨：月令廣義：「四月雨爲梅子雨。」周處風土記：「梅熟時雨，謂之梅雨。」

楝花風：楝花春月開花，色淡紫，楝花風，三月穀雨節最後之花信風也。東皐雜錄：「花信風最先，楝花風最後。」

黃鳥：黃鶯也。埤雅：「黃鳥，亦名黎黃，其色黎黑而黃也，鳴則蠶生。韓子曰：以鳥鳴春，若黃鳥之類，其善鳴者也。」詩經葛覃：「黃鳥于飛。」疏：陸機云：「今俗謂之黃鶯，黃鸝也。」

憶友丁大舍（國初勳爵之子，未襲爵者，皆稱大舍，如古云舍人也。）

故人一別一年餘，轉眼光陰暑漸除。南徼萬山常有夢，中原六月尚無書。窗前燭暗巴山雨，江上颿留楚水魚。準擬重陽定相見，茱萸新酒候旋車。

南徼：指西南邊地。漢書顏師古注：「徼猶塞也，東北謂之塞，西南謂之徼。」

巴山雨：李商隱夜雨寄北詩：「何當共翦西窗燭，卻話巴山夜雨時。」

颿：即帆字。玉篇：「颿，杖嚴切，音帆，義同。」左思吳都賦：「樓船舉而過肆。」注：舟船之帆，本用此字，今別作帆。周伯琦曰：馬疾步也，以馬風會意，借爲舟颿字。

楚水魚：風俗通：「吳楚之人嗜魚鹽，不重禽獸之肉。」杜少陵詩：「楚人重魚不重鳥。」注：峽中有嘉魚，長身細鱗，肉白如玉。

旋車：歸車也。詩小雅：「言旋言歸。」謝靈運詩：「三載期歸旋。」

秋懷

樓閣涼生夜雨餘，碧天如水雁來初。青山落日兩行泪，錦樹西風萬里書。滇海相思情愈切，梁園行樂興全疎。人還定把平安報，惟有霜華白滿梳。

泪：字彙：「泪與淚同。」

滇海：在雲南，即昆明池，或曰滇池。明史地理志：「滇池在雲南府城南，周五百里，其西南爲海口。」憲王年輕時，嘗遭遷於雲南，故頗多懷思於此也。

梁園：即漢梁孝王所築之兔園。史記梁孝王世家：「孝王築東園，方三百餘里。」西京雜記：「梁孝王好營宮室苑囿之樂，築曜華之宮，作兔園，園中有雁池，王日與宮人賓客弋釣其中。」清一統志：「梁園在商邱縣東。」

霜華白滿梳：霜華，白髮也。杜詩：「莫話靑溪髮，蕭蕭白映梳。」

雲英詩

雲英何處訪遺蹤，空對陽臺十二峯。花院無情金鎖合，蘭房有路碧苔封。消愁茶煑雙團鳳，縈恨香盤九篆龍。腸斷端清樓閣裡，墨痕燭灺尚重重。

（雲英姓夏氏，憲王之宮人也，生五歲闇誦孝經，七歲盡通釋典，淡妝素服，色藝絕倫，其居曰端清閣，有端清閣詩一卷，年二十二臥病，求為尼，以了生死，受菩薩戒，作偈示眾而卒，憲王自為誌銘。）

偈：十二部經序：「今論贊頌卽是句偈。」

誌銘：墓誌也。

陽臺十二峯：陽臺事見宋玉高唐賦：「昔者先王嘗游高唐，怠而晝寢，夢見一婦人曰：『妾巫山之女也，爲高唐之客，聞君游高唐，願荐枕席。』王因幸之，去而辭曰：『妾在巫山之陽，高丘阻之，旦爲朝雲，暮爲行雨，朝朝暮暮，陽臺之下。』」後言男女幽會曰陽臺，曰巫山雲雨者本此。而十二峯者，則巫山十二峯也。峯名如下：獨秀、筆峯、集仙、起雲、登龍、望霞、聚鶴、棲鳳、翠屏、盤龍、松巒、仙人。或曰無獨秀、筆峯、盤龍、仙人而有朝雲、淨壇、上昇、聖泉。

雙團鳳：茶名。大觀茶論：「龍團鳳餅，名冠天下，而婺源之品，亦至此而盛。黃庭堅詩：『婺源包貢第一春。』又畫墁錄有唐茶品以陽羨爲上供，建溪北苑未著也，丁晉公爲福建轉運使，始制爲鳳團，後又爲龍團，歲貢不過四十餅，當時甚貴重之。」

端清閣：在周王府中，爲憲王宮人夏氏雲英所居。

燭灺：燭燼也。灺音「柁」，上聲，亦讀「斜」，上聲。

偶成二首

稜稜病骨覺清癯，心上清閒百事無。曉起灌園呼內豎，晝長臨帖寫官奴。宜人景物隨時好，垂老風情得志娛。且進一樽花下酒，便拼微醉不須扶。

平生但樂迂疏趣，那得工夫計較愁。有酒便宜同客飲，無材何必為身謀。推窗玩易風生樹，掃石焚香月滿樓。手種西園好花竹，可人佳景足歡遊。

稜稜：骨瘦貌。

清癯：癯通臞。卽清瘦。吳文英高陽臺詞：「泊檥游船，臨流可奈清臞？」

內豎：宮內之小臣也，卽內監。

官奴：帖名，晉王羲之書，亦名玉潤帖。畫禪室隨筆：「吾書倣黃庭堅及鍾紡：『官奴帖乃逸少名筆，歷歲千祀，紙墨完好，得而藏之，不假南面百城矣！』」

風情：風月之情趣也。白居易詩：「試將詩句相招去，倘有風情或可求。」

便拼微醉不須扶：憲王作此句當係受白居易詩：「今夜還先醉，應須紅袖扶」之影響，而作此反語也，於貪杯之描繪，可謂淋漓盡緻矣！

迂疏：卽迂遠。史記孟軻傳：「以爲迂遠而濶於事情。」言與事不相切合也。

玩易：玩味易理也。

靜坐

靜坐閑觀理自明，是非榮辱豈須爭。一身常在閑中過，萬事肯於先處行。嫩竹半倚聽夜雨，晚雲收盡看秋晴。兩般清意誰能識，世事交遊物外情。

物外：卽世外。猶言不與人事也。

芸閣初夏卽事

玉階槐影綠陰陰，長日清閑罷撫琴。滿架酴醿如散雪，一畦萱草似堆金。詩因中酒多隨意，棋為饒人不用心。芸閣晚涼清新發，兔毫新試寫來禽。

酴醾：落葉灌木，幹高四五尺，新枝葉柄皆多刺，夏初開白色重瓣花，色似酴醾酒，故名。又群芳譜：「一名獨步春，一名百宜枝，一名瓊綬帶，一名雪纓絡，一名沈香蜜友，大朵千瓣，香微而清，本名荼醾，一種色黃似酒，故加酉字。」草花譜：「荼　花大朵，色白，千瓣而香，根枝多刺。」詩云：「開到荼蘼花事了。」當爲春盡時開耳。

萱草：萱字本作藼，亦作諼或萲，俗稱之爲金針菜，有忘憂、宜男等名。詩經・衞風伯兮：「焉得諼草，言樹之背。」諼草卽萱草是也。

中酒：醉酒也。韋莊春日晏起詩：「近來中酒起常遲，臥見南山改舊詩。」又史記・樊噲傳：「項羽既饗軍士，中酒，亞父謀欲殺沛公。」張晏注曰：「中酒，酒酣也。」師古注曰：「飲酒之中也，不醉不醒，故謂之中。」

饒人：西溪叢語：「有道人善棋，凡對局，率饒人一先。」是饒人者，讓人也。

來禽：帖名，王羲之所寫。按唐李綽尙書故實：「王內史書帖中有與蜀郡太守求櫻、來禽、甘給、籐子。」蓋來禽卽林檎是也，以王帖中敍及來禽，遂稱是帖爲來禽矣！又溫飛卿詩：「書帖得來禽。」蘇軾詩：「只有來禽青李帖，他年留與學書人。」可見此帖之見重士林也。

悟道吟二首

慈悲為雨法為航，心是蓮花性是香。靜裡工夫些子力，閒中議論許多長。提攜一氣通金界，顛倒三車運玉漿。笑把明珠閒玩弄，眉間萬丈白毫光。

自從悟得真如理，今古空談善有因。撒手往來還是我，點頭問訊屬何人？安閒常樂勝中勝，自在頻觀身外身。大笑西來緣底事，等閒識破便休論。

慈悲爲雨：佛家以爲與樂曰慈，拔苦曰悲，四無量心中之二無量也。是佛以慈悲待人，正如雨露之普潤眾生也。

法爲航：航，船也。佛法使人渡生死海到涅槃之岸，故憲王以之譬喻船筏。

心性：黃蘗傳心法要曰：「心性不異，卽性卽心，心不異性，名之爲祖。」又云：「性卽是心，心卽是佛。」

蓮花：佛以蓮花喻妙法。又清靜之菩提心，離一切塵垢，名蓮花三昧。

顛倒：如以無常爲常，以苦爲樂，反於本眞事理之妄見也，是爲無明之所使然，倒見事理也。

三車：喻大乘之三乘也，蓋所以證無上菩提者，或以羊車、鹿車、牛車比之，如此次第乃以譬聲聞乘、緣覺乘、大乘者。法華經譬喻品所說。

明珠：珍珠也。此當指佛珠。

白毫：如來三十二相之一，世尊眉間有白色之毫相，右旋宛轉，如日正中，放之則有光明，初生時長五尺，成道時有一丈五尺，名曰毫相。法華經序品曰：「爾時佛放眉間白毫相光。」嘉祥法華義疏二曰：「白毫者表理顯明稱白，教無纖隱爲毫。」

眞如：亦佛家語，謂實體實性而永世不變之眞理也。唯識論：「眞，謂眞實，顯非虛妄，如，謂如常，表無變易。」

暮春

九十春光似轉蓬，半晴天氣霧溟濛。一池新水今朝雨，滿地殘花昨夜風。白髮自憐詩興在，紅顏莫放酒樽空。閒看青簡思今古，得失由來一夢中。

九十春光：春季共三月，每月三十天，總共九十日，故言九十春光。

轉蓬：喻光陰消逝如轉蓬之快也。曹植詩：「吁嗟此轉蓬。」

溟濛：小雨也，又模糊也，沈約詩：「下睇亦溟濛。」

青簡：按青簡卽青史之謂。劉向別錄：「治竹青作簡書，謂之青簡。」

送雪

天山一色凍雲垂，罨畫樓臺綴玉時。准備熒金香盒子，明朝送雪與相知。

凍雲：寒雲也。寇準書河上亭壁詩：「暮天寥落凍雲垂，一望危亭欲下遲。」

罨畫：畫家謂雜彩色之畫爲罨畫。張師正倦遊錄：「罨畫，今之生色也。」又元稹詩：「芙蓉脂肉綠雲鬟，罨畫樓臺青黛山。」

臨安卽事

凍雨寒煙滿戍城，雨中煙外更傷情。沙頭風靜鴛鴦睡，嶺上雲深孔雀鳴。番域白鹽從海出，野田青蔗繞籬生。蠻方異俗那堪語，獨立高臺泪似傾。

臨安：明季雲南府名之一，治建水，縣城瀕瀘江北岸，西北約五公里有火焰山，行走其上，熱至灼足，枯葉著地卽焦，因地層中含硫磺氣甚多。憲王少年時，曾戍居於此。

凍雨：暴雨也。

沙頭：沙洲也。杜甫詩：「沙頭暮黃鶴，失侶亦哀號。」

老人燈

百歲身軀浪得名，提攜何苦自勞形。年來偏覺心腸熱，老去祇餘臟腑明。半夜風中常懊恨，一生線上作經營。可憐亦被風光引，擺手搖頭學後生。

浪得名：輕易而獲得虛名也。

暮春久陰寒風雨

蝶怨蜂愁靜小園，陰寒已過勒花天。雨中狼籍榆錢少，風裡飄楊柳絮顛。堪笑一春惟飲酒，自憐三月尚衣綿。海棠開盡薔薇老，孤負芳辰又一年。

勒花：勒，抑也，勒花猶言花爲抑壓不開也。李山甫牡丹詩：「邀勒春風不早開，衆芳飄後上樓頭。」

狼籍：紛亂貌。史記．滑稽傳：「履舄交錯，杯盤狼籍。」又毛詩陸疏廣要：「釋文云：狼籍草臥，去則草穢亂，故曰爲狼籍也。」

榆錢：榆樹未生葉時，枝條間先生榆莢，以其形扁圓，垂垂成串，故又謂之榆錢。

柳絮：臆乘：「柳花與柳絮迥然不同，生於葉間成穗作鵝黃者花也，花既褪，就蒂結實，其實之熟，亂飛如綿者，絮也。古今吟咏往往以絮爲花，以花爲絮，素無分別，可發一笑。」杜甫詩有：「雀啄江頭黃柳花。」又有：「生憎柳絮白於綿」之句，則花與絮不同，顯然可見。

登城有懷

一上高城思渺冥，情懷如夢復如醒。長河濁浪從來急，嵩岳高峯分外青。樵徑遠縈芳草岸，漁舟閒傍夕陽汀。登臨感慨斜陽外，望盡長亭復短亭。

高城：按指汴梁即開封城也。
渺冥：深遠而不可測也。
長河：黃河也，黃河在開封城外，故登城可望。
汀：水岸平處也。
嵩岳：嵩山，五岳之中岳也，一稱嵩岳。

秋涼

蒼涼初日照簾櫳，秋氣清高八月中。滿砌寒蛩啼冷露，一天新雁度西風。病懷得酒如春暖，老眼看花似葉紅。獨坐小軒無箇事，悶來聊復理絲桐。

簾櫳：簾卽窗簾，櫳，房屋之疏也，謝惠連詞：「升月照簾櫳。」

寒蛩：蟋蟀也。埤雅：「蟋蟀隨陰迎陽，一名吟蛩。」又古今注：「蟋蟀一名蛩，秋初生，得寒則鳴。一云濟南呼爲懶婦。」

絲桐：琴也。謝莊賦：「於是絲桐練響，音容選和。」又柳宗元邕州馬退山茅亭記：「於是手揮絲桐，目送還雲。」桓譚新論：「神農氏始削桐爲琴，繩絲爲弦。」

海棠吟

太行之陽海棠嶺，自昔相傳多麗景。妖嬈千樹媚韶光，綠嫩紅嬌春睡醒。可憐絕艷少人知，開遍東風誰管領。細雨輕寒夜慘悽，踈星淡月掛芳枝。應同蔓草藤蘿長，只伴幽禽野鳥棲。我聞有此深嘆息！中原何苦無曾識。旋呼童僕去尋芳，涉水登山訪踪跡。移根植向海棠軒，時當三月艷陽天。淺暈半開紅玉軟，紫綿來吐胭脂鮮。只饒有色嬌凝目，便是無香亦可憐。乾坤秀氣真堪愛，不限地土皆成全。王嬙西子來南國，玉環薛濤生西北。要當得遇與不遇，此則天數將何言。今觀此花誠有幸，自從荒嶺移名園。雕闌玉砌午風暖，珠樓寶殿春光妍。朝朝宴樂得玩賞，歲歲花開聽管絃。喜見芳姿今赫煥，不負天生好材質。

老夫將為海棠吟，古來多少成抛擲。

太行：十道山川考：「太行山在懷州河內縣西北，連亙河北諸州，爲天下之脊。」

海棠嶺：在河南懷慶太行山中，嶺以海棠得名，蓋是山叢林荒草之中，盡皆海棠，且不下千萬餘本也。

妖嬈：嬌媚也。

春睡醒：唐書・楊貴妃傳：「明皇登沈香亭召楊妃，妃被酒新起，命力士從侍兒扶掖而至，明皇笑曰：此眞海棠睡未足耶？」

阿誰：何人也。三國志・龐統傳：「向者之論，阿誰爲失。」

中使：天子左右之使人也。宋書・袁粲傳：「敦逼備至，中使相望。」

可憐：風姿綽約可愛也，李白淸平調詞：「借問漢宮誰得似，可憐飛燕倚新妝。」

王嬙西子來南國：王嬙卽王昭君，漢元帝宮中美女，湖南秭歸縣人，西子卽西施，春秋越之美女。以上二女皆生於長江流域，故云來自南國。

玉環薛濤生西北：楊玉環卽楊太眞，爲唐玄宗妃，河南靈寶人，其地近幽谷，且與陝西、山西相鄰；薛濤亦唐時美女名妓，知音律，工詩詞，本陝西長安人。以上二女皆生於北方，故云。

赫煥：光耀貌。

老夫：按憲王作此詩時爲明宣宗正統三年春間，已年達花甲，故以老夫自稱。

瞿宗吉東遊詩箋

登舟出三山門赴松江

卜得登舟日，東遊頗稱情。順風催順水，行色助行程。夕照晴偏好，殘潮晚更平。却從柁樓上，回望石頭城。

三山門：在南京城西南五十七里，其山下臨大江，積石深鬱，三峰並峙，南北相連，故名。李白詩：「三山半落青天外，二水中流白鷺洲。」又按明初南京有城門十三，其西南即曰：三山門。據南都察院志云：「本門衝繁，南至聚寶門，北至石城門界，長七百一十五丈，垛口八百六十四座，城下門券四層，右邊水關一座。」

松江：即華亭，東漢時屬吳郡，建安間，孫吳封陸遜爲華亭侯，而華亭之名始見，元至元中陞爲華亭府，尋以府北境松江爲名，改爲松江府，初領華亭縣，隸嘉興路，後析華亭東北五鄉建上海縣，隸浙西道，明朝改直隸領縣如故。

夕　照：夕陽也。江淹蓮花賦：「見綵霞之夕照，覿雕雲之晝臨。」夕照晴偏好，殘潮晚更平，此二句可見著者瞿佑晚年南歸後之心情，年逾八十，人生雖已向晚而夕陽甚好，世路雖多波瀾而晚潮更平，領略自得，亦頗稱情也。

石頭城：南京城之別稱，本名金陵，秦改爲秣陵，孫權又改爲建鄴，其後始改爲石頭城。蓋因石頭山南接長干，山勢周廻二十五里有餘，依山爲城而得名，諸葛亮所謂鍾山龍蟠，石頭虎踞者是也。南宋朱存理詩：「五城樓堞各相望，山水英靈宅帝王。此地定由天造險，古來長恃作金湯。」

龍　灣

壯觀東南地，繁華尚儼然。山川百戰後，宇宙六朝前。奉佛修金刹，留軍守寶船。時平形勝在，皇業萬斯年。

龍　灣：在江蘇江寧縣北，宋建炎四年岳飛敗金兀朮於牛頭山，兀朮兵趨龍灣，飛又以騎三百及步兵二千人邀擊之於新亭，大破之。

六　朝：南京曾爲六朝京都，卽孫吳、東晉、及宋、齊、梁、陳是也。張祐上元懷古詩：「倚雲宮闕已平蕪，東望連天到海隅。文物六朝興廢地，江山萬里帝王都。」

金　刹：塔之別名也，又以金所造之刹竿，卽塔上之九輪。刹者梵語掣多羅之訛略，本義爲土田、國等，卽佛刹、梵刹等是。刹竿所以安佛骨，義同土田，故名刹或曰浮圖。法華經・授記品曰：「起七寶塔，高表金刹。」故金刹元來之意則指佛之國土。

寶　船：載珊瑚、琥珀、金剛石之船也。奉佛修金刹，留軍守寶船，其事未詳，待考。

觀音山

檣艣正臨深，孤山聳翠岑。忽瞻菩薩面，都革夜叉心。巨石蟠松樹，清風振竹林。瓣香遙致敬，誰不肅凡襟。

觀音山：在南京城東北觀音門外，北濱長江，西引幕府諸山，東連臨沂、衡陽諸山，形如錯繡，皆懸崖峭壁，東北有石臨瞰江水，三面而出，勢如飛燕曰：「燕子磯」。其山又名直瀆山，或曰巖山、觀音山則其俗稱也。按同治上江志云：「燕子磯側有宏濟寺，有吳道子石刻觀音像嵌絕壁上，洪武初卽山建觀音閣，正德初就閣建寺，寺今廢，惟觀音像尙存，兵火摧殘，風雨剝落，今片片碎矣！」

翠　岑：翠峯也。王勃懷仙詩：「翠岑有奇徑，麟洲富仙家。」

夜叉心：夜叉一作藥叉，譯言能噉鬼也，謂食噉人也，又云傷者，謂能傷害人也。蓋夜叉乃暴惡之鬼，爲諸鬼中之最可畏怖者。

瓣　香：心香一瓣，示崇敬也，學佛者中心精誠，自與焚香供佛無異。陳師道詩：「向來一瓣香，敬爲曾南豐。」又瓣香，蓋香之形狀似瓜瓣者，祖庭事苑：「古之尊宿，拈香多云一瓣。瓣，瓜瓣也，以香似之，故稱焉。」

肅凡襟：整肅衣襟，以正容顏而禮佛也。

泊儀眞

楊柳千家市，帆檣萬里船。往來皆是客，去往總由天。市酒傾壺釀，江魚下筯鮮。不因風雨阻，那得此留連。

儀　眞：本漢江都縣地，唐揚子縣之白沙鎭地，周世宗改稱迎鑾鎭，宋升爲建安軍，大中祥符間升爲眞州，政和中改爲儀眞郡，元改眞州，明洪武二年再改爲儀眞縣。

帆　檣：船帆與桅檣之稱，蓋喻舟楫也，唐李郢江亭春霽詩：「蜀客帆檣背歸燕，楚山花木怨啼鵑。」

江魚下筯鮮：筯，箸筷也，此謂江魚下筷以酒佐之味極鮮美也。按長江中魚之鮮美者，計有刀魚、鰣魚、河豚、銀魚等多種。

留　連：淹留也，晉書・羊祜傳：「不爾留連，必於外虞有闕。」

瓜　洲

自古瓜洲渡，長江此要津。南來通楚越，北去入咸秦。世泰多行旅，時艱有戰塵。今逢熙皞日，贏得鷺鷗馴。

瓜洲渡：在江蘇鎮江北岸，舊爲瓜洲村，蓋長江之砂磧所成，因其形狀如瓜，故名，或云卽祖逖擊楫之所也。其地居民稠密，商賈畢集，並產蘆席，余幼時嘗乘船往遊焉，蓋鎮有瓜洲渡以通鎮江也。

要　津：津：渡口之稱。要津則重要之渡口也。

南來通楚越：江蘇之地春秋之際屬越，戰國之時越又爲楚所滅而屬楚，隸江東郡，故楚越連稱，實指江蘇境內也。

北去入咸秦：陝西之地爲秦都咸陽所在，故又以咸秦相稱，由瓜洲北上陸行可至其地。咸秦自古卽爲關中勝地，亦富庶之邦也。

熙皞日：和樂自得之太平時日。

瓜洲阻風雨

筍皮篷上雨蕭蕭，柁尾風來送晚潮。忽有好音頻入耳，江東賈客臥吹簫。

筍皮篷，竹皮所製之船篷也。

江東：謂長江最下游之地，卽今江蘇地，或曰：江左。史記・項羽紀：「江東已定，急引兵西擊秦，項梁乃以八千人渡江而西。」又魏禧日錄雜說云：「江東稱江左，江西稱江右，蓋自江北視之，江東在左，江西在右耳！」

賈客：商人也。

梅雨舟中書事

江北無梅花，安知有梅雨。我本江南人，江北久羈旅。歲晚得歸來，扁舟冷清泚。江神似相留，三日泊沙嘴。浪勢打船頭，風聲掠柁尾。眾意苦遲延，吾心獨歡喜。老麥已登場，新秧初刺水。蠶事既有成，農功方欲起。氣爽毛骨清，微涼消溽暑。同行二三輩，謂是錢孔李。（同舟三人皆賈客）雖云姓氏殊，共濟無彼此。罇沽北府酒，囊糴太倉米。登盤野果鮮，出網時魚尾。瓦甌相勸酬，談諧總吳語。金山對面看，屹若畫屏倚。平生愛吟賞，此景能有幾。雨歇潮亦平，縱橫見洲渚。解纜發謳歌，競把輕帆舉。到岸知有期，計日可屈指。佳節過端陽，浮蒲仍薦黍。

我本江南人，江北久羈旅：瞿佑為江蘇松江人，據其晚年所寫過蘇州詩知其羈旅華北者凡三十六年，誠可謂久矣。

扁舟：小船也。宋蘇東坡前赤壁賦：「駕一葉之扁舟，舉匏樽以相屬。」

清泚：水清澈也。唐宋之問詩：「洛水多清泚，崧高有白雲。」宋蘇軾：「知君深受兒女困，悔不先歸弄清泚。」又南齊謝朓始出尚書省詩：「邑里向疏蕪，寒流自清泚。」

沙嘴：地名，當在今江蘇瓜洲附近。

老麥已登場：江南之麥四月已熟，故徐師川詩有：「四月麥穗如馬尾，湯餅在眼粉可喜」之句。又庾子山詩：「麥隨風裡熟，梅逐雨中黃，衫含蕉葉氣，扇動竹花涼。」則四月南風大麥已黃，今且五月，無怪老麥自早登場收成矣！

新秧初刺水：新秧穎細如針，初插水田中，如針刺水也。

蠶事既有成：蠶繅之事也，言養蠶繭種，飼桑、上簇、繅絲諸事皆已完成。

農功：治田之事也，左傳・襄公二五年：「政如農功，日夜思之，思其始而成其終，朝夕而行之。」

溽　暑：暑熱曰溽暑。柳子厚詩：「南州溽暑醉如酒，隱几熟眠開北牖。日午獨覺無餘聲，山童隔竹敲茶臼。」

北府酒：鎭江於晉初屬毘陵郡，永嘉五年爲晉陵郡治，繼又僑置徐、兗二州，謂之北府。（建康謂釆石爲南州，鎭江爲北府。）古來鎭江以釀酒聞名，故桓溫曰：「北府酒可飮。」謝元度曾蒞此鎭，與親舊書亦稱京口酒美可飮。又輿地志曰：「京口出酒號曰京淸，埒於曲阿。」北府酒卽鎭江酒也。

太倉米：今江蘇太倉。相傳孫權都吳時，曾置倉於此，故名太倉。或曰權求好於公孫淵，欲遣兵北出，故於此置倉也，亦謂之東倉。

時　魚：長江中四五月間時魚計有刀魚、鮰魚、鰣魚、河豚、銀魚、魴魚、石首魚（卽黃魚）等，味皆鮮美。

瓦　甌：瓦製盆盂，喩船家粗用食具，唐杜荀鶴溪興：「山雨溪風卷釣絲，瓦甌篷底獨斟時。」

吳　語：吳儂軟語。

金　山：本在鎭江城西北七里大江中，原名浮玉，爲長江中一島，宋、周必大筆錄謂：「此山大江環繞，每大風四起，勢欲飛動，故南朝謂之浮玉。」唐時因裴頭陀（法海）掛錫於此，於水際獲金數鎰，故改名金山，其形勢風景皆絕勝，故詩人多題詠，如宋孝宗詩云：「岸然天立鎭中流，雄跨東南二百州。狂虜每登須破膽，無勞平地戰貔貅。」

屈指：喻時間極快而可數也。

端陽：端午也。月令廣義：「五月五日爲端陽。」

浮蒲仍薦黍：浮，過也；蒲，端節也，言端午已過，猶進米粽也。又風土記曰：「仲夏端午烹鶩、角黍。」端，始也，謂初五也，以菰葉裹粘米煮熟謂之角黍，今按江南一帶多用蘆葉包裹，而南地則以竹葉裹之矣。

金山寺

海上舊蓬瀛，飛來載化城。游龍曾入夢，浮玉久傳名。塔現中天影，鐘聞兩岸聲。莫矜莊宅語，勝景自天成。

金山寺：在金山上，舊名澤心寺，梁武帝曾臨寺設水陸會，唐始改今名。孫魴詩：「萬古波心寺，金山名自新。天多剩得月，地下不生塵。過櫓妨僧定，驚濤濺佛身。誰云張處士，顯後更無人。」又楊蟠詩：「海山亂點當軒出，江水中分遠檻流；天遠樓臺橫北固，夜深燈火見揚州。」

蓬瀛：海上仙山之謂，以喻金山也。按史記・封禪書：「齊宣王、燕昭王使人求蓬萊、方丈、瀛洲。此三神山傳在海中，去人不遠，望之如雲中，及至，則三山返在水下，欲至則風引紅而去，莫能至者，仙人、不死藥皆在焉，黃金白銀爲宮闕。」

化　城：寺院也，謂金山爲飛來之海上仙山，用載寺院也。王維登辨覺寺詩：「竹徑從初地，蓮峯出化城。」又米芾金山詩：「揭榜詑浮玉，莊嚴是化城。」

遊龍曾入夢：金山於宋大中祥符五年改爲龍遊山，上有龍王廟。按三山志：「五代楊氏封金山爲下元水府，宋祥符間封曰顯濟，元豐中遷於西津，明封顯順濟王。」又按唐張祜金山寺詩：「僧歸夜船月，龍出曉堂雲。樹影中流見，鐘聲兩岸聞。」可見自唐以來即有龍出金山之說矣。蓋金山本在大江中，人多以爲下盤魚龍之宮，神靈之府，遊龍入夢自難免有此異想也。

浮玉久傳名：金山本名浮玉山，唐時因裴頭陀得金於此，遂改名金山。

莊　宅：寺院之領地房屋也，蓋金山寺昔在承平時，民間財富多有捐獻，其樓觀幾達萬楹之多。

甘露寺

好在前朝寺，曾經幾廢興。層樓勞北望，旭日□東升。潮落留商船，風廻颭佛燈。惜無方竹杖，何以贈山僧。

甘露寺：在鎭江北固山上，傳爲三國吳甘露中建，因名，內有梁武帝所書「天下第一江山」六字，唐李德裕重建。唐盧肇詩：「北固巖端寺，佳名自上臺。地從京口斷，山到海門來。曙色煙中滅，潮聲日下回。一隅通雉堞，千仞聳樓臺。」

曾經幾廢興：梁沈約登北固樓詩云：「六代舊山川，興亡幾百年。繁華今寂寞，朝市昔喧闐。」

颭：風吹物動而搖曳也，唐柳宗元登柳州城樓詩：「驚風亂颭芙蓉水，密雨斜侵薜荔牆。」

佛燈：爲佛前供養所用之燈火，佛家謂於佛塔、佛像、經卷前燃燈，能獲大功德。燈可破闇爲明，故佛經中又常以法、智慧比喻爲燈。

方竹杖：方竹柱杖也，古代僧道所用之珍物，多出澄州。桂苑叢談：「潤州甘露寺有僧，道行孤高，李德裕廉問以方竹杖一贈焉。方竹出大宛國，堅實而正方，節眼鬚分四面對出。及再鎮浙右，問：『方兄無恙？』，僧對曰：『已規圓而漆之矣！』公嗟惋彌日。」

鎮江

宿雲散盡晚晴初，起倚船窗望眼舒。天際樓臺橫北固，水邊城郭表南徐。仙蹤久説金壇在，地勢猶誇鐵甕如。多景有樓愁亦稱，昔人先我發長吁。（劉改之詩：景於多處却多愁。）

北固：鎮江山名，在城北，下臨長江，三面臨水，廻嶺斗絕，勢最險固，因名。梁書・蕭正義傳：「京城西有別嶺入江，高數十丈，號曰北固，蔡謨起樓其上。大同十年，武帝登望久之，曰：『此嶺下足須固守，然於京口，實乃壯觀，于是改樓曰北顧樓。』」按北固山今高四十八公尺，周長一百公尺，山由南峯、中峯、北峯組成，而三峯中以北峯爲最高。今有甘露寺據山上，傳爲三國吳甘露年間所建。梁武帝詩：「南城連地險，北固臨水側，深潭下無底，高低長不測。」唐竇常詩：「山趾北來固，潮頭西去長。」宋王安石詩：「天末海門橫北固，煙中沙岸似西興。」皆詠此山也。

天際樓臺橫北固：北固樓在北固山上。李白詩：「丹陽北固是吳關，畫出樓臺水雲間。」宋范仲淹詩：「北固高樓海氣寒，使君應此凭闌干。春山雨後青無數，借與淮南仔細看。」余以爲瞿佑此二句較王安石天末海門句，似更能點出鎮江景色之美也。

南徐：鎮江城吳名京口，唐名丹陽，宋名南徐。王元之寄潤州趙舍人詩：「南徐城古樹蒼蒼，衙府樓臺盡枕江。甘露鐘聲清醉榻，海門山色滴吟窗。」

鐵甕：鎮江城之古稱，以其堅固如金城也。蓋後漢建安十三年，吳孫權所築，周圍六百三十步，唐乾符中周寶爲潤（鎮江亦稱潤州）帥，又築羅城二十餘里，號鐵甕城，言其堅固也。劉禹錫詩：「鐵甕郡城牢。」胡世隆登鐵甕城詩云：「雉堞巍然歲月長，古今知閱幾興亡。吳王殿裡笙歌罷，煬帝城邊草木荒。萬里煙霞歸洞急，一川風月渡江忙。」又陸游夢旡咎詩：「舊遊忽墮五更夢，舉首但覺鐵甕高。」

多景樓：在甘露寺內，元趙孟頫詩：「層顛官閣幾時修，遠艦長江萬里流。白露已零秋草綠，斜陽雖好暮雲稠。平南籌策張華得，治內人材葛亮優。景物未窮登覽興，角聲孤起甕城秋。」

焦山寺

遠望關門連，中流是巨川。昔聞山裡寺，今見水浮天。石壁無樵徑，沙洲有渡船。老僧迎送少，坐穩似癡禪。

焦　山：在鎭江城東北九里江中，與金山對峙，相去十五里，以後漢隱士焦光居此而名。或名譙山，亦曰浮玉山。劉宋、元嘉中，以魏人臨江，曾分兵戍此，唐時有譙山戍，蓋焦與譙通稱也。今山顚盤礴處有焦仙嶺，其旁巖洞參差，奇勝不一。

焦山寺：在焦山上舊名普濟寺，今稱定慧寺，內有海雲堂、贊善閣、吸江亭等。宋、蘇軾焦山寺詩云：「金山樓觀何耽耽，撞鐘擊鼓聞淮南。焦山何有有修竹，採薪汲水僧兩三。雲霾浪打人迹絕，時有沙戶祈春蠶。我來金山更留宿，而此不到心懷慚。同遊盡返決獨往，賦命窮薄輕江潭。清晨無風浪自湧，中流歌笑倚半酣。老僧山下驚客至，迎笑善作巴人談。」

遠望關門連：焦山之東，有二島對峙江流中，曰海門山，亦名海門關，又謂之雙峯山也。

巨川：長江之謂也。
昔聞山裏寺：鎭江金、焦二山舊有「金山寺裡山、焦山山裡寺」之稱，蓋形容金山因寺廟眾多，山爲寺廟所包入，而焦山廣大，寺廟則幾爲林木所隱入，則又山廣於寺，故有此諺也。
凝禪：專一禪思也，禪爲梵語，一作禪那，意譯作靜慮，爲止他想，繫念專注一境、思維修習，於沈思中以求眞智之開發。

五顯廟

艤舟依古渡，登岸謁義祠。香火簾帷邃，風雲隊仗奇。金鎗傳異事，花萼示連枝。（神兄弟五人）信步登臨久，靈颷滿面吹。

五顯廟：按寰宇通志‧卷八，應天府洞廟有五顯靈順廟云：「廟在雞鳴山之陽，洪武二十一年建，神有五：曰顯聰、曰顯明、曰顯正、曰顯直、曰顯德，同稱爲五顯。」
艤舟：船泊岸邊也，玉臺新詠梁簡文帝從頓暫還城詩：「征艫艤湯塹，歸騎息金隍。」
金鎗傳異事：五顯神話也，其事未有所聞，待查。
花萼示連枝：喻兄弟並有文綵也。唐睿宗五子，玄宗爲季子，製大衾長枕與諸王共之，後於宮南造花萼相輝之樓，時時登之，必召諸王登樓賦詩，世謂天子友悌無比也。

舟行得風二首

長川波浪浩漫漫，風雨連朝泊淺灣。今日雨晴風亦順，掛帆東去指雲間。

十幅蒲帆幅幅輕，檣欹柁側強支撐。舟人總愛西風緊，白浪掀天亦可驚。

掛帆：啓帆也，謝靈運詩：「剖竹守滄海，掛帆過舊山。」

蒲帆：船帆以蒲草編成者，取其輕也。宋梅堯臣送胡公疎之金陵詩：「綠蒲作帆一百尺，破浪疾飛輕鳥翮。」范成大寄溧陽陳明元詩：「西風滿棹蒲帆飽，秉燭相尋語夜深。」

泊青草沙

昔聞青草湖，今泊青草沙。沙平連海口，草綠偏天涯。大艦似浮山，小舟如剖瓜。相依共相濟，謂是傍人家。橫塘有鵝鴨，深港足魚蝦。牧童捲蘆葉，漁婦折荷花。亦知霖雨餘，處處聞鳴蛙。披襟恣袒裼，解髮任爬梳。暫此借一榻，安眠去睡蛇。明晨須早發，要飲陽羨茶。

牧童捲蘆葉：牧童捲蘆葉爲笛，哨笛鳴以取樂也。

祖裼：袒臂露身之謂。

解髮：鬆開頭髮。

睡蛇：睡魔也。

青草沙：地名。

陽羨茶：即宜興茶是也。蓋宜興於秦時爲陽羨縣，漢亦因之，晉永嘉四年陽羨人周玘，三興義兵討賊有功，因置義興郡以寵之。及隋初又廢郡改縣曰義興，屬常州。宋太平興國初避趙匡義諱，始改曰宜興。元時或爲府、縣、州不等，明代以來則均爲宜興縣。宜興除產茶外，並以紫沙茶具聞名於世，用之沏茶不僅茶香味醇，而色澤尤爲清新可喜也。

又一首

本憩黃山塔，卻依青草沙。流行並坎止，到處是生涯。

黃山塔：地名，塔今所在不詳。

坎止：坎，險也。止，停也。孟康曰：「易坎爲險，遇險難而止也。」黃庭堅贈李輔聖詩：「舊管新收幾粧鏡，流行坎止一虛舟。」

黃山塔二首

孤塔亭亭立水湄，來如相接去如追。惜無妙手開平遠，寫出江山一段奇。
櫓聲搖兀水雲間，東去西來若箇閑。遙望潮頭高蹴起，一痕白浪似龕山。

平　遠：山水畫法中之一種。
搖　兀：搖動也。
龕　山：在浙江蕭山縣東北，據錢塘江南岸，其形如龕，昔與海寧縣西南之赭山隔江對峙，潮經二山之間以出鼈子門，受其迫束，勢更洶湧，爲觀潮勝地，今二山之間沙洲增漲，江已改由赭山北入海。

菩薩墩

高墩臨岸險，平野入雲深。不吸西江水，來參古佛心。金蓮開灼灼，翠竹列森森。水面微風至，如聞般若音。

菩薩墩：地名。蓋亦以其地形高出，狀似菩薩而得名者。

西江水：莊子・物外篇：「周顧視車轍中有鮒魚焉！曰：『我東海之波臣也，君豈有升斗之水而活我哉？』周曰：『我且南遊吳越之王，激西江之水而迎子，可乎？』」西江，西來之大江卽長江也。

古　佛：古時之佛，過去世之佛，又辟支佛之別稱，高僧之尊稱。大日經・二曰：「當廣說灌頂，古佛所開示。」

金　蓮：金色之蓮花。觀無量壽經曰：「行者命欲終時，阿彌陀佛與諸眷屬持金蓮花，化作五百化佛，來迎此人。」

般若音：般若，梵言智慧也，智度論・四十三曰：「般若者，秦言智慧，一切諸智慧中，最爲第一，無上無比無等，更無勝者。」般若音，智慧之聲也。

入下港

喜脫長江險，來投下港安。地連常潤闊，天轉斗牛寬。乍見行秧馬，猶思賜扇鸞。明朝端午節，包秫薦盃盤。

下　港：地名。蓋靠近江蘇常州者。

地連常潤：常潤爲常州與潤州（鎭江）之聯稱，蓋此二地廣闊相連，風煙並及，而下港適在其間，故云。

斗　牛：斗、牛均星名，蓋二十八宿中之斗宿與牛宿（牽牛星）。北周庾信哀江南賦：「路已分於湘漢，星猶看於斗牛。」

行秧馬：以秧馬插秧之謂，秧馬蓋插秧之農具，宋蘇軾秧馬歌引云：「予昔遊武昌，見農夫皆騎秧馬。以楡棗爲腹，欲其滑。以楸桐爲背，欲其輕。腹如小舟，昂其首尾，背如覆瓦，以便兩髀雀躍於泥中，繫束藁木其首；以縛秧，日行千畦。較之傴僂而作者，勞佚相絕矣。」

賜扇鸞：扇鸞，鸞扇也。劉詵江帆雪影詩：「卻疑馮夷宴未終，舞女猶持白扇鸞。」蓋古來端節帝王多賞賜衣玩於臣下，瞿佑早年在周王府曾官任長史，故在端節前不免有此追憶也。按唐會要曰：「貞觀十八年五月五日，太宗謂長孫無忌、楊師道曰：『五日舊俗，必用服玩相賀，今朕各遺卿飛白扇二枚，庶動清風，以增美德。』」推舊俗之語，則知端午之以扇相遺，乃自唐太宗始也。

包　秫：崔豹古今注曰：「稻之黏者爲秫，禾之黏者爲黍。」包秫者卽包粘米粽也。

泊新洋

水流曲曲轉羊腸，捩舵收篷指顧忙。兩岸人家有燈火，喜從新港到新洋。

新洋：地名。
振舵：扭轉船舵，收下帆篷，船將泊港停航也。
收篷

畫扇爲孔英題

客路炎塵正熾，相逢且駐征驂。樹底納涼閒坐，放懷一夕清談。

征驂：行旅之車馬。王勃桑泉別少府序：「高林靜而霜鳥飛，長露曉而征驂動。」

爲錢禮題摺疊扇

一片渾如鶴翅開，不知誰把白雲裁。莫將掩卻新粧面，要得清風手內來。

一片渾如鶴翅開：摺扇合時爲一片，展開時則有如鶴翅也。

舟中端午

繅絲割麥鬧連村，採得菖蒲置酒罇。且賞芰荷臨綠水，不隨蒿艾上朱門。扇紈易掩別姬面，筒米難招楚客魂。遙想千官朝賀罷，香羅細葛共承恩。

採得菖蒲置酒罇：歲時雜記：「端午以菖蒲或縷或屑汎酒。」章簡公端午帖子：「菖華汎酒堯樽綠，菰葉縈絲楚粽香。」

芰　荷：芰卽菱，荷則荷花也。楚辭：「製芰荷以爲衣。」白居易池上早秋詩：「荷芰綠參差，新秋水滿池。」杜甫姑蘇臺詩：「劍池石壁灰，長洲芰荷香。」

不隨蒿艾上朱門：蒿艾：艾草也。按歲時雜記：「荆楚人端午採艾結爲人，懸門戶上，以祓毒氣。」王沂公帖子：「仙艾垂門綠，靈絲遶戶長。」又云：「百靈扶繡戶，不假艾爲人。」章簡公帖子云：「艾葉成人後，榴花結子初。」朱門者，豪富人家也。杜甫詩：「朱門酒肉臭，野有凍死骨。」

扇　紈：紈扇也。班婕妤怨歌行：「新裂齊紈素，皎潔如霜雪。裁爲合歡扇，團圓似明月。」

別　姬：楚漢之際項羽兵敗垓下，其寵妾虞姬與項羽相和而歌，姬並自刎以斷羽後顧之憂，爲楚之英雄美人一大悲劇也。

筒米難招楚客魂：屈原五月五日投汨羅江而死，楚人哀之，每此日，以竹筒貯米，投水祭之。梁王筠詩：「結蘆同楚客，採艾異詩人。」

香羅細葛共承恩：古有君王端午賜衣之事，杜甫詩：「宮衣亦有名，端午被恩榮。細葛含風軟，香羅疊扇輕。自天題處濕，當暑著來清。意內稱長短，終身荷聖情。」

午日讌飲

曳裾昔日趍王府，承運殿前賀端午。三軍射柳更拋毬，擊鼓傳觴閱歌舞。後來應召入公門，卑比坐據西席尊。志懃堂中預家宴，石榴裙映黃金樽。如今得告還鄉里，扁舟不為鱸魚羨。時逢佳節置行厨，羅列羶葷供宴喜。向腸旋把鑪燻燒，切玉浮香入巨瓢。同行賈客亦好事，為撥水絃吹鳳簫。吳歌翻出香奩句，敍景題情頻擊箸。酒闌矯首問前途，遙指雲中望煙樹。

讌　飲：合資出錢爲會飲也。

曳裾昔日趍王府：言昔在王府爲吏也。宋、張景脩得五品服詩：「翻然西入天子都，出門慷慨曳長裾。」

承運殿：周王府之正殿，在河南開封周府內。

射　柳：以柳揷毬場，軍士馳馬射之，其簇甚濶，射之卽斷，爲古代軍士練弓射箭之戲。元張弘範射柳詩云：「年少將軍耀武威，人如輕燕馬如飛。黃金箭落星三點，白玉弓開月一團。簫鼓聲中驚霹靂，綺羅筵上動光輝。回頭笑殺無功子，羞對薰風脫錦衣。」又明王英詩：「鳴簫伐鼓催飛靴，列陣行雲擁翠華。競挽雕弓如月滿，盡摧楊柳向風斜。因知上將皆猿臂，總道諸軍勝虎牙。莫羨天山曾獻巧，射生今已靜邊沙。」

後來應召入公門：瞿佑於明仁宗洪熙乙巳（西元一四二五年）多，由英國公張輔奏請自關外召還，卽留置張宅居西府者凡三年。

皐比坐：皐比，虎皮也，古之人師講學，多以虎皮爲坐，遂以皐比爲講席之喻。名臣言行錄外集：尹淳云：「橫渠先生昔在京，坐虎皮講易，聽從甚衆，一夕二程至，論易，次日先生撤去虎皮曰：『二程深明易道，吾所弗及，汝輩可師之。』先生卒，朱晦翁贊之曰：『早悅孫吳，晚逃佛志，勇撤皐比，一變至道。』」西席亦人師所坐，與皐比義同，蓋瞿佑晚年，曾應邀爲英國公張輔家塾之講席也。

據西席尊：

志懃堂：張輔家中廳堂之稱。

石榴裙：紅裙也。耿緯詩：「金鈿正舞石榴裙。」杜審言戲贈趙使君美人：「紅粉青娥映楚雲，桃花馬上石榴裙。」萬楚詩：「眉黛奪將萱草色，紅裙妬殺石榴花。」

鱸魚美：東晉張翰爲吳人，仕齊王冏，不樂居其官，一日在京師見秋風忽起，因作歌曰：「秋風起兮佳景時，吳江水兮鱸正肥。三千里兮家未歸，恨難得兮仰天悲！」遂棄官而還。又王贊過吳江詩云：「吳江秋水灌平湖，水濶煙深恨有餘。因想季鷹當日事，歸來未必爲蓴鱸。」蓋謂翰度時不可有爲，故飄然遠去，亦非爲鱸魚也。

水紘：疑爲冰紘之筆誤，冰紘卽所發紘聲清冷之意。

煙　樹：李白詩：「霜落荆門煙樹空，布帆無恙掛秋風。」

鳳　簫：列仙傳曰：「簫史教弄玉吹簫作鳳鳴，居數年，鳳凰來止其屋，夫婦一旦皆隨鳳去。」

吳　歌：吳歌爲江南民謠之統稱，蘇州則爲吳歌之鄉，如春秋時之「南山有鳥」，六朝時之「子夜歌」，皆其佳者，其特色則爲清新委婉，並間雜有吳儂軟語。

香奩句：奩，婦女梳妝所用之鏡匣也。香奩爲婦人所用，故香奩句者即謂閨中女兒之歌也。

無　錫

舟從無錫過，不見錫山橫。寺古傳僧法，泉甘水擅名。昔人圖割據，今我事遊行。知是承平久，秧田處處耕。

無　錫：在江蘇長江下游南岸，本漢舊縣，屬會稽郡，周秦時其地有山產錫，漢興始殫，故縣以無錫名。王莽改稱有錫，東漢復名無錫，隋初廢縣入晉陵，尋復置，唐宋皆因之，元升爲州，明清以來均爲縣。

錫　山：在無錫縣西七里，慧山之東峯也，周秦間曾產鉛錫。

寺古傳僧法：無錫古寺在縣南有南禪寺，爲梁時所建，明永樂間重修。縣西有慧山寺，唐元徽間所建，有泉石之秀，昔時遊者極盛。

泉甘水擅名：無錫惠山泉，唐陸羽品天下水，以此爲第二。宋蘇軾詩：「獨攜天上小團月，來試人間第二泉。」

昔人圖割據：無錫縣南四十里有軍將山，南唐屯兵於此，以備吳越，縣西四十五里又有闔閭城遺址，爲伍員伐楚，軍還所築。

圍山二首

山勢碧周遭，前人較獵勞。時平不尚武，白鷺立漁舠。
路接長洲苑，吳王數往來。空將鷹犬養，麋鹿上高臺。

較獵：競獵也，大爲闌較以遮而獵取。漢書・成帝紀：「大較獵。」又孟子・萬章：「魯人獵較。」皆此謂也。

漁舠：舠，小舟也，詩經・衞風・河廣：「誰言河廣，曾不容刀。」按：刀舠即也，漁舠，漁舟之小者也。

長洲苑：在太湖北岸，吳王闔閭遊獵處。白居易詩：「春入長洲草又生，鷓鴣飛起少人行。年深不辨娃宮處，夜夜蘇臺空月明。」

吳王：吳王謂吳王闔閭及其子夫差也，蓋此二人均好遊獵，因不受伍子胥勸諫，終致國破家亡，爲越所滅。

鷹　犬：田獵時用以助人逐取禽獸者，後漢書・楊賜傳：「觀鷹犬之勢，極槃遊之荒。」

麋鹿上高臺：詳見次頁姑蘇懷古「臺前遊鹿」注。

過蘇州三首

白蓮橋下暫停舟，垂柳陰陰拂水流。舞榭歌樓俱寂寞，滿天梅雨過蘇州。

桂老花殘歲月催，秋香無復舊亭臺。傷心烏鵲橋頭水，猶望閶門北岸來。

昔年曾赴玉京遊，榮辱相乘喜又憂。投老歸來情性在，轉頭三十六春秋。

白蓮橋：爲姑蘇城外二百七十二橋之一。

梅　雨：梅熟而雨曰梅雨，江東呼爲黃梅雨。

蘇　州：一稱姑蘇，在今江蘇吳縣，爲吳國古都所在。

烏鵲橋：在蘇州城東南隅，古郡南高橋，因鄰近有烏鵲館，而得名。白居易閶門詩：「閶門四望鬱蒼蒼，始覺州雄土俗彊。十萬人家供課稅，五千子弟守封疆。闔閭城碧鋪秋草，烏鵲橋紅帶夕陽。處處樓臺飄管樂，家家門外泊舟航。雲埋虎寺山藏色，月耀娃宮水放光。曾賞錢塘嫌茂苑，今來未敢苦誇張。」

閶門：姑蘇城門之一。

玉京：京城，帝都所在也，南齊孔稚珪、褚先生百玉碑：「關西升妙，洛右飛英，鳳吹金闕，簫歌玉京。」

榮辱相乘：謂榮辱相消長也，瞿佑早年爲周王府長史，後又因罪被放保安，釋回時，前後竟三十六年矣！

投老：臨老也，唐張彥遠法書要錄十．右軍書記：「實望投老得盡田里骨肉之歡。」

姑蘇懷古

歌舞娃宮跡久陳，經過誰解記前因。捧心方寵含顰女，抉目空勞進諫臣。城上棲烏啼落日，臺前遊鹿踐飛塵。齊雲樓下烽煙起，戰哭重開萬鬼新。

姑蘇：卽蘇州。

娃宮：卽館娃宮也，在蘇州靈巖山，吳人謂美女爲娃，蓋以西施得名，詩人詠之者極多，如唐劉禹錫詩：「宮館貯嬌娃，當時意太誇。豔傾吳國盡，笑入楚王家。」吳都賦：「幸乎館娃之宮，張女樂而娛群臣。」又陳羽吳城覽古詩：「吳王舊國水煙空，香徑無人蘭葉紅。春色似憐歌舞地，年年先報館娃宮。」

捧心方寵含顰女：謂西子捧心，雖含顰亦美而正得寵愛也。

抉目空勞進諫臣：抉目，挖出眼睛也。說苑雜言：「昔吳王夫差不聽伍子胥盡忠極諫，抉目而辜。」莊子盜跖：「比干剖心，子胥抉眼。」史記：「子胥將死，曰：『必抉吾眼，懸吳東門之上，以觀越寇之入也。』」言徒死諫而無益也。

臺前遊鹿：臺前謂姑蘇臺前也，史記正義云：「臺在吳縣（蘇州）西南三十里，橫山西北姑蘇山上。」傳吳王闔閭就山起臺，三年聚財，五年乃成，高見三百里，後越破吳，焚之，遂成荒土。蓋子胥曾諫夫差不聽，曰：「吾見鹿豕遊姑蘇之臺也。」乃不幸而言中，故詩人遂興此「臺前遊鹿踐飛塵」之嘆也。又唐李白詩：「舊苑荒臺楊柳新，菱歌清唱不勝春。衹今唯有西江月，曾照吳王宮裡人。」許渾詩：「荒臺麋鹿爭草色，空苑鳧鷗占淺莎。可憐國破忠臣死，日月東流生白波。」皆有弔古傷亡之嘆，令人不勝今昔之感。

齊雲樓：唐齊王李建所建。白居易有齊雲樓晚望詩：「重複江山壯，平舒井邑寬。齊雲樓北面，終日凭欄干。」又憶舊遊詩：「江南舊遊凡幾處，就中最憶吳江隈。長洲苑綠柳萬樹，齊雲樓春酒一杯。閶門曉嚴旗鼓出，臯橋夕鬧船舫廻。」瞿詩「齊雲樓下烽煙起」二句，蓋喻越兵入吳，戰況慘烈，不僅昔日之繁華建築，成為一炬，即新死者又成千累萬也。

楓橋

寺古僧房密，橋長客路平。分明白晝過，底聞聽鐘聲？

楓　橋：在蘇州閶門外，舊作封橋，面山臨水，可以遊息，南北往來必經於此，因唐張繼有楓橋夜泊詩而得名，詩云：「月落烏啼霜滿天，江楓漁火對愁眠。姑蘇城外寒山寺，夜半鐘聲到客船。」此橋毀於清咸豐十年，同治十年重建，為花崗石半圓形單孔石拱橋。

底　聞：怎聽到，如何聽及也。宋林希逸詩：「十年燈火若為情，一日簫笳有底聲。」

白洋

繫纜古槐灣，推篷一縱觀。柔桑紅結葚，嫩竹綠成竿。風蹙魚鱗浪，沙涵鴨嘴灘。村姑不粧裹，織絹為輸官。

白　洋：即白洋灣，在吳山之南，其灣折北匯於楞伽山之下，曰石湖，湖界吳縣、吳江之間，有茶磨諸峯，映帶頗為勝絕，相傳范蠡從入五湖處。

推　篷：打開篷窗。

柔　桑：詩經・豳風・七月：「女執懿筐，爰采柔桑。」箋：「柔桑，穉桑也。」

風蹙魚鱗浪：風吹波浪成魚鱗紋狀。

沙涵鴨嘴灘：江邊沙積成灘，形長如鴨嘴狀。

粧[illegible]裏：粧點穿著。

輸　官：繳送官府。

舟中溽暑

篷窗偪側氣難舒，忽有新涼到坐隅。怪底芳香來不斷，水風吹倒白芙蕖。

偪　側：侵迫也。文選：司馬相如上林賦：「偪側泌潎」。注：「偪側，相迫也。」

怪　底：難怪。宋鄭清之二色山茶詩：「紅紅白白共枝榮，怪底山茶有寧馨。」

白芙蕖：白荷花。

東　風

舟行將半月，日日是東風。本與周郎便，翻令列子窮。退飛憐六鷁，失伴恨孤鶴。願假封姨力，來朝早掛篷。

本與周郎便：三國時曹軍南下，吳人借東風之便，火燒赤壁，遂使曹軍敗亡。瞿佑家居松江，由南京東下而遇東風，適爲逆行，有不進反退之感，故借杜牧詩：「東風不與周郎便」句，而翻改爲「本與周郎便」，以反爲正，甚妙。

翻令列子窮：莊子・逍遙遊有曰：「列子御風而行，冷然至，旬有五日而後返。」今縱有列子，船向東下，而風自東來，亦難能乎其東行矣。

退飛憐六鷁：退飛謂遇疾風逆飛，不進反退也。六鷁，鷁又作鶂，春秋・僖十有六年：「春王正月戊申朔，霣石于宋五，是月六鶂退飛，過宋都，風也。」又，漢書・楚元王傳：「五石隕墜，六鶂退飛。」鶂則鶃之譌字。

失伴恨孤鶴：瞿佑投老返鄉，有遼鶴歸來之感，而老妻已逝，故有失伴孤鶴之恨。梁江洪和新浦侯詠鶴詩：「閒園有孤鶴，摧藏信可憐。」

封姨：風神也。崔元徽月夜見青衣女伴，曰楊氏、李氏、陶氏，又緋衣少女曰石醋，報封家十八姨來，言辭冷冷有林下風色，皆殊絕，芳香襲人，醋曰：「女伴在苑中，每被惡風相撓，常求十八姨相庇，處士每歲旦，作一旛，上圖日月五星，立苑東則免難矣。今歲已過，此月二月一日立之。」其日立旛，東風刮地，折木飛花，而苑中繁花不動，崔乃悟女伴卽衆花之精，封家姨乃風神也。

掛　篷：啓帆也。

舟中卽景

樹底黃鸝對語，田間白鷺群飛。一段輞川風景，惜無畫筆閒揮。

馬遠圖中風柳，李嵩畫裡烟林。白首歸來再見，停橈為汝長吟。

輞　川：卽輞川也，在陝西長安，唐詩人王維之別業也。維嘗作輞川圖，山谷郁郁盤盤，雲水飛動，風景特多詩意。

馬　遠：字欽山，錢塘人，宋光宗、寧宗朝畫院待詔，畫山水、人物、花鳥均臻妙境，與畫家夏珪齊名，人稱馬夏，遠所繪多殘山賸水，故又有馬一角之稱。山石用斧劈，樹用拖枝，披耕如柔絲，屋宇用界畫，遠山則用大筆渲染，尤能自樹一幟。

李　嵩：宋錢塘人，光宗、寧宗、理宗三朝畫院待詔，工畫人物道釋，尤精界畫。

停　橈：停舟也。

憶北舊事

填街泥濘初經雨，眯目風沙久值晴。重見江南好風景，青山綠水一程程。

眯目：風沙入目也。細物入目曰眯。莊子・天運：「孔子見老聃而語仁義，老聃曰：『夫播糠
風沙　眯目，則天地四方易位矣。』」

一程程：程，路程也，言一路又一路也。

採蓮曲用太皇韻二首

瓜皮船上新粧女，來傍荷花共花語。不知是花還是人，但見衣裳欲飛舉。隔岸誰家白面郎，戲拋蓮子打垂楊。相逢未忍輕相捨，買酒頻澆熱肺腸。

紅板橋邊少年女，初合雙鬟羞不語。沿堤愛採並頭花，玉手輕將蘭棹舉。生來未審去求郎，撥轉船頭遇綠楊。荷葉自能遮媚眼，藕絲那得繫柔腸。

白面郎：俊美之少年。

初合雙鬟：女子由童年長成，始合雙鬟。

並頭花：指一幹兩花之並頭蓮。花鏡：蓮花辨名，並頭蓮下云：「紅白俱有，一幹兩花。是爲並頭花。」

蘭　棹：木蘭所造之舟。

柔　腸：少女纏綿之意，柔軟之心腸。宋李清照．點絳唇閨思：「寂寞深閨，柔腸一寸愁千縷。」

阻風泊港口

去程將次第，行李尚淹留。巽伯真堪訟，封姨或可求。高看黃鵠舉，閒羨白鷗浮。老泛飛揚志，低頭擁弊裘。

巽　伯：風神也，按易曰：巽爲風。

封　姨：見前封十八姨注，亦風神也。

十八里瀨

舟行雲水間，路入吳松界。雖非十八灘，亦號十八瀨。漫浪打船頭，頻聞響澎湃。前途知匪遙，風雨苦妨礙。村深少粮儲，市遠乏魚菜。歠粥飲清茶，聊持菩薩戒。幸非公務忙，放懷得自在。

十八瀨：地名。

歠　粥：飲粥也。

菩薩戒：係大乘戒之總稱，爲開發眾生本有佛性至佛果之戒，亦卽佛陀所說一般之戒法，其內容爲三聚淨戒，卽攝律儀戒、攝善法戒、饒益有情戒等三項，亦卽聚集了持律儀、修善法、度眾生等三大門之一切佛法，爲禁戒以持守之。歷史上梁武帝、陳文帝均爲菩薩戒弟子，梁武帝並曾造立戒壇，詔請僧慧超授菩薩戒。

澱山湖

漭漭復溟溟，洪流接洞庭。日邊開水鏡，天際列山屏。與爽新詩就，神清宿酒醒。不須問前路，知是到華亭。

漭　漭：水廣大而遼濶也。唐韓愈・宿曾江口示姪孫湘二首之一：「雲昏水奔流，天水漭相圍。」又宋玉高唐賦云：「涉漭漭，馳苹苹。」李善注：漭漭，水廣遠貌。

溟　溟：迷茫不清也，北周庾信・望渭水：「猶言吟溟浦，應有落帆還。」

洪流接洞庭：洞庭湖爲中國湖水之大者，此以洞庭喻澱山湖之大，且與大水相接也。

水鏡：湖水平靜，湖平若鏡也。

宿酒：隔夜之酒。

華亭：卽今江蘇松江縣，元明以來皆爲松江府治。

澱山湖：在松江西北七十二里。

沈家庄

百萬極提封，田多運亦窮。持盈那可保，掠剩竟成空。錢欲愚王衍，財能禍石崇。向來衰飲處，露草泣寒蛩。

百萬極提封：明人沈萬三，江南之巨富也。本吳興人，後移居蘇州，有沈百萬之稱，朱元璋初建都南京，召見，令歲獻白金千錠，黃金百斤，甲馬錢穀，多取其家，其後終以罪戍雲南。提封，管轄之封疆也，言沈百萬爲大明疆域內之最富者。

錢欲愚王衍：王衍字夷甫，西晉琅邪臨沂人，喜談老莊，所論義理，隨時更改，時人稱爲「口中雌黃」，曾任中書令、司徒、司空、太尉等職，任宰相時貪財自保，永嘉五年爲石勒所俘，曾勸勒稱帝以圖苟活，爲勒所殺。

財能禍：石崇字季倫，西晉渤海南皮人，初爲脩武令，累遷至侍中，永熙元年，出爲荆州刺史，石崇以刼掠客商致財富無數，與貴戚王愷等奢靡鬥富，嘗以蠟代薪，作錦步障五十里，王愷雖得武帝之支持仍不能勝。趙王倫專權時，倫黨孫秀曾指名向崇索取其寵妾綠珠，爲崇所拒，後終爲倫所殺，蓋始以財招禍也。

裒斂：聚斂也，南史・循吏傳序：「守宰多倚附權門，裒刻聚斂。」

寒蛩：秋蟲也，蛩，卽蟋蟀。

田家留客二首

洗甑炊粳整後厨，旋篘家釀摘園蔬。老翁向客能誇口，今早扳罾得巨魚。

避雨來依古岸濱，欵留一飯感情真。明朝秀野橋邊過，煩寄新絲遺所親。（翁有妹在彼）

洗甑：甑乃蒸米食之炊器，甑之底部多有小孔，以透蒸氣，置於鬲或腹上蒸煑，如今之蒸籠。宋陸游雜題六首之二：「朝甑米空烹芋粥，夜缸油盡點松明。」洗甑者，蓋謂將蒸米而先洗淨此蒸食之器物也。

炊粳：粳或作梗，卽秈米也。又集韻引方言：「江南呼粳爲秈。」

旋篘家釀：轉動轆酒之器，自爲釀酒也。

扳罾得巨魚：扳，牽引之意，罾，漁網也，謂拉網而得大魚也。

泖湖

昔在前元末，乾坤入戰圖。揮戈思指日，傳檄欲存吳。事往山河在，人亡歲月徂。至今垂白叟，猶說謝家湖。（國兵圍姑蘇，上洋人錢鶴年起兵援張氏，巨姓號泖湖，亦預焉，竟敗，皆破滅。）

泖湖：按讀史方輿紀要：「泖湖亦稱三泖，蓋華亭水也，其源出華亭谷，故又稱華亭泖。泖湖之水，上承澱湖，凡嘉湖以東，太湖以南諸水，多匯入焉，下流合黃浦入海。」

揮戈思指日：謂泖湖之人起兵，欲抗朱元璋之明兵也。

傳檄欲存吳：元末至正十四年張士誠起兵泰州，其後復渡江入常熟，陷平江及湖州、松江、常州諸路，至正廿三年，士誠更自立爲吳王，卽平江治宮室，拓土南抵紹興，北逾徐州，帶甲數十萬，又好招延賓客，故附者甚多，迨朱元璋既平陳友諒，遂遣將徐達、常遇春等伐之，時上洋人錢鶴年等多移檄江南，起兵援張，故謂欲存吳也。

垂白叟：老人也。

謝家湖：在華亭東南三十五里，亦稱謝家泖。

題舟人扇

城市無輕役，田園有重租。但今風水順，日日在江湖。

至松江

投林倦鳥暮知還，傍水人家戶半關。煙柳露荷搖動處，岸花檣燕送留閒。
依稀似識城頭鶴，彷彿曾遊海上山。張翰有靈應笑問，東歸今只一人閒。

投林倦鳥暮知還：瞿佑晚年以八十二歲之高齡返鄉，故有倦鳥歸林之感。

檣燕：棲息於帆檣上之燕鳥。

依稀似識城頭鶴：按搜神記：「丁令威本遼東人，學道於靈虛山，後化鶴歸遼，集城門華表柱，時有少年舉弓欲射之，鶴乃飛，徘徊空中而言：『有鳥有鳥丁零威，去家千年今始歸。城郭如故人民非，何不學仙冢壘壘。』遂高上沖天。」瞿氏晚年歸鄉，重遊舊地，自不免有此遼鶴歸來之想也。

東遊詩注附記

東遊詩爲明詩人瞿佑所著，斯集中土久已不傳，民國六十二年夏余訪書日本東京，於內閣文庫明人詩集中得之，翻閱一過，蓋皆其晚年獲放南歸，由南京東航松江歸途之作也。其時瞿氏雖已年登大耄（八十二歲），而雅興未減，因風寄慨，歌詠自得，頗有樂天順命之趣，余頗喜之，乃出資申請版權攝微卷以歸，不意藏之書齋竟又十七年矣！瞿氏博學多文，平生著作不下數十種，惜以永樂年間遭詩禍，被貶保安者達二十六年，故舊作幾散失殆盡，今存者不過剪燈新話、歸田詩話、詠物詩等數種而已，世多惜之。余不敏，因思前賢之作存世之不易，而東遊詩集既早將其歸國，乃久未能彰其幽輝，此固余之罪也，遂稍加箋注，亟爲刊布，一以公同好，一以廣流傳焉！尚祈世君子幸有以教我也。

錢舜舉詩輯

一、前　言

吳興錢選，字舜舉，一號玉潭，晚年因家有習懶齋，所居又近霅溪，遂改稱爲習懶翁及霅溪翁，或清癯老人。他是南宋末年的一位進士，也是我國宋元之際的一位大藝術家。他不僅博通經史，長於詞賦，而且還深於音律，精於繪事，特別是他所作的花卉和草蟲，實兼有黃荃和趙昌二家的精妙，眞是清麗絕倫，令人不得不爲之擊節三嘆！遺憾的是對於這麼一位了不起的丹青高手，其生平如何？在我國畫史上，竟然是一片空白！

其實，舜舉的偉大，並不完全在其繪事的精妙，因爲那只不過是他的翰墨遊戲而已；他眞正的了不起處，還是在於他能以碩學之才去終身甘於寂寞，富貴既不爲所淫，貧賤亦不爲所移，他這種高蹈的志節，以與他同時的文人學士，如程雪樓、趙孟頫之輩，往往投身胡元，不惜爲異姓之家奴，兩相比較，誰爲蘭艾？誰爲鷦鵬？也就不喻可知了！

舜舉的畫路很廣，他作畫除師法於造化自然外，也有取法於古人的，如他的花木翎毛就是師法於黃荃趙昌的，而山水人物則李伯時、趙大年、趙千里靡所不學，正因爲他能取法自然，遠宗乎古，所以他的畫作表現於筆墨意趣上的，往往非後人所能及。這也就是人們爲什麼對於他流傳下來的片楮寸縑都會視同拱璧的主要原因。不僅此也，對於傳統的繪事，他更有創新的見解，認爲作畫當以書法爲之，不爾便入邪道，愈工愈遠！也就是說繪畫要有書法的趣味，如果只注意工筆的描畫，那就是俗不可耐的畫匠之作了，因之，他除了重視筆墨之趣以書法入畫外，還經常的在其得意傑作上賦詩、題詞，署款鈐印，這種在畫幅上使詩書畫合一的變化，不僅影響於其同時的趙孟頫輩，流風所及，實開後世文人畫之先河，所以舜舉在中國繪畫史上，自有其承先啓後的重大地位。

我個人並不是學藝術的，但是對於舜舉爲人的高古風流，一向就很欽慕懷想，因此對於他所流傳下來的詩畫，特別有所偏愛，同時對於他身世的隱晦，更有著一份抹不去的惆悵，一直就想爲他寫篇傳記，以光斯人之潛德幽輝，始終都因爲餘暇不多，加之資料蒐集之不易，到現在還未完成這一心願，謹先將近年所輯得的七十七首舜舉之詩（其中大部分爲題畫詩），彙編成集，來獻給世人欣賞，相信從這些淡雅的詩篇中，讀者當不難發現，他是如何以詩與畫來寄其當歌當泣之深衷的。

二、錢舜舉詩輯

春暮

晴日溪光動草堂，兩峯浮翠瞰滄浪。獨揮羽扇成何事，更嘆芒鞵為底忙。一水澄清魚避影，萬紅狼籍蜨分香。東風自是無情物，白日楊花莫漫狂。

友人判太平歸來詩卷

宮錦翩翩五色麟，如君端合侍楓宸。山中老去陶弘景，湖曲歸來賀季真。上界神仙足官府，此身城郭舊人民。還鄉我結同盟社，只看桃花莫問春。

春日卽事

十日春風暄且妍，溪頭花柳競相鮮。美人遙隔山川外，社雨忽來尊俎前。白髮青春猶故我，夕陽幽草自新阡。五陵公子莫相笑，曾散黃金樂少年。

雜書

地僻秋深戎馬閒，一尊隨處且開顏。誰思銅雀埋黃土，但憶金人出漢關。六合茫茫天共遠，五湖杳杳雁飛還。中年陶寫無絲竹，王謝風流莫强攀。

以上並見丘吉吳興絕唱

五言古體一首

城市我所居，遙看弁山雄。積雪最先見，皓彩照諸峰。我今遠城市，薄遊留此中。忽焉歲云暮，更覺尊屢空。開門未然燭，飛花舞回風。萬木同一縞，四野變其容。恨無登山屐，幽討何由窮。

七言律詩一首

倚天蒼弁獨崔嵬，仙闕遨遊愧不才。攬鏡頻嗟雙鬢改，推窗三見六花開。山中酒戶銜寒去，城裡行人蹋雪來。安得時晴風日好，竹林深處且銜杯。

連雪可畏再賦律詩一首

階簷積雪動經旬，猶自霏霏夜向晨。四望莫分天地色，一時遮盡海山塵。舞風不住緣何事，見日還銷亦快人。獨欠故交來叩戶，洛中高臥是前身。

雪晴知宮周濟川和余杯字韻詩作此奉酬

亂山積雪鬱崔嵬，對景慚無倡和才。晴日舊曾梅下飲，好懷今為竹林開。仙人千刧能居此，俗客三生始一來。未許扁舟落我手，明朝相約共傳杯。

七言絕句三首

子猷安道何為者？自是相忘意最真。千載寥寥風雪夜，始知乘興更無人。

一冬飛雪又將春，能報年豐不救貧。我亦曾聞散花手，不知天女意何勤。

眼前觸物動成冰，凍筆頻枯字不成。獨坐火爐煨酒喫，細聽撲簌打窗聲。

以上見顧嗣立元詩選集

題自畫秋瓜圖

金流石爍汗如雨，削入冰盤氣似秋，寫向小窗醒醉目，東陵閒說故秦侯。

石渠寶笈上，並見故宮書畫錄・卷五

題自畫仇書圖

兩兩挾策遊康衢，聚戲不異同隊魚，忽然兒態起爭競，捐棄笑罰仇詩書。

式古堂書畫彙考畫・卷五

題自畫梨花圖

寂寞闌干淚滿枝，洗粧猶帶舊風姿，閉門夜雨空愁思，不似金波欲暗時。

大觀錄・卷十五

題自畫石勒問道圖

磊落為人天下奇，來參佛法始知機，一言能悟圓通理，卻笑劉聰事事非。

石渠寶笈・上，並見穰梨館雲烟過眼錄・卷五。平生壯觀・卷九

題自畫西湖吟趣圖

粲爛梅花冰玉姿，一童一鶴夜相隨，月香水影驚人句，正是沈吟入思時。

題自畫花鳥圖

春日花魂醉未醒，向人嬌面笑盈盈，幽禽枝上何多思，更向空山自在鳴。

石渠寶笈・上

題自畫忠孝圖

葵蕚傾心向太陽，萱花樹背在高堂，忠臣孝子如佳卉，憑仗丹青為發揚。

石渠寶笈・下

題自畫觀鵝圖

修竹林間爽致多，閑亭袒腹意如何？為書道德遺方士，留得風流一愛鵝。

石渠寶笈・下

題自畫白蓮圖

裊裊瑤池白玉花，往來青鳥靜無譁，幽人不飲閑攜杖，但憶清香伴月華。

此詩見明魯王墓出土錢選所繪之白蓮圖・上

題自畫桃花翠鳥圖

青春景色一何嘉，老去無心賞物華，惟有仙家境堪翫，幽禽飛上碧桃花。

題自畫牡丹圖

頭白相看春又殘，折花聊助一時歡，東君命駕歸何速，猶有餘情在牡丹。

石渠寶笈續編

題自畫逋仙觀梅圖

綵綵梅花冰玉肌，一童一鶴鎮相隨，暗香疏影警人句，始是沈吟入思時。

題自畫龍孫圖

直節行鞭歲歲同，渭川千畝綠陰重，鼎烹已覺無真味，留取深林長籜龍。

題自畫蘿蔔圖

筆傳真慧意何如，一見令人氣已舒，自笑相中無肉食，暮年聊爾可園蔬。

題自畫紅白蓮花圖

西母瑤池樂未央，仙人醒醉在容光，風標自有天然態，不管濃粧與淡粧。

石渠續編

題周昉內人雙陸圖

周昉當年號神品，能傳宮禁衆名姬，因看雙陸思纖手，想見唐家極盛時。

石渠隨筆・卷八

題自畫秋葵圖

金杯傾側粉垣空，筆意經營慘淡中，仙掌有人擎露重，不知浮世幾秋風。

石渠寶笈・下

題自畫觀梅覓句圖

山童野鶴伴吟身，結托梅花作子孫，要看先生衣鉢處，暗香疎影月黃昏。

石渠寶笈・下

題自畫折枝桃花

絕憐春意太芳妍，晴色紅霞照滿川，卻憶元都久蕪後，花神故使筆端傳。

石渠寶笈・上

題自畫雞冠花

紫冠金鈿覆千層，赤玉丹沙血染腥，雨餘似鬥還無力，風動如鳴只少聲。

石渠寶笈・上

題自畫鵝圖

粉衣朱掌又能啼，落日東風得意時，我已無心對寒食，且須留汝伴清陂。

石渠寶笈三編

題自畫秋江待渡圖(一)

山色青空翠欲流，長江渺渺一天秋，茅茨落日寒烟外，久立行人待渡舟。

大觀錄・卷十五

題自畫觀梅圖

不見西湖處士星，儼然風月為誰明？當時寂寞孤山下，兩句詩成萬古名。

大觀錄・卷十五，並見式古堂書畫彙考畫・卷十七

題自畫叢菊圖卷

時菊叢篁金氣微，白雲長遶古松枝，素弦一曲消殘夢，正是良宵月上時。

大觀錄・卷十五

題自畫秋茄圖(一)

憶昔毗山愛寫生，瓜茄任我筆縱橫，自憐老去翻成拙，學圃今猶學不成。

大觀錄・卷十五，並見式古堂書畫彙考畫・卷十七

題自畫桃源圖

始信桃源隔幾秦，後來無復問津人，武陵不是花開晚，流到人間卻暮春。

郁氏書畫題跋記・卷九。式古堂書畫彙考畫・卷十七

汪氏珊瑚網第一句作始信桃源隔幾塵

題自畫金碧山水卷（四首）

目窮千里筆不到，自是餘生坐太凡，一日興來何可遏，開窗寫出碧峇峇。
江南北苑出奇才，千里溪山筆底回，不管六朝興廢事，一樽且向畫圖開。
烟雲出沒有無間，半在空虛半在山，我亦閒中消日月，幽林深處聽潺湲。
胸中得酒出孱顏，木葉森森歲暮殘，落墨不隨嵐氣暝，幾重山色幾重瀾。

郁氏書畫題跋記・卷一，式古堂書畫彙考・卷十七

題自畫劉伶荷鍤圖

伯倫終日醉如泥，野鹿牽車任所之，荷鍤後隨從處瘞，飽遊山水已忘饑。

江村銷夏錄・卷二

題自畫秋茄圖（二）

早日毗山愛寫生，瓜茄任我筆縱横，自憐巧處還成拙，學圃今猶學未成。

青霞館論畫絕句・秋茄或又作紫茄

題自畫雞冠花圖

昂昂五毅頂秋日，前顧茂葵黯無色，花間擾擾豈爭雄，鳴能一聲天下白。

此圖現藏日本，見莊申王維研究

題自畫班姬團扇圖卷

孟堅史筆傳當世，更有名姬亦可誇，因談微風團扇句，始知文物出名家。

孔尚任享金簿

題復州裂本蘭亭

鼠鬚注硯寫流觴，一入書林久復藏，二十八行經進字，回頭不比在塵樑。

翁方綱蘇齋題跋

題自畫烟江待渡圖(二)

山横一帶接秋江，茅屋數間更漏長，渡口有舟呼未至，行人佇立到斜陽。

題自畫戲嬰圖

殿閣森森氣自清，不知人世有蓬瀛，日長無事宮中樂，閒與諸姬伴戲嬰。

郁氏書畫題跋記・卷六。式古堂書畫彙考畫・卷十七

題自畫蔬菜圖

平畦雨後長幽荒，委地參差翠葉長，猶憶當年寫生處，老來無夢蹴蔬羊。

題自畫谿岸圖

如此谿山著此身，春袍曾染玉堂塵，看花夢斷秋林外，嬾臭腥膻不□臣。

謝堃書畫所見錄・卷一缺字疑作「帝」

題自畫竝笛圖

新翻一曲玉參差，妙處輸他鸚鵡知，可似虞廷風日美，蕭韶九奏鳳來儀。

題自畫西湖吟趣圖

粲粲梅花冰玉姿，一童一鶴夜相隨，月香水影驚人句，正是沈吟入思時。

西清劄記・卷四

題自畫楊妃上馬圖卷

玉勒雕鞍寵太真，年年秋後幸華清，開元四十萬疋馬，何事騎騾蜀道行。

此圖現藏美國佛雷爾美術館

題周昉眞妃上馬圖卷

唐室開元致太平，年年十月幸華清，當時馬上多嬌態，不想驅馳蜀道行。

石渠寶笈續編及穰梨館雲烟過眼錄・卷五

題自畫紅白牡丹

萬卉何能繼後塵，蜂喧蝶駐亦鍾情，莫嫌開處春還暮，長向西都見太平。

石渠寶笈續編及故宮書畫錄・卷四

題自畫唐三學士圖

唐三學士衆三英，挺挺人才藝術精，無事圍棋春晝永，至今畫筆上傳名。

式古堂書畫彙考畫・卷十七

題自畫郵亭一曲圖

郵亭昔日好姻緣，一曲絃膠知幾年，爲愛秦蘭輸謹獨，至今摹作畫圖看。

辛丑銷夏記卷四又吳越所見書畫錄・卷一

題自畫秋江待渡圖㈢

山色空濛翠欲流，長江清澈一天秋，茅茨落日寒烟外，久立行人待渡舟。

江邨銷夏錄・卷一及式古堂書畫彙考畫・卷十七

題自畫孤山圖

一童一鶴兩相隨，閒步梅邊賦小詩，疎影暗香真絶句，至今誰復繼新辭。

郁氏書畫題跋記・卷四

題自畫梅花圖

七月之初金□□，愁暑如焚流雨汗。老夫何以變清涼，靜想嚴寒冰雪面。我雖貌汝失其真，生不逢時亦無怨。年華冉冉吹朔風，會待攜樽再相見。

題韓左軍馬圖卷

韓公胸次有神奇，寫得天閑八尺駒。曾為岐王天上賜，不隨都護雪中驅。霜蹄奮迅追飛電，鳳首昂藏似渴烏。春草青青華山曲，三邊今日已無虞。

題自畫雪霽望弁山圖

至元二十九年，余留太湖之濱，雪霽，舟行溪上，西望弁山作此圖且賦詩云：

弁山之陽冠吳興，峮嶙巇嶙望不平，煥然仙官隱其下，眾山所仰青復青，雪花夜積山如換，乘輿行舟須放緩，平生不識五老峰，且寫吾鄉一奇觀。

題自畫竹林七賢圖

晉人好沈酣，人事不復理。但進杯中物，應世聊爾爾。悠悠天地間，媮樂本無媿。諸賢各有心，後世毋輕議。

石渠寶笈下．並見郁氏書畫題跋記卷四大觀錄卷十五式古堂書畫彙考．卷十七。珊瑚網最後一句作流俗無輕議。

題自畫水仙花圖

帝子不沈湘，亭亭絶世粧。曉烟横薄袂，秋瀨韻明璫。洛浦應求友，姚家合讓王。殷勤歸水部，雅意在分香。

式古堂書畫彙考畫卷五．郁氏書畫題跋記卷七錢霅川水仙卷「雅意」作「雅志」

題自畫青山白雲圖

遠山鬱蒼翠，勝境非人間。白雲自出岫，高聳誰能攀。隱居得其趣，邱壑藏一斑。扁舟任來往，慰我浮生閒。

石渠寶笈．下

山居

山居惟愛靜，白日掩柴門。寡合人多忌，無求道自尊。鶡鵬俱有意，蘭艾不同根。安得蒙莊叟，相逢與細論。

珊瑚網及大觀錄・卷十五

題自畫洪崖移居圖

神駕馭景飇，太虛時總轡。玄道不可分，直悟天人際。羣從皆成仙，玩世不計年。何當事神遊，許我笑拍肩。

式古堂書畫彙考畫・卷十七

題自畫歸去來辭

衡門植五柳，東籬採叢菊。長嘯有餘清，無奈酒不足。當世宜沈酣，作邑召侮辱。乘興賦歸歟，千載一辭獨。

是日汎舟歸湖濱至夜雪大作旦起賦五言古體詩一首

夜來天雨雪，萬木同一變。饑鴉覺余起，觀覽立須儼。遙山瓊成積，平田玉如碾。老夫醒眼看，樹樹何其燦。

元詩紀事・卷三十一

題自畫浮玉山居圖

瞻彼南山岑，白雲何翩翩。下有幽棲人，嘯歌樂徂年。叢石影清泚，嘉木淡芳妍。日月無終極，谷變陵亦遷。神襟亦寥廓，興寄揮五絃。塵影一以絶，招隱奚足言。

珊瑚網作「陵谷從變遷」

題自畫海棠圖

紅粉初睡起，細雨欲開時，惟因太標致，不入少陵詩。

題自畫林檎圖

盤簇花頭實，南薰更可人，謂云能敵暑，色映綠膠斟。

題自畫桃花源圖

寡合人多忌，無求道自尊，鷃鵬俱有志，蘭艾不同根。

題自畫七賢過關圖

七賢相顧度關時，正是天寒雪又飛。大抵功名俱有分，跨鞍何事不知歸。

日本京都國立博物館藏畫

題自畫五陵公子挾彈圖

五陵少年動經過，白馬金鞍逸興多，挾彈呼鶯鶯不至，長楸落日奈春何。

大英博物館藏畫

題龍眠爲東坡作神驄圖

王良伯樂久成空，掣電追風氣轉雄，相逐圉人爭草水，也曾神想渥洼中。

孫氏書畫鈔

題自畫折枝梅花圖

石塢花光生暖烟，短籬寒日照清妍，覰來偏愛繁枝好，折得歸時雪滿船。

題自畫詩殘句

莫言倦客多牢落，正是詩人覓句時。

錢舜舉題跋輯佚

一、錢舜舉題跋輯佚序

余既為南宋末季大藝術家錢舜舉輯得其題畫詩共七十七首，彙為一卷後，不覺又二年矣！其間余因從事舜舉生平事跡之研究，課暇又陸續輯得先生題畫詩文二十八則，為免有零珠斷璧之恨，特再將其彙錄為一卷，藉廣流傳，至於此中文字或有贋偽者，容他日有暇，當再作考訂，尚祈博雅君子賜教是幸。

二、錢舜舉題跋輯佚

跋易元吉聚猿圖

長沙易元吉善畫，早年師趙昌，後恥居其下，乃入山中隱處，陰窺獐猿出沒，曲盡其形，前無古人，後無繼者，畫史米元章謂在神品，余嘗師之，今見此卷，惟有敬服。

石渠寶笈續編及日本大阪美術館藏圖

題唐人倦繡圖

唐盛之時，不事歌舞，此開元所以成至治，詩云：「婦無公事，休其蠶織。」又易云：「无攸遂，在中饋。」此唐人製此本，深得詩易之旨，余何辭焉。

石渠寶笈續編

跋自畫山居圖卷

此余年少時詩，近留湖濱寫山居圖，追懷舊吟，書於卷末，楊子雲悔少作，隱居乃余素志，何悔之有。

並見珊瑚網及大觀錄・卷十五、元詩紀事・卷卅一

跋自畫蹴踘圖

趙太祖蹴踘圖舊藏秘府後，流落人間，因見此本而摹之，儻非天神革命亦不敢圖。

唐宋元明畫集

題自畫柴桑翁像（淵明策杖圖）

晉陶淵明得天真之趣，無青州從事而不可陶寫胸中磊落，嘗命童佩壺以隨，故時人模寫之，余不敏，亦圖此以自況。

有正中國名畫集第九集

題自畫碩鼠圖

爾形可憎，無牙穿屋，貍奴當前，終難飽腹。

式古堂書畫彙考畫卷十七

題自畫折枝海棠圖

至元丁亥季春，余與朋友游北山瑤阜，見海棠一枝盛開，姿媚殊可觀，因攜酒花下痛飲，歸而圖之，老境駸駸，聊以記歲月耳。

神州國光社中國名畫第十二集

跋自畫五君詠圖卷

魏嘉平中，阮籍嗣宗、稽康叔夜、山濤巨源、劉伶伯倫、阮咸仲容、向秀子期、王戎濬沖並居河內山陽縣，共為竹林之遊，世號竹林七賢。顏延年作五君詠，乃黜山濤、王戎，以其貴顯有負初志也，余因作五君詠圖，且書延年詩於卷後。

並見式古堂書畫彙考畫·卷十七及孫氏書畫鈔

跋自摹山居圖

董元事江南李主，為北苑副史，米元章稱其畫在諸家之上，此卷今留王井西處，乃趙蘭坡故物，余取一二摹以自玩也，今復再見，如隔世然！駸駸老境，惟有浩歎耳！

大觀錄·卷十五

題自摹西旅獻獒圖

唐宰相閻立本作西旅獻獒圖傳于世，余早年留毗山石屋得其本，今轉瞬四十年，再為之，則老境駸駸矣！

藝苑遺珍第二集

跋自畫文殊洗象圖卷

文殊普賢，法出一途。或駕獅象，有何所俱。洗爾塵障，得見真如。唐人形容，流傳此圖。物則有相，吾心則無。

盛京故宮書畫錄册三

跋自畫白蓮圖

余改號霅溪翁者，蓋贋本甚多，因出新意，庶使作偽之人，知所愧焉！

明魯王墓出土錢選白蓮圖

跋自畫竹林七賢圖

右余用唐宰相閻立本法，作晉七賢圖。

並見式古堂書畫彙考古畫・卷十七大觀錄・卷十五郁氏書畫題跋記・卷四

跋自畫金粟如來像

我本太乙之精，化身為維摩，公真天人也，與我有夙契，可圖吾象，選敬承敬而圖之。

式古堂書畫彙考畫・卷十七

跋張戡獵騎圖卷

張戡居近燕山，得胡人形骨之妙，盡戎狄鞍轡之情，故入神品，此卷非戡不能到，余甚愛之，宜十襲珍藏。

式古堂書畫彙考畫・卷十七

跋茂宗十六羅漢圖卷

僧梵隆，字茂宗，居吳興之菁山，善畫山水人物，高宗雅愛之，因得名於時，此卷乃茂宗筆，觀其經營位置，作羅漢渡水狀者，或扶或倚，深則厲，淺則揭，回視顧盼，無不畢備，此茂宗之過于人者，予甚羡之。

式古堂書畫彙考畫・卷十五

跋蘭亭卷

舊見王子慶家定武墨本，已絕佳，今見此本，尤勝（以下燬之于火）。

蘇齋題跋第三冊

跋自書五言古體詩

至元二十九年冬，余假弁山佑聖宮一室以避喧，值雪作不已，但閉門擁爐，飲酒賦詩而已，聊記數篇，附見於此卷，書試馮應科筆亦佳。

元詩紀事・卷卅一

跋自畫秋禽圖

右秋禽圖，梧桐子，當其時，秋氣正蕭，萬物易脫，余亦知老之將至，作此自遣耳！

壯陶閣書畫錄・卷七

題自畫黠鼠圖

右黠鼠圖，竊食可恕，但勿損我書帙，不然貍奴當前，吾無策以應汝也。

平生壯觀・卷九

題自畫錦灰堆圖卷

世間棄物，余所不棄，筆之於圖，消引日月，因思明物理者，無如老莊，其間榮悴皆本於初，榮則悴，悴則榮，榮悴互為其根，生生不窮，達老莊之旨者，無名公，公既知言，余復何言。

石渠寶笈下又陸時化所見書畫・卷三

跋自畫紅白蓮花圖

右題紅白蓮花圖，余愛酒愛畫，不過遣一時之興，而假作余畫者甚多，使人可厭，今改號霅溪翁，凡無此跋，皆偽作也。

石渠寶笈續編頁

跋趙令穰群鵝圖卷

趙令穰字大年，弟令松字永年，友于俱能畫。其法出唐人畢宏、韋偃。此卷乃大年筆，聰明過人，變二者之法，自出一家，可敬可服，選少年亦師之，可為雅玩。

石渠寶笈・下

跋周昉眞妃上馬圖卷

周昉，唐人，而形容太真馬上之態如此，蓋唐之人主，不以為諱，豈獨畫也，白樂天長恨歌可見。

石渠寶笈續編及穰梨館雲烟過眼錄・卷五

題蹴踘圖

青巾白衣趙太祖，對蹴踘者，趙光普也，衣淺褐者太宗，衣黃乃石守信，衣白而烏巾垂於項，乃黨進，高帽年少者楚昭輔也，此本舊藏御府，兵火流落人間，白摹倣以遺好事之君子。

吳文正集・卷九二

題自畫淵明扶醉圖

貴賤造之者，有醉輒設，若先醉，便語客：「我醉欲眠君且去。」

大風堂名蹟第四集

題松雪墨梅

子昂郎中墨梅，非僕所能及也，敬服，敬服。

趙氏鐵網珊瑚·卷十二

周憲王牡丹譜

一、前言

周憲王，姓朱名有燉，一號誠齋。不僅爲我國明代諸王中之曲學大家，亦歷代藩室中對牡丹情有獨鍾之第一人，嘗云：「牡丹爲花中之魁，自唐以來，詩人始盛稱之，及宋天聖間，洛中諸公，尤多吟賞。當春和景明之時，花之形色香韻，富麗瓌異，誠知造化之姸美，草木之鍾秀者，莫喩於此花也。」故其一生所作之詩詞書畫爲牡丹揄揚者，佳作珍品，蓋不知凡幾也；惜世事多乖，六百年來，此類作品其佚失者，則又不知凡幾焉！

憲王生當盛明之際，故能於守藩中州之暇，游心文藝，又因雅愛名花，晚年於王府中特闢一牡丹園，顏之曰：「天香圃」，園內則遍植各種牡丹百餘本；復以花色有異，又分築玉盂、紫樓等十二亭以標目之，每逢花開之候，往往置酒合樂，與諸親朋共享觴詠之趣，國色天香，經其題詠者，動輒百篇，故憲王此種主風月之盟，領袖騷壇的勝事，實開有明以來，賞花文學之先聲者。

余以關心憲王事跡，嘗撰周憲王研究一書，於其人之文采風雅，頗多欽慕懷想，猶憶昔年於千頃堂書目中，偶見及著錄有憲王所撰之誠齋牡丹譜一卷，甚爲欣喜，幾經訪求，乃知該書早已失傳於淸季，爲之惆悵者累日，然事尤有妙者，卽其後余又因讀憲王之牡丹樂府，不意於其所詠牡丹曲名之下，發現其對各色牡丹均有簡單介紹文字，且與余有似曾相識之感，追思再三，而無從解釋也，後數日憶及王象晉之群芳譜中，牡丹部份彷彿有與相若者，遂撿其書逐項比校一過，乃覺所記未差，蓋群芳譜有關牡丹之文字，實多與憲王所作牡丹之敍介，若相符合者，因象晉生當明代萬曆年間，其時憲王之牡丹譜尙有存世者，故得以採輯入書，而後世之人，又不及見憲王之譜，遂不知群芳譜所述之牡丹部份，蓋亦有出之於憲王之誠齋牡丹譜者。

余旣發現憲王樂府中所敍之牡丹，實卽佚失之誠齋牡丹譜部份原文，因卽發願爲其輯佚刊行於世，並蒐集相關資料，附之譜後用作箋注，一以爲愛好牡丹之文人雅士，作繪畫之參考，一以證憲王此譜於世之撰花譜者，實有承先啓後之義，蓋牡丹專書先於憲王此作者，唐宋以來，僅歐陽修之洛陽牡丹記；及陸游之天彭牡丹譜等數種而已，而上承此數書者，則憲王之「誠齋牡丹譜」也，其後始有薛鳳翔之亳州牡丹史、高濂之遵生八牋、王世懋之花疏等相繼接武以出，則憲王此譜其影響後世之花學者，殆亦可以想見矣！

余之爲憲王輯牡丹譜也，其牡丹出處自寶樓臺至淺紅嬌計十九品，皆採錄於牡丹樂府之敍文，其餘部份，均以憲王所撰牡丹百詠爲本，凡詩中明白涉及而爲樂府部份所短缺者，則皆以群芳譜中之牡丹補入，蓋王氏之文字初即出於憲王之原譜也。輯佚既成，是書遂稍稍流布於友好間，此民國六十二年丙辰仲夏之事也，其後國外漢學機構如荷蘭漢學院，國內圖書館如中央圖書館等，皆有一再來函索此書者，吾妻戴永貞女士乃勸余摒棄冗務，重加整理刊行，並將憲王所撰「誠齋牡丹百詠」附後，俾不違海外之雅命，方欲付之剞劂，顧建東大兄見而喜之，樂爲謄寫一過，遂使此譜並爲增色，寫本既出，而國內畫學友好，更有欲爲按譜寫圖，以謀圖文合璧之議者，此數事，余頗感之，因念及憲王之玉堂春百詠序文內，嘗引昔人詩云：「流水高山一操琴，寥寥千古待知音。塵紘脫軫從吾好，一任人譏枉用心。」余不敏，自不敢謂爲憲王之千古知音，而又有如此從吾所好之癖，則亦可謂固執者矣！爰錄此詩於卷首，既以爲雪泥鴻爪之誌，亦聊以自解云耳！

二、周憲王牡丹譜

寶樓臺（魏紅）

寶樓臺牡丹，千葉，高樓子，紅花，舊名粉梢牡丹，開至大，花瓣邊白內紅，古名魏紅者，即此花也。

王象晉群芳譜：魏花、千葉，肉紅，略有粉梢，出魏丞相仁溥之家，樹高不過四尺，花高五六寸，闊三四寸，葉至七百餘，錢思公嘗曰：人謂牡丹花王，今姚黃眞可爲王，魏乃后也，一名寶樓臺。

歐陽修洛陽牡丹記：魏家花者，千葉，肉紅，出於魏相仁溥家，始樵者於壽安山中見之，斲以賣魏氏，魏氏池館甚大，傳者云此花初出時，人有欲閱者，人稅十數錢，乃得登舟渡池至花所，魏氏日收十數緡，其後破亡，鬻其園，今普明寺後林池乃其地，寺僧耕之，以植桑麥，花傳民家甚多，人有數其葉者，云至七百。錢思公嘗曰：「人謂牡丹花王，今姚黃眞可爲王，而魏花乃后也。」

周憲王風月牡丹仙：魏紅千葉芬芳，消得花妃名項。

周憲王牡丹詩：天香國豔奉尊神，佛子相看一念眞。散罷高吟惟此色，拈來微笑卽斯人。檀心結下三生夢，金粉開殘萬劫塵。莫怪世人高眼覷，寶臺曾占一時春。

慶天香（壽安紅）

慶天香牡丹，千葉，粉紅花，舊名壽安紅，開至大，色嬌紅，比諸花尤香。

王象晉群芳譜：粗葉壽安紅、肉紅，中有黃蕊，花出壽安縣錦屏山，細葉者尤佳。又：慶天香，千葉，樓子高五六寸，香而清，初開單葉，五、七年則千葉矣！年遠者，樹高八九尺。

高濂遵生八牋：壽安紅，平頭黃心，有粗細葉二種，粗者香。憲王所述之慶天香，比諸花爲尤香，是卽此粗葉者也。

歐陽修洛陽牡丹記：細葉、粗葉壽安者，皆千葉，肉紅，花出壽安縣錦屏山中。

鄞江周氏洛陽牡丹記：壽安有二種，皆千葉，肉紅花也，出壽安縣錦屏山中，其色似魏花而淺淡，一種葉差大，開頭不大，因謂之大葉壽安，一種葉細，故謂之細葉壽安云。

紫雲芳

紫雲芳牡丹，千葉，深紫花，枝弱花大，色鮮而甚香，可喜。

王象晉群芳譜：紫雲芳，大紫，千葉，樓子，葉鬅鬆天香，雖不及寶樓臺，而紫容深廻，自是一樣清致耐久，而欠清香。

高濂遵生八牋：紫雲芳、千葉，又名多叢樓。

周憲王牡丹詩：香魂雪魄紫雲神，春透芳腴一夜眞。天匠巧成時樣態，素師能幻合歡人。粉凝一尺紅粧朶，色妬三千綠綺塵。連日陰陰養花霧，化工著意爲頤春。

海天霞（平頭紫）

海天霞牡丹，千葉，大紫花，盛開時可徑一尺而平面，舊名真紫，一朵盛者可七百餘葉，古名平頭紫者，卽此也。

王象晉群芳譜：平頭紫，大徑尺，一名眞紫。

高濂遵生八牋：平頭紫，千葉，大徑尺。

鄞江周氏洛陽牡丹記：左紫，千葉，紫花也，色深於壽安，然花葉杪微白，近萼漸深，突起圓整，有類魏花，開頭可八九寸，大者盈尺，此花最先出，國初時生於豪民左氏家，今洛中傳接者雖多，然難得眞者，大抵多轉枝，不成千葉，惟長壽寺彌陀院一本特佳，歲歲成就，舊譜所謂左紫卽齊頭紫，如椀而平，不若左紫之繁密圓整而有含稜之異云。

歐陽修洛陽牡丹記：左花者，千葉紫花，出民左氏家，葉密而齊如截，亦謂之平頭紫。

周憲王牡丹詩：綠雲堆鬢水融神，玩得摩尼顆顆眞。西洛貢來馳驛馬，東吳品第屬僧人。一天晴月顱頂照，幾陣和風抖擻塵。更有新奇西紫綻，海霞高擁一樓春。

素鸞嬌（鶴翎紅）

素鸞嬌牡丹，千葉，樓子，白花，花中微淡紅，古名鶴翎紅者，卽此也。

王象晉群芳譜：鶴翎紅，多瓣，花末白而本肉紅，如鴻鵠羽毛，細葉。

高濂遵生八牋：（粉紅類牡丹）素鸞嬌，千葉，樓子，宜陰。又云：鶴翎紅，千葉。

歐陽修洛陽牡丹記：鶴翎紅者，多葉，花其末白而本肉紅，如鴻鵠羽色。

周憲王風月牡丹仙：鶴翎紅欲舞翔。

周憲王牡丹詩：高懸圖像避風神，只爲名花用意眞。滿意看承珠履客，同心契合玉樓人。紅堆鶴頂遙迎日，白舞鵝毛不浣塵。共道良宵賸歡賞，多燒銀燭照青春。

錦袍紅（潛溪緋）

錦袍紅牡丹，千葉，樓子鮮紅，花比寶樓臺微小，色深，枝弱，但顏色甚鮮明可觀，古名潛溪緋者，此也。

王象晉群芳譜：錦袍紅，古名潛溪緋，深紅，比寶樓臺微小而鮮，粗樹高五、六尺，但枝弱，開時須以杖扶，恐爲風雨所折，枝葉疏濶，棗芽小彎。又云：潛溪緋，千葉，緋花，出潛溪寺，本紫花，忽於叢中特出緋者一二朶，明年移在他枝，洛陽謂之轉枝花。

高濂遵生八牋：錦袍紅，千葉、平頭。（大紅類牡丹）

歐陽修洛陽牡丹記：潛溪緋者，千葉，緋花，出於潛溪寺，寺在龍門山後，本唐相李藩別墅，今寺中已無此花，而人家或有之，本是紫花，忽於叢中特出緋者，不過一、二朶，明年移在他枝，洛人謂之轉枝花，故其接頭尤難得。

周憲王風月牡丹仙：潛溪緋色豔粧。

周憲王牡丹詩：內閣花時便喜神，潛溪九蕊色香眞。芬芳每自來仙媛，姿態何曾如美人。佳色幾回供內宴，檀心一點奉清塵。生從富貴人情睃，不比羅浮冷淡香。

玉天仙（玉板白）

玉天仙牡丹，單葉，檀心，白花，色如白玉，鮮潔可愛，雖無千葉而風韻特勝之，花瓣既白而深紫，檀心，舊名玉燈籠，即古所謂玉板白也。

王象晉群芳譜：玉板白，單葉，長如柏板，色如玉，深紫，檀心。

歐陽修洛陽牡丹記：玉板白者，單葉白花，葉細長如柏板，其色如玉而深檀心，洛陽人家亦少有，余嘗從思公至福嚴院見之，問寺僧而得其名，其後未嘗見也。

周憲王牡丹詩：東皇太乙正司神，幻出奇英格調眞。玉板清香書內翰，金稜碧色自仙人。消愁已託蜂傳信，擅寵何妨褥卻塵。寂寂夜闌風露靜，喜容粧點月中春。

舞青猊

舞青猊牡丹，千葉，淡紅花，花中心出二綠葉，捲如獅子樣，此卽古名睡露蟬，乃浙江之種，舊名獅子滾繡毬，今改為舞青猊。

王象晉群芳譜：瑞露蟬亦粉紅花，中抽碧心，如合蟬狀。又云桃紅舞青猊，千葉，樓子，中五青瓣，一名睡綠蟬，宜陽。

王世懋花疏：牡丹品有花紅舞青猊，銀紅舞青猊，均列入名品，紫舞青猊，大紅舞青猊，粉舞青猊，茄花舞青猊，藕絲舞青猊，皆列入具品。

薛鳳翔亳州牡丹史：花紅舞青猊，宜陰，老銀紅毬子，花色亦似之，開時結繡，花中葉五六青葉，如翠羽雙翹。

陸游天彭牡丹譜：瑞露蟬亦粉紅，花中抽碧心，如合蟬狀。

周憲王牡丹詩：高懷妙用若通神，勘破花枝眼色眞。一點芳心凝瑞露，百年佳夢許情人。色迷玉殿溶溶月，香散金閨細細塵。鎭日捲簾看不足，遶欄來數幾般春。

百摺香羅玉作神，綠蟬何事敢窺眞。花光好映瑤臺月，素色宜清繡戶人。半似粉鬟藏玉蕊，猶如翠翅撲微塵。慈恩寺裡曾珍賞，今古相傳一樣春。

鞓紅

鞓紅牡丹，多葉，殷紅，色如猩血，卽古之鞓紅也。

王象晉群芳譜：鞓紅，單葉，深紅，張僕射齊賢自青州以駱駝馱其種，遂傳洛中，因色類腰帶鞓故名，亦名青州紅。

歐陽修洛陽牡丹記：鞓紅者，單葉，深紅色，出青州，亦曰青州紅，故張僕射齊賢有第西京賢相坊，自青州以駱駝馱其種，遂傳洛中，其色類腰帶鞓，故謂之鞓紅。

周憲王風月牡丹仙：鞓紅色耀日光。

周憲王牡丹詩：稟賦離方赤帝神，鞓紅顏色古來眞。紅瑛盤奉凌霞客，琥珀杯傳中酒人。幾陣香從天上發，一簾風舞座間塵，仙爐不閉靈丹火，光射雲霄萬丈春。

粉嬌娥

粉嬌娥牡丹，千葉，樓子，一色淡紅花，舊名膩粉白，開較晚，香甚清馥。

王象晉群芳譜：粉娥嬌，大淡粉紅花，如椀大，開盛者飽滿如饅頭樣，中外一色，惟瓣根微有深紅，葉與樹如天香，高四五尺，諸花開後方開，淸香耐久。

高濂遵生八牋：粉娥嬌，千葉，白色帶淺紅，卽膩粉粧。

錦團絲（玉玲瓏）

錦團絲牡丹，千葉，密瓣，捲簇如絲，色深紅，舊名波斯頭，言其捲瓣若波斯之髮也，亦為異品。

王象晉群芳譜，萬卷書，花瓣皆捲筒，又名波斯頭，又名玉玲瓏，一種千葉、桃紅，亦同名。

高濂遵生八牋：白類牡丹，萬卷書，千葉，花瓣皆卷筒，又名波斯頭，又名玉玲瓏，一種千葉桃紅。

周憲王牡丹詩：芳英百本昔遺神，堪比名園聚景眞。南國韶華歸晚宋，兩京繁盛屬唐人。驚心歲月傳根久，過眼風光作話塵。何似玉玲瓏數朶，花凝寶殿曉長春。

醉春容（醉楊妃）

醉春容牡丹，千葉，白樓子，牡丹開時，垂英向下，若醉之狀，舊名醉楊妃。

王象晉群芳譜：醉楊妃二種，一千葉，樓子，宜陽，名醉春容。一平頭，極大，不耐日色。

高濂遵生八牋：粉紅類牡丹、醉楊妃兩種，一千葉、樓子、宜陽。一平頭、極大，不耐日色。

薛鳳翔亳州牡丹史：醉玉環，方顯仁所種，乃醉楊妃子花，花房倒綴，故以醉志之，胎體圓綠，其花下乘五六大葉，濶三寸許，圍擁周匝，如盒盂盛花狀，質本白而間以藕色，輕紅輕藍，相錯成繡，其母醉楊妃作深藕色。

玉盤盂

玉盤盂牡丹，多葉，純白，花中有大金蕊，圓如盎，香氣清遠，此花大者可徑一尺，又且比諸花開早，過清明節卽開也。

王象晉群芳譜：玉盤盂，大瓣。

高濂遵生八牋：白類牡丹，玉盤盂，千葉、平頭，大瓣。

周憲王牡丹詩：滿庭香霧散空神，白玉盤璀一色眞。雲母屏峰藏織女，水晶簾影隔嬌人。高梳鳳髻堆寶髮，淡掃蛾眉拂黛塵。莫道錢公花品盛，河南不讓洛南春。

紫金荷（多葉紫）

紫金荷牡丹，多葉，紫花，開如荷葉之平，卽古名多葉紫者也。

王象晉群芳譜：紫金荷，花大盤而紫赤色，五六瓣，中有黃蕊花，平如荷葉狀，開時側立翩然。

歐陽修洛陽牡丹記：多葉紫，不知其所出，初姚黃未出時，牛黃爲第一，牛黃未出時，魏花爲第一，魏花未出時，左花爲第一，左花之前唯有蘇家紅、林家紅之類，皆單葉花，當時爲第一，自多葉、千葉花出後，此花黜矣！今人不復種也。

檀心白

檀心白牡丹，重葉，白花，花瓣長細，中有紫檀心，其枝葉深綠而豐腴可愛。

壽安紅

壽安紅牡丹，千葉，粉紅花，中有大金蕊，花葉深綠可觀。

歐陽修洛陽牡丹記：細葉粗葉壽安者皆千葉，肉紅花，出壽安縣錦屏山中，細葉者尤佳。

檀心紫

檀心紫牡丹，多葉，淡粉紫花，深檀點花瓣之心，香甚清馥。

周憲王牡丹詩：朝來酒暈半怡神，香色還從辯假眞。心吐紫檀香滿室，臉凝紅粉色欺人。羅帳傘蓋恒遮日，犀作欄干解辟塵。保惜價同金玉貴，知音相伴欲留春。

七寶冠

七寶冠牡丹，千葉醋紅，樓子花，花中出數高瓣如冠，花瓣皆深檀心，風韻比諸花尤盛，香更清馥。

高濂遵生八牋：大紅類牡丹，七寶冠，千葉，樓子，難開。

王世懋花疏：牡丹品：七寶冠，列入具品，又名七寶旋心。

周憲王牡丹詩：雨前一見忽凝神，春早何緣尙蘊眞。金字高懸仙苑樹，碧紗低覆畫堂人。海棠有色終遺恨，菡萏雖香敢望塵。一尺寶冠金作緣，暖雲重疊護長春。

淺紅嬌

淺紅嬌牡丹，千葉，淡紅花，諸花之瓣，中心色深，至邊則淡，惟此花中外一色嬌紅，微有檀心，花葉嫩綠可愛。

王象晉群芳譜：淺紅嬌，嬌紅，葉綠可愛，開最早。

高濂遵生八牋：淺紅嬌，千葉，樓子。

慶雲黃

慶雲黃牡丹，花葉重複，郁然輪囷，以故得名。

周憲王牡丹詩：黃染鬱金中土色，開時疊瓣如凝蠟。

瑪瑙盤

瑪瑙盤牡丹，赤黃色，單葉，樹高二三尺，葉頗短蹙。

周憲王牡丹詩：琉璃欄畔青猊舞，瑪瑙盤中金屑塵。

寶珠春（九蕊眞珠）

寶珠春牡丹，千葉，紅花，葉上有一點白如珠，而葉密蹙其蕊，卽古所謂九蕊真珠紅者。

周憲王牡丹詩：曉月斜暉清露濕，開簾捧出寶珠春。

金繫腰

金繫腰牡丹，千葉，黃花，類間金而無蕊，每葉上有金線一道，橫於半花上，故目為金繫腰。

周憲王牡丹詩：玉板清香書內翰，金稜碧色自仙人。

日本旅遊記趣

一、前　言

我平生最感興趣的事，就是旅遊，因爲它不僅可以令人開濶眼界，擴大心胸，還能使人增益新知，豐富我們的人生，所以一有餘暇，總要設法調整時間，辦理出國手續，到外面去走走看看。當然上述的這些事，都是說時容易做時難，要待克服的困難總是意想不到的多；幸好，我個人做事，一向還算是很有毅力的，加之平日在飲食起居方面就很簡單，所以在許多地方，別人或以爲苦的，而我卻甘之如飴，並不在乎。還有一點也是我得天獨厚的，就是我平常在家，遇到周末假期，喜歡登山越嶺慣了，山路走得既多，腳力就比較健快得多，因此在他鄉異國，雖然從早到晚，一個人在外整日到處走動，卻從來沒有感到疲倦，在精神及體力上，反而都非常旺盛和充沛，又因我對許多的事物興趣都很濃厚，所以在外旅遊的所見所聞，往往超過他人甚多。

十多年來，我就是這樣斷斷續續的，利用教學餘暇出外旅遊，想不到在不知不覺中，竟也把我們所居的地球繞完了一大圈，而且在不同的季節裡，有些地方還一再的走過好多次，現在回想起來，當時的辛苦都已成過去，但旅途中所得到的快樂和趣味，則很難忘懷。

二、書道博物館訪古

民國七十三年農曆新春，臺北正是陰雨連綿的日子，我帶著女兒祖華參加了北海道賞雪團到達日本。

我到日本前後已有四次，每次都想去日光和書道博物館這兩個地方，但好事多磨，總未能如願。這次到了東京，就讓精通日語的學生李麗玲，先打電話給在日本跡見學園任教的西林昭一和溫禎祥教授，請他們為我安排時間，去拜訪大書藝收藏家中村不折氏的故居—書道博物館。西林教授是日本有名的中國碑帖書法專家，和我的好友臺灣師大國文系的吳璵教授，故宮博物院的吳哲夫先生都是至交，在臺北時我們也曾有過從，溫教授也是哲夫的好友，在臺灣時曾任過小學校長，但退休後便去日本進修，以後就與妻兒定居日本，並且在大學裡任教中國文學，人更是古道熱腸，謙謙有君子風，也是我很心儀的。哲夫知道我去日本要找書道博物館的資料，怕西林太忙找不到，所以又特別推薦了溫，要我找他，可以有個方便。果然西林在忙著開學術性會議，抽不出空來，就請溫來陪我。於是我和溫通了電話，他就親自開車來我下榻的京王飯店相迎，逕往書道博物館所在地寬永寺方向駛去。

途中溫教授告訴我，書道館這地方確實不好找，現在一般的日本人，包括他自己，也都不知道有這地方，幸好西林教授是研究碑帖的，以前還去過這地方好多次，所以已把去的路線方向大概告訴了他，現在找起來應該不會太難的！他又對我說：西林每次去書道博物館的二樓看那些金石器物的銘文時，總覺得屋子裡有一股金鐵肅殺的森冷之感，而且去的人實在不多，不知我怎麼會有如此濃厚的興趣？我便告訴他該館藏有一部極具研究的「東書堂法帖」，在中國可說是已無從得見了，而我對此帖卻頗有偏愛。對於此帖的由來和內容，也曾撰有專文介紹，但始終以未見眞跡爲憾，故不辭千里而來，就是要想看看此帖的眞貌。

我們說著說著車已馳了很遠，忽見前面的一輛私用轎車後玻璃板上，貼有一片由淺綠到深綠的三色條紋紙標，我向它好奇的多看了一眼，溫便對我又說，這乃是日本人初學駕駛，取得駕照不久的標示，可謂駕車之幼稚生，一般駕駛人都會讓他三分，他自己也會非常小心，引以爲戒，這也就是日本交通很少發生車禍的原因。反觀我們國內，剛取得駕照的人，便滿街亂跑，旁若無人，別人也不知道他的能耐，怎不常出車禍呢！

車子到達寬永寺的附近，我們穿越了許多巷道和馬路，卻仍找不到書道博物館的所在，只好下車步行，見人就問，路上的空氣很冷，路邊還有未消的殘雪，使人有一片冰冷的感覺，手腳都冷得痲木了，好不容易這才在一條寂靜的巷道中，發現了該館的所在，完全是一棟日式住家建築的樣子。我們按鈴很久，才有一位中年婦人出來開門，溫向她把來意說明後，她要我們先買票參觀了再講，我看這屋子裡前面是二層樓的本館，後面還有住家，庭園中植有不少花樹，可惜在冬天裡都成爲枯枝殘幹了，我想如果在春天，這地方一定是鳥語花香、綠蔭滿園的。在這靜悄的園子裡，還立有一座穿著和服，留著仁丹鬍子的主人——中村不折氏的銅像，我覺得他的樣子堅毅而沈著，有著東方藝術家篤實可親的風采。

我們進了博物館的一樓，只見房間的四周懸掛著的，都是唐宋以來的一些豐碑巨拓，擘窠的大字、蠅頭的小楷、古雅的紙墨氣氛、臥虎騰龍的筆勢，都著實引人入勝。那些書碑者不是柳公權、顏眞卿就是蘇東坡、黃山谷……之流，另外在幾個橱櫃裡也展示著一些經卷拓帖、名家眞跡，遺憾的是，果如西林所說，參觀的人眞是少得出奇！那天一個上午，除了我和溫教授及一位日本老人外，整個館裡都是空蕩蕩的，簡直就沒有再看到其他的人了，無怪乎溫對我笑說，此館的門票收入，恐怕還不足以付售票婦人的薪水呢！多數的日本人，恐怕再也不會像以前的人那樣關心東方藝術了。我覺得他說的這話雖是感慨之言，但多少也透露了戰後的日本，實有非常顯明遠離以中國爲主的精神文明之趨勢。

我和溫教授在博物館的一樓徘徊了很久，再踱上二樓，果然覺得有一陣陣的金石森冷之氣，原來這樓上的橱窗裡，架子上到處都是陳列的商周銅器、秦磚漢瓦、六朝佛像、墓誌碑刻、古陶舊俑，比比皆是，如此的大量文物突然湧現目前，眞是令人震撼！這又不禁使我想起了藏主中村不折氏的一生事蹟。

說起中村不折，可說是一個富家子弟，他生於一八六八年，卒於一九四三年，一生都很幸福，直活到七十六歲，他和日本的大文豪夏目漱石是同一時代的人，也是很好的朋友。他早年醉心西洋藝術，去法國巴黎學畫，歸國後努力創作，帶動日本西洋藝術發展的活動，成爲有名的洋畫家，他的作品更被收藏於許多有名的美術館，但是他後來逐漸被中國古器物上的銘文所吸引，那些古拙高雅的筆勢，充滿了藝術的語言和趣味，終於使他走上中國古器物的搜集之路，他也就越來越愛中國的書藝，後來簡直到了情癡意迷的境界。他傾全部財力，終其生花了四十多年的辛苦，只要是有著中國文字的古文物，都不惜金錢把它買下來，據有關資料統計，他這一生對於中國書法文物的蒐集，竟達一萬六千多件，可說是當今世界藏量最富的書藝博物館了。當然他也算是替我們在海外，保存了一批千古以來舉世稀有的書藝文物，他對於中國文物的寶愛，自是功不可沒的。這些稀世珍品中如王獻之的地黃湯帖、顏眞卿的告身帖、蔡襄的謝賜御書詩卷、永壽二年黑漆的八分書陶瓶、敦煌樓蘭出土的經卷、木簡，河南出土的龜版明器、秦漢的印璽、唐代的鏡鑑、以及歷朝的碑拓墨跡，眞是沒一件不令人嚮往的。

正因爲中村對於中國書藝的雅愛，加上他鍥而不捨的努力，使他對中國書法有了更深的認識，因此他還寫了二本有關中國書學的名著，卽：「六朝書道論」和「禹域出土墨寶書法源流考」，試想一個原本醉心西洋文化的日本人，他對中國文物的聚藏和認識，竟有如此了不起的成績，又怎能不令身爲炎黃子孫者所汗顏？

我把書道館的文物瀏覽一遍後，就請溫教授向管事者申請提閱東書堂法帖，並表示了願意支付一切開箱手續費用，但管事的婦人卻苦笑著抱歉的說，他們的館長已經病故，副館長目前也正住在醫院檢查，館裡的她實在沒有這個權力來提件，要我們過兩個星期等副館長回來後，再來申請閱讀，溫雖然向她送出名片，表示我們的身分以及學術上的需要，也沒辦法說通，所以我也就只好決定，下次有空再來訪古探勝了。

三、重遊東京國立博物館

我和溫教授去過書道博物館後，就去東京國立博物館的東洋館，我們看了許多木雕、石刻的莊嚴佛像，都是唐宋以來的精品，又去看了歷代的瓷器，無論是西晉的青瓷、或是唐代三彩、宋代白瓷、以及磁州的盤、枕等……，都令人有目不暇接之感，好美！好美！溫也問了我許多關於中國瓷器上的問題，我都就所知一一的告訴了他。溫似乎還很滿意，很高興的說：「謝謝你也讓我增加了不少新知，和對瓷器的喜愛。」

事實上，這東京博物館的東洋館，才是我每次在東京時最喜歡去的地方，因爲它的藏品之富，不僅遍及於亞洲各地，甚至中東的回教世界、以及東南亞各國的文物都有，如埃及的木乃伊、巴基斯坦的佛像、伊朗的石刻和陶器，也都不是輕易可見的，至於中國的部分，更是域外許多的大博物館所望塵莫及的。我記得該館的中國文物，不僅有商周的青銅器、漢唐的銅鏡和漆器、六朝的碑刻和明器、唐代的碑刻和銀器、兩宋的名瓷、明代的青花、清朝的彩瓷、甚至還有許多歷代名家的書畫，這些也都不是三天兩日可以欣賞完的。

記得我在春間還曾到上館一遊，因爲想看一些流落在海外的中國畫，當時還看了梁楷的六祖截竹圖、李迪的紅白芙蓉圖、石恪的二祖調心、及王羲之的十七帖、趙子昂的蘭亭十三跋、趙子謙的桃實圖等，眞都是令人嘆爲觀止的名跡，我怕就誤了陪客太多時間，也就不再往下看了。這時已快中午，溫就建議到上野公園附近的一家最高雅的西餐店去用餐。這家店裡的裝潢很清新可喜，用餐的士女也都衣冠楚楚，氣氛的確幽雅而高貴，一道道的餐點也都清爽可口，我們也就好好的休息了一個中午。

四、東照宮雪中賞牡丹

走出餐廳，原打算在公園裡逛一下的，不期發現了一件新鮮的大事，原來公園裡的東照宮那兒，正舉行「雪裡牡丹花展」，這眞是意想不到的事，我就決定要去看看。儘管天氣是那麼的冷，我看到還是有許多愛花的男女，都穿著厚厚的大衣，排成一列隊伍，在東照宮的售票處等著買票，足見愛花成癖的人，千載而下還是吾道不孤，心裡就不免高興起來，遂和溫談起古中國的長安和洛陽，堪稱牡丹的東西兩都，以及唐代的種種花事，不意在大雪紛飛的日子裡，我們兩個竟也和唐人一樣的風雅起來，而且是在千百年而後的日本，雪中賞牡丹，豈不是人間又平添一番佳話嗎？

我們進入東照宮的園圃，便聞到一陣陣撲鼻的清香，眞是不減於羅浮的冷淡。再放眼望去，整個園中的小徑旁，到處都是盛開的牡丹，姚黃、魏紫、玉板、鶴翎、綠蟬、檀紫、嬌紅……竟有好幾百株，而且無一不是天香名品，這些花兒不論是已開的，或是將綻未放的，都好像是生成在冰雪中長大的，一點兒也不畏寒懼冷，反而更顯得精神抖擻，那些護花的綠葉，也彷彿是一片水融的綠雲，陪襯著各色姿態不同的花兒，眞是「若教解語應傾國，任是無情亦動人」，美極！美極！這又使我想起四月裡春假期間，我獨自來上野賞櫻花時，曾看到一份印刷精美的遊園宣傳廣告，上面刊載了一朶綠葉中盛開的白牡丹，說明在五月裡的上野公園將舉辦一次盛大的牡丹花展，其中還有一些是來自中國洛陽的名品，歡迎遊客來賞云云。我當時以假期有限，未能留睹，心中不免有點惆悵，想不到春間所失的，卻又收之於隆多，所以上蒼之於人的嘉惠無虧，也於此可見一般了。

在我國牡丹花都是四、五月間才開的，多天綻放的雖然也有，卻是極為少見，而這次在大雪後，忽然能在寒冬的異國，看到幾百株名花同時盛開爭豔，眞還是我有生以來的第一次。我再仔細欣賞，的確這些花兒眞能解語生香，他們彷彿都已知道我的來臨，而向著我盈盈地微笑，使我覺得這世界的美好！儘管花下還有積雪，卻到處是一片花氣，令人眞有滿園生香之感，我再看距這些花兒的頂端一尺許，都覆著一架架傘狀的草帳，每座草帳中間都開著半扉，一方面可以讓人見著花兒的芳容，一方面也是怕下大雪時，雪厚了會壓壞美麗的花朵，這和唐人用絳羅碧紗來爲牡丹遮蔭避日的故事，雖然季節上不同，而護花的道理卻有異曲同工之妙。

我再看園中的那些中年男女，和穿著和服的老人，竟有不少人手裡執著紙筆，入神地面對著這些瓊花奇葩，也有些人若有所思地在走道上徘徊不去，顯然全都是來賦詩覓句的。還有些人詩作好了，就在園中石桌上特設的火爐前，一面烘手取暖，一面輕聲的吟咏起來。想不到世間還有這些如醉如癡的賞花之人，他們的風雅、可愛，眞可以上追唐宋，毫無遜色了！這使我又想起進門的時候，在東照宮的參道上，有一面巨大的牡丹花詩榜，上面按名次排列寫滿了許多和漢夾雜的賞花詩句，其中也許就有著他們的作品呢！可見大唐的流風餘韻，是多麼深植於日本的文化中！遺憾的是今天的日本文人，已少見如江戶時代的賴山陽，可以寫出下列這樣一首的牡丹詩了！「京洛春風常掩關，不從姚魏醉雕欄。秋燈半壁蕭蕭夜，翻向霜縑看牡丹。」

五、札幌賞雪祭、函館弔五稜

我在東京，停留時日不多，主要是往北海道看雪祭，和考察愛奴人的生活，因此在札幌停留的時間最長，也多半以札幌爲中心，乘著日本的道南巴士向四周的觀光名勝逐一探訪。這一片冰天雪地的世界裡，我印象最深的就是在札幌大通公園裡，從札幌的電視塔到市博物館共有十二個Block都是用冰雪堆砌雕鑿成的名品，無論是東方的宮殿、西方的建築，如英國的白金漢王宮或是中外的人物鳥獸蟲魚，總共一百七十多件，可說沒有一件不栩栩如生的。還有就是在阿寒湖畔的冰濤迷宮，都著實引人入勝，有鬼斧神工之巧！

我們也曾到大倉山參觀冬季奧運會的滑雪跳臺，更去了大雪封山的中山峙，眞是玉樹瓊花，千巖競秀，風景美得出奇！也到了大滑雪場和堆滿童玩雪雕的大沼公園，照了不少像片。

愛奴人可說是北海道的最早移民，他們的歌謠和舞蹈，我覺得實在和臺灣的山地同胞很接近，他們既有竹片琴、也有刺靑，過的是半耕的漁獵社會，對於鬼神的崇拜更是近乎原始，不同的是膚色有異、語言有別，可惜我一時還不能深入研究，但是我對他們的民俗傳說，還是很有興趣的，只有留待將來再考了。另外在洞爺湖附近的火山博物館，也是非常值得參觀的地方，我在那兒停留了一個下午，想想火山的可怕，居住在沒有火山爆發地方的人，就有多幸福了，可是人們卻總是「人在福中不知福」，不知道感謝獨厚的一面，甚而還要自相殘殺，多麼愚蠢可悲！

我在北海道的一些城市，除了札幌走得最多，其次就該算函館了，這地方不僅是世界上夜景最美麗的海港之一，而且日間的市容整潔、清淨、無塵，中小學生上課的時間，似乎都錯開了，因此也看不到公務員上班和學生一同擠車的情形。這裡也有許多溫泉，更有一座很漂亮的歐式修道院——湯川天主教女子修道院，現在已成為有名的觀光勝地。

我對函館這地方的認識為什麼特別深刻，主要還是來自歷史的因素，因為好多年前當我在研究日本明治維新的過程中，就已經知道這地方可說是日本最早的一個貿易港，也是日本幕府政治殘餘勢力的最後一個據點，它在日本的步入近代國家之林的里程上，實在是有著極其重要的地位，所以什麼箱館之戰、五稜郭之戰，對我來說多少都還有些印象。同時我對德川幕府家臣的最後一支力量，榎本武陽這位傳奇性的人物，也很有興趣，他是留荷學海軍的，在日本明治新政開始，幕府敗退之際，率領了數千兵眾，乘著他的海軍船艦，一舉登陸蝦夷（也就是北海道），原想學海上的田橫，成立獨立政府，準備將來東山再起，好與明治天皇的力量作一抗衡，不料兵敗如山倒，在他退守到五稜郭時，頗有死節於德川家的意思，而寫了一首書憤的五言律詩以見志，詩云：

孤城看將陷，軍氣亂如絲。殘卒語深夜，精兵異往時。單身甘就戮，百歲愧愆期。
成敗兵家事，何須苛論詩。

榎本的漢詩和書法都很不錯，我在五稜郭的紀念館中，曾看到不少有關於他的遺物和詩文，其中有一橫軸乃他於明治十九年親筆所書，略云「老師霞舟翁有句云：竹與淸風如有約，雲將明月巧相譬，宛然劍南句口吻。」從這幅文字中也可看出他是師承有自的，所以在他前述的那首書憤之詩，不僅有大家氣度，而且韻味蒼涼，令人大有英雄末路，不勝悲愴之感。

然而，成仁取義到底不是簡單的事，就是想學烏江的項羽，海上的田橫，或文天祥樣的慷慨死節，又是談何容易的事。兵敗後本想切腹自殺的榎本，結果卻靦顏投降求生了，他被囚車檻送到東京，因爲他有外語的能力及海軍的長才，經明治的勳臣黑田織信和西鄉隆盛二人的救援，反而獲得特赦和重用，先後擔任北海道開拓使、海軍大臣、駐華公使、及文武、農商務大臣，眞是紅得發紫，也儼然成了明治維新的功臣！

我在紀念館的瞭望塔上，佇立良久，看到綿延在遠處的箱館山，又看到塔前不遠的星狀五稜遺址，都靜穆無聲地被紛紛大雪所掩蓋，尤其那舊壘前的一片蒼松，也都被白雪覆壓得擡不起頭來，不知是否以榎本的不死爲羞？心中不免遙想起當年箱館浴血的悲壯故事，也就卽與地作了二首懷古之詩，聊抒所感。今將此二詩錄之於次，以博同好一笑，詩云：

函館有懷

(一)

箱館山前大雪飛，孤城浴血有餘悲，
将軍就戮廿何事，王業蜩螗榎本非。

(二)

函館風流事亦哀，英雄有淚凍難開，
五稜舊壘羞相望，沒入紛紛大雪間。

溫泉之都別府行

農曆年假裡去了日本的別府，爲的是想看看這座聞名遐邇的溫泉之都，究竟是怎樣的一個面貌。同行的是我二個孩子祖華、幼華和姪女華榕。那天我們到達別府雖然已是萬家燈火的時分，卻無旅途勞頓之感，只覺得滿城都瀰漫在一片溫泉磺氣中，街道上不僅人群熙來攘往，而且房屋整齊，燈光明亮，儼然是一座城開不夜的琉璃世界。我們就下榻在這別府灣邊的龜之井旅社，那是一棟依山臨海的十一層樓大型建築，不但環境幽雅，景色宜人，就是設備也是非常完美。我們在這座旅館參觀了他們的遊樂場，享受過溫泉，再看看電視，聊聊天，已經夜深了，就各自回房休息，準備明早起來看海天相接，波濤拍岸的別府風光。

談到別府的位置，它乃是座落在日本九州東端的瀨戶內海西岸的別府灣內，這地方眞可說得上是日本的溫泉之鄉，每日從地底湧出的溫泉，據說就在五萬噸左右，而溫泉的種類更多，計有硫磺泉、炭酸泉及鹽酸泉…等八種，所以這其間就有許多溫泉奇景，如十大地獄等便成爲觀光的勝地，令人嘆爲觀止了。

再說這十大地獄奇景中的血池地獄和龍捲地獄，更是名聞世界，每年來此造訪的人士，也是不可以數計。不過所謂地獄並不是眞正的地獄，而是日人對溫泉的一種稱呼，這字眼在中國人總覺得用的實在太怪，但是當我們看到這些泉源的場面後，對於若干泉場的可怖景象，又不免覺得這些名稱也有其不無可取之處，譬如我們所去參觀的血池地獄，那景象就是很可怕的，因爲這泉場雖是傍依在青山之麓，又有亭園花木之幽勝，但當你還沒有接近它時，就會大吃一驚地看到一片熱氣騰騰的愁雲血霧，不斷從池底湧起上升，空氣裡更是充滿了硫磺味，再走到獄前，只見一池血漿，在熾熱的煙霧中翻騰澎湃，令人不禁毛骨悚然的，想起鬼話中奈河橋下的血池，也許就是這樣吧！爲什麼這血池溫泉會成爲血紅色的呢？其原因乃由於泉源的底部都是赤色粘土，同時泉水也含有酸化鐵的成份，因而才造成這驚心動魄之血獄的。

血池地獄面積很大，總共有三百六十七坪，溫泉口的面積則有二百坪，深度更達三十公尺，是屬於一家私人所有，因爲參觀的人多，僅憑門票的收入，就足夠這家人的累世生活而綽有餘裕了。據說在昭和二年（西元一九二六年）九月一日，這地方還是山腳下的一片平地，不料到了二日這天，忽然自地下發出隆隆不絕的雷鳴怪吼，然後就爆出了這座血池地獄。這家地主也很會動腦筋，就把它周圍佈置成亭園的形狀，加以開發，作爲一所出售門票的溫泉觀光區，以後又設立特產店，飯賣菓點和觀光紀念物件，才有今日這個坐在家中等錢上門的局面。又據當地的日本人說這血池地獄的紅色礦泥，不但可治各種皮膚癬病及創傷，紅漿水還可以染布及紙，而且都是以土產面貌出售的，眞是生意的人頭腦特別好，記得唐人劉遜有浴溫湯詩云：「神井堪消疹，溫泉足蕩邪，紫苔生石崖，黃葉擁金沙。」可見溫泉治病之說由來已久，非自日本始也。

我們在血地獄觀光了半小時，就再去附近的龍捲地獄參觀，門票也是大人日幣三百元，小孩一百元，這溫泉是在一座非常幽雅清新的庭院內，小山坡上種滿了花樹，尤其是茶花，不僅花朵大，色彩美，而且枝葉茂盛，高可逾丈，長得亭亭如華蓋，綠葉紅花，風姿綽約，美極了！雖然是多天，卻滿園青翠，一片繽紛，又香氣襲人，就這一片小園，也就夠人流連不去了；而龍泉溫泉就隱藏在園中的一角，它每過一段時間，就會蘊積成一團沸騰的水柱，帶著熱烈的響聲，以驚人的速度，如迅雷疾雨般的，作反旋轉地凌霄而上，然後在頃刻間，又如大雨傾盆從數丈高的頂端倏然疾下，泉場四週一時響徹了水聲，散滿了礦氣，而站在近處或遠處的人們，這時也不約而同地鼓起了掌聲，當然驚嘆讚美之聲，也都不絕於耳可想而知了。我和孩子們站在山坡上，看過這一幕奇景，都覺得有不虛此行之感。眞的，別府溫泉的美，美得實在神奇，也美得實在令人回味無窮。

韓國佛國寺記遊

—兼談韓國文學家金時習事蹟

佛國寺是韓國新羅王朝時代的一座古寺廟，它的華麗典雅，更可稱得上是韓國佛教藝術的瑰寶，因此到韓國觀光的人，都應該到佛國寺一遊，才算得上不虛此行。

佛國寺位在漢城南方的慶州境內，它是新羅景德王十年（西元七五一年），宰相金大城所創建，這座寺廟完全是依山而築，就建在慶州之東，海拔七四五公尺的吐含山上。

根據歷史文獻的記載所知，佛國寺由於歷經八百年的擴建重修，其規模之大要超過現在的面積十倍以上，其建築更是集亭、臺、樓、閣、池、樹之美於一寺，在極盛的時期，其殿閣、經樓、寺院、僧舍，且超過二千多間，所以在古時它就有七堂伽藍，全國第一之稱。

不幸的是在李朝宣祖大王廿六年（西元一五九三）壬辰倭亂，日本的豐臣秀吉出兵侵韓，其部下小行西正撤退之際，這座光彩奪目的寺院，大部份木造建築物都被日寇兵火所燬，所存下來的就只剩下一些石造物和燼餘的寺基了。其後李朝雖再增修，但已不及原來的什一了，而且毀損的越來越多，現在我們所看到的主要建築，幾乎都是一九七四年前後，按照前代規模所重建的。原來在韓國獨立以後，熱心維護古蹟的韓國人士，看到佛國寺的殘破，想要發揚古新羅的文化精神，就一直計畫要把它重建復原起來，但是由於財力困難，始終無法推展，後因得朴正熙大統領的積極支持，和許多考古專家的盡心竭力詳盡調查，從一九六九年起計費時三年，才將佛國寺現在的三座主要殿宇——毘盧殿、觀音殿、無說殿以及大殿的廻廊先後復原落成。

我們年前去佛國寺遊覽的時候，雖然多雪已融，松柏猶青，但是寒意依然未消，途中所見都是一些慶州的名勝古蹟，如亞洲現存最古的天文臺——瞻星臺，以及半月城遺址和雁鴨池等，從吐含山麓一路向上走，無論遠眺近望，山林寺院的景色，都予人難得的清新之感，眞是花木扶疏，巖壑迎人，風景就美得夠令人徘徊踟躕的！我們在山道上，不但遇到許多臉兒像蘋果般，結隊而來的韓國男女學生，還看到滿面虔誠，穿著傳統朝鮮的素色服裝，一步一拜而來的村婦俗子。

佛國寺正門的基礎和廊階，都是用的上好石材，尤其是從正門前的石階拾級而上，走向紫霞門的時候，眞令人有高不可攀的感覺，使人油然而生高山仰止的敬意，這石階的造型可說別具匠心，眞是巧妙得很，它把整個階梯很自然的分成二段，由山腳向上的這段，計十八級叫做青雲橋，幅寬五・一四米，高三・八二米，從中向上的這段計十六級，叫做白雲橋，幅寬五・〇九米，高三・一五米。爲什麼不稱石梯而稱橋呢？原來創作者在兩段石階下面又分別造了兩座拱形的石門，一方面減少了石材對地面積壓的重量，一方面也美化了石梯的呆板面貌，從兩側看來，卻宛然成了兩座高下相接的石橋，眞是手法精巧，稱得上新羅建築藝術史上的傑作！在此橋的右側不遠，也有二段石梯。上達與紫霞門並列的安養門，石梯的造型也是作橋狀，不過稍微小了一些，大概是爲顯出主從之分吧！這石梯的下段計有十級叫做蓮花橋，幅寬一・四八米，高二・三米，上段則有七級，幅寬一〇・六米，高四・六米，叫做七寶橋，更美的是蓮花橋的兩側步階，還有著陽刻的蓮瓣，似乎有步步生蓮的含意，我在這兩座大小不同的石橋前徘徊良久，想起新羅王朝千百年前的，許多美麗動人的故事，眞是感慨叢生。

爲了保護這列爲韓國第一號歷史名勝的佛國寺石造古蹟，韓國政府已經用繩索攔住了遊客拾級而上兩座寶橋的路，而不開放正門——紫霞門。所以到佛國寺參拜的人，就必須繞道寺側的右翼登山而上，再從側門進入正殿，也就是有名的大雄寶殿。

遊客穿過迴廊走進大雄寶殿，首先便可看到殿前的左右兩方，都分別安置了一座花崗石砌成的石塔，也就是著名的多寶塔和釋迦塔。我覺得前者的塔相，最是精巧優美，予人以明快流麗之感，美中不足的是，那塔座下原來各踞一方的四隻雕刻生動的石獅，卻因爲兵火的無情，已經不知在何年何月失去了三隻，這僅剩下的一隻，使人在觀看後不免有形單影孤之感，而後者也許因爲是三層的方形塔，所以在結構上，似乎顯得比較單純，但卻予人以鮮明純樸的美感。因此這兩座古塔，也可以說是最能代表新羅時期的佛塔藝術傑作了。

這大雄殿內的無極殿中，還供奉著二座金銅佛像，即阿彌陀佛如來和毘盧遮那佛如來坐像，祂們看來雖然並不高大，但參拜過的人，卻沒有不稱其法相莊嚴的，據說它們也都是新羅統一時期（相當於西元八世紀時）的作品，有誰相信經過千百年的兵火歲月，它們還能安然無恙地在此供人膜拜，莫非是佛法無邊，有以致之？

我們整個上午都在佛國寺裡，堪稱作了一次難得的遊覽，陽光從松林中灑下一些燦爛的光華，池水還在結冰，空氣是如此清新，四野又是如此寂靜，這一切都加深了我對於整個佛國寺的好感和興趣，我很想在寺裡找到一些有關佛國寺的詩文，希望能對它作一番深刻的認識，令人遺憾的是，我們在慶州停留的時間並不太多，因而連在吐含山上的石窟庵，都未涉足，只是在寒風中匆匆地去了大陵苑，走過天馬塚，看過它的出土文物，至於那芬皇寺的石塔，和五陵古塚就都沒有來得及去看，只有待諸他年重到了。

離開慶州後，我又去了日本，在東京停留數天，但始終不能忘懷佛國寺事蹟。不料有一天，我卻在東京神保町的一家舊書店中，發現了一大本既厚且巨的日文版朝鮮古蹟圖錄，我信手取來翻看一下，發現書中的每一古蹟，除掉黑白圖照和簡單的說明外，竟還附有一些前朝的韓人吟咏之作，因此我就再檢視此書中有無佛國寺的圖文，想不到卻意外地看到了一首咏佛國寺的七言絕句，作者金時習竟又是我極爲熟習的名字，我因爲此書既厚且重，加之售價又高，買下來攜帶也不方便，因此當時就把這首感懷頗深的弔古之詩，默記下來了。詩云：

佛國寺

秦宮隋殿起招提，剩得當時俗眼迷，
人去代殊俱寂寞，夕陽唯有老烏棲？

為什麼我對金時習的詩，竟有如此深的興趣？主要是以前我撰寫明代劇曲家——周憲王研究一書時，曾經旁涉到另外一位明代的小說家瞿佑的事蹟，這瞿佑極富文采，在年輕時就寫了一部非常風靡於世的小說——剪燈新話，此書不僅對於後來中國明、清兩朝的小說創作發展，有著重大的關連，就是對於往昔的日本和韓國小說之流變，也是有著深遠的影響，而我知道金時習正是將剪燈新話，在我國明朝天順年間，第一個用朝鮮的人、地、時，把它改寫成韓國的小說名著金鰲新話者，其後才又傳到日本，而成為日本有名的小說伽婢子的翻本，再次激起日本神異故事的漣漪。

記得我在寫完瞿佑生平事蹟後，就很想找尋一些有關金時習的文獻資料，來表揚他將中國文學傳播於海東的功勞，但是事與願違，要想在臺灣找到韓國舊文學的遺產，還眞不容易，因而也就把這個念頭擱下來了，但是世間的事，也眞難講，不料十多年後，我在去過金時習當年所居住過的慶州後，來到日本東京的書店街，竟又在逛書店之際，就這麼輕易地看到金時習的這首弔古之詩，試想又怎能不爲之大喜？於是我鼓勇再找，眞是踏破鐵鞋無覓處，得來全不費功夫，果然又在另一本日文版的朝鮮禪宗發展史中，看到了有關金時習的一些瑣事，諸如他不僅倜儻風流，而且學殖淵博爲道俗所重，後卻因對朝政不滿而佯狂遁入佛門，居住於慶州金鰲山茸長寺，直到李朝成宗王十二年，他四十七歲時，才又蓄髮返俗，並娶安姓女爲妻，但是他的命運似乎非常不好，婚後不久，妻子就去世了，因此，他就又還山爲僧，而於明孝宗弘治六年（西元一四九三年）圓寂在朝鮮的鴻山縣無量寺，這時他才五十九歲，一位充滿著傳奇性的韓國文士，就這麼寂寞以終了。

我又在上述的這本書中，發現了金時習的兩首七言律詩和一篇文章是他在廿四歲時寫的宕遊關西錄後記，當然從這些文字裡，是很容易看出金時習的文采和胸懷的，我覺得這都是國內不易得見的資料，就將其一併抄寫歸來，以備他日撰寫金時習生平事蹟的參考。現在就將他的詩文一併刊載於後，並就所知略爲說明。

乞還山呈孝寧大君時淹滯於京因大君之拘留也

蒙恩初下九重天，荊棘難堪捧瑞煙，
渙汗聖言雖至渥，膏肓臣疾實難痊。
五更客夢芳於草，一點歸心亂似綿，

遙想故山千里遠，碧峰明月幾重圓。

所嚫賚財盡買圖書還故山

十年藜莧慣吾腸，天厨珍饈豈可常，
名譽損人宜退屈，清談喪志莫承當。
嚫錢己納校書閣，餘貨更賖工畫房，
芋栗满園無恙熟，與狙分作一年糧。

這兩首作品大概都是金時習在明成化元年（即朝鮮世祖王十年），正結廬於慶州金鰲山時，孝寧大君因圓覺寺落成，舉行慶讚會，聞時習之名，而使人以書強招其參政後金的賦詩，我們從詩裡不難看出，他歸隱山林之志的強烈，以及他的好書成癖的趣事，甚至將他做法事得來的布施也全買了圖書，眞可說是書癡了，以下則是他的另一篇言志之作，也是値得一讀的。

宕遊關西錄後誌

予自少跌宕，不喜名利，不顧生業，唯以淸貧守志爲素懷，欲放浪山水，遇景吟翫，嘗爲舉子，朋友過以紙筆復勵薦鶚，猶不干懷，一日忽遇感慨之事，以謂男兒生斯世，道可行則潔身亂倫恥也，如不可行獨善其身可也，欲泛於物外，仰慕圖南思邈之風，而國俗且無此事，猶豫未決，一夕忽悟，若染緇爲山人，則可以塞願，遂向松都，登眺故城，徘徊墟里，宮殿陵墓，鞠爲梧楸禾黍，寧不感乎？又登天摩，聖居諸山，以觀眾峰巑岏之狀，瓢淵湫瀑之雄，而入關西，登巴嶺之險，涉淇水之波，以觀箕都井田城郭之趾，宮祠廟觀之壯，人物之繁華，桑麻之蓊鬱，可想殷之宗子餘風不墜矣！由是而遡薩水之涯，入安氏之城，隋唐攻戰之跡，依稀然慘烈，使後之騷人墨客，徘徊踟蹰，足以激千古之恨，又登香嶺，南望渤海島嶼之縹緲，北眺朔漠山河之險阻，坐巖局，伴明月，或倚澗邊之石，或登巍峨之峯，見松櫟參天，蔬菌狼籍，鳥獸之奇怪，草木之精華，皆使我欣然吟哦，或題樹葉，或書巖崖，還於蓬廬，翛然默坐，煮茗茹蔬，足以遣慮而忘情矣！若吾在宦途，欲窮此清翫，不可得也，而又不能自在遊戲矣。嗚呼！人生天壤之間，戚戚於利名，營營於生業，以困其身，如鷦鷯之戀苕，匏瓜之繫樹，豈不苦哉！是爲志，以激俗士。時天順戊寅秋，山人清寒志。

朝鮮國王的詩作

一、前言

韓國自古以來，即與中國有密切關係，如殷末之箕子即爲其開國之檀君，甚且韓國朝廷亦公開認爲，箕子乃啓其東方文明之化者，故不僅崇其祀殿，厚其子孫鮮于寔爲殿監之事者。其後若干時代，如燕人衞滿更據其地而稱王，漢武帝時，樂浪四郡則且爲中國之地方，唐時新羅亦係中國之藩屬。故兩者文化交流之悠久，誠如長江大河，綿綿不絕，所謂同文同種、兄弟之邦皆非虛語，堪稱信而有徵者。

韓國受中國文化薰陶較日本尤深，故生活思想、文學、詩歌、小說皆多與中國相類，故兩國之間雖語言相異，而往來則水乳交融，文人學士唱和之作，更多佳話逸事相傳，惜乎國人則多未注意及之，致不免有疏離之感。

近世之韓國，則改稱朝鮮，蓋其國自李朝太祖李成桂，於洪武二十五年受明册封爲朝鮮國王後，卽以朝鮮爲稱，相沿者且五百年，其王室與中國之關係遂更親近，沐浴於中國文化者亦更深，故累世以來，其國王世子無不精通中國文字，傾慕漢家文化，爲中國之其他藩屬所不及。筆者於韓國文史頗感興趣，往年曾數履其地，並先後訪問其各大學及博物館、圖書館、乃至於五大王宮，往往徘徊留連者再，而不忍遽去，其間並輯得其歷代朝鮮國王及世子詩作多首，藏之行篋有年，因見中外書刊尚未有流布者，爲免其佚失，特爲錄載於次，藉見其君王之文采風流，以及中國文學對韓國宮廷文學影響之一斑，或亦可稍爲研究韓國文史之學者，增添一份參考資料也。

二、朝鮮國王的詩作

登白雲峰

太祖　李成桂

引手攀蘿上碧峰，一庵高臥白雲中。若將眼界為吾土，楚越江南豈不容。

題僧軸

讓寧大君 李禔

山霞朝作飯，蘿月夜為燈。獨宿孤庵下，惟存塔一層。

文殊臺

孝寧大君 李補

仙人王子晉，於此何年遊。臺空鶴已去，片月今千秋。

弓銘

文宗 李珦

鐵石其弓，霹靂其矢。吾見其張，未見其弛。

題閣老畫幅

安平大君 李瑢

萬疊青山遠，三間白屋貧。竹林烏鵲晚，一犬吠歸人。

寧越郡樓作

端宗 李弘暐

一自寃禽出帝宮，孤身隻影碧山中。假眠夜夜眠無假，窮恨年年恨不窮。聲斷曉岑残月白，血流春谷落花紅。天聾尚未聞哀訴，何奈愁人耳獨聰。

子規樓

月白夜，蜀魄啾。含愁情，依樓頭。爾啼悲，我聞苦。無爾聲，無我愁。寄語世上苦勞人，愼莫登，春三月，子規樓。

題望遠亭

成宗李娎

浩浩乾坤思不窮，一亭高趣水雲中。登樓幾憶桃源客，欲問仙家興異同。

有所思

月山大君李婷

朝亦有所思，暮亦有所思。所思在何處，千里路無涯。風潮望難越，雲雁托無期。欲寄音情久，中心亂如絲。

題天壽亭

中宗李懌

千峯萬壑似雲飛，五宿松京今日歸。望遠山光鋪錦褥，觀光皆是古人非。

龍灣書事

宣祖李昖

國事蒼黃日，誰能郭李忠。去邠存大計，恢復仗諸公。痛哭關山月，傷心鴨水風。朝臣今日後，寧復更西東。

三清洞

光海君李琿

丹壑陰陰翠靄間，碧溪瑤草續天壇。煙霞玉鼎靈砂老，夢月松風鶴未還。

在圍籬中吟

光海世子

本是同根何太薄，理宜相愛亦相哀。緣何脫此樊籠去，綠水青山任去來。

過青石嶺

孝宗李淏

青石嶺已過兮！草河溝何處是？胡風悽復冷兮！陰雨亦何事。雖畫此形像兮，獻之金殿裡。

花下偶吟

正祖李祘

寒食東風三月花，花邊楊柳柳邊家。夕照樓前山似畫，烟光十里盛繁華。

贈鐵甕府伯赴任之行

憲宗李奐

萬丈霞縹鐵甕城，城門高關使君程。江東不遠成都近，熟路輕車送此行。

題玉川流

疎花綠岸一泉長，洗濯塵襟肺腑涼。觀物自多仁智理，清流曲曲泛霞觴。

龍飛樓賞蓮

文祖李旲

萬朶芙蓉開玉波，高樓面面捲簾多。無雲玉宇清明氣，萬管千笙奏喜歌。

以上諸王世子中，較爲特出者如太祖李成桂，乃李氏朝鮮開國之君，其詩自有君王氣韻，成桂名且計在位七年，在上王位十年，享壽七十四歲，爲李朝諸王之高壽者。成宗李娎書學趙孟頫，尤精書畫鑑識，在位二十五年，惜壽僅三十八歲。讓寧大君李禔則天資倜儻，自少能文章，見弟忠寧有德行，遂託疾佯狂，放浪自恣，以效泰伯、仲雍之故事，故韓人多美之。又安平大君李瑢亦多才好學，工詩文，善書畫，並喜鼓琴，嘗作武夷精舍於北門外，構淡淡亭於南湖，藏書至萬卷，招聚文士，一時名儒無不從遊，惜爲廷臣所誣，將謀不軌，捕送江華島賜死，殆與後之光海君及其世子命運不乖同其遭遇，亦帝王世家中之可悲事蹟也！而端宗之寧越郡樓及光海世子之圍籬吟二詩，則尤足顯其身世之哀怨者也。

第二編

西藏史上的大詩人——倉洋嘉木錯

一、達賴六世——倉洋嘉木錯

如果我們對西藏的史實稍有涉獵，當不難發現西藏史上的第一位大詩人，乃爲歷輩達賴活佛中的達賴六世——瑞晉・倉洋嘉木錯。但是關於這位多情活佛兼大詩人的達賴生平，見於我國典籍者，卻並不甚多，縱有之，如東華錄、聖武記、布達拉經簿、……這些書上所記的亦僅寥寥數十字而已，令人大有語焉不詳之感，這實是一件不能不令人引以爲憾的事！所幸他的事跡在西藏本土卻流傳得很廣，加之民國肇新以來，漢藏人士對西藏文化資料的搜羅保存，亦日漸注意，因而上述的遺憾，可說是彌補了不少，對於這位才華蓋世的活佛的一生，我們也有了較爲詳盡的認識和瞭解。

二、達賴六世的坐床始末

達賴六世生於清康熙廿二年春，時當西元一六八三年。根據史書的記載，他的降生處乃爲西藏南部的一座村落，名叫蒙巴拉沃松，是個信奉紅教的區域；而他出生的家庭則是當地一個望族，父親名叫「吉祥持教」，母親名叫「自在天女」，他自己的全名則爲瑞卜藏林晉•倉洋嘉木錯，意譯乃「妙音純淨」之意，可說是系出名門。

倉洋因降生的時候，正值達賴五世羅卜藏嘉木錯圓寂未久，加以生性靈慧，天資過人，所以未幾即以幼冲之年，被當時的西藏權臣第巴（卽攝政官）桑結所發現，認係達賴五世化身，不過桑結並沒有讓他立卽坐床，據說此乃桑結覺得，達賴五世在蒙古與中國有莫大之聲望，可利用他的名義獨攬政權，所以當達賴五世脫緇以後，桑結就祕不發喪，他一面對藏人謊稱達賴入定，長居高閣，不欲見人，凡事均假其名義以命令行之，一面則上書清廷，託辭達賴年邁，不問政事，西藏的一切政務，都已取決於桑結，請錫之封爵，清廷初亦不以爲疑，就由康熙帝詔封他爲土伯特國王，於是桑結的權力益張，而西北的擾攘不安，也就竟無寧歲了。

然而，紙總是包不住火的，時間一久，在北京的康熙帝，對於這事也略有所聞了，就暗中派人入藏，調查了好幾次，都未獲究竟，遂益啓康熙之疑竇，而於康熙三十五年（西元一六九六年）

採取強硬行動，詔書敕責第巴桑結，著即奏明達賴已故始末，並遣使往拉薩，命桑結使達賴和他的使臣直接相見，以防其詐稱達賴尚存人世，桑結這才害怕起來，不得已，遂於康熙卅六年將實情密奏清廷，開始讓倉洋嘉木錯坐床，正式成爲西藏的達賴六世，康熙爲表重視起見，特派倉洋的老師班禪羅桑益西，和內蒙古的章嘉呼圖克圖，到拉薩主持其坐床典禮，這時的倉洋嘉木錯剛好十五歲，已是一位才華畢露的翩翩美少年了。

三、傳遍遐邇的風流韻事

由於達賴六世的聰慧過人，所以當他從五輩班禪羅桑益西受戒後，他的學識乃更大進，不過班禪的任務雖是灌輸他佛教的思想，教導他如何做一位謹守清規的活佛，卻未能收到太大的效果，因爲在達賴六世年事漸長以後，他不僅沒有成爲一個遵行清規的活佛，去盡心宗教事務，說法度眾，成其無上正覺，反而成爲一個企圖打破佛教戒律，掙脫宗教束縛的美男子了。他是如此的倜儻不羈，常常在薄暮以後，一個人微服出遊，時而與拉薩城裡的當爐酒女相調笑，時而與溪邊的浣紗村姑同唱和，由於他的才思敏捷，情感豐富，而且外貌英俊，有經中三十二相之美，因此他和這些少女們交往時的咏懷之作，也就沒一首不顯示其才華的洋溢，沒一首不流露其眞情的奔放，只要一闋製成，即已傳誦遐邇，成爲康藏各地人民普遍喜愛的民歌，一時拉薩城裡到處都留下了他的風流韻事。

關於達賴的不守清規之事，最初究竟是如何傳開來的？這在西藏乃是一個很有趣的傳聞。據說當倉洋嘉木錯正式成爲達賴六世後，他爲了進出方便，特地在布達拉宮的正門旁，又開了一扇側門（按清制：達賴不得皇帝允許，不能輕易出宮），而將側門的鑰匙放在自己身上，等到晚間，守門的把正門上了鎖後，他就戴上假髮改名爲蕩桑汪波，裝作俗人的模樣從側門出宮，到拉薩城中去尋芳獵艷，過他醇酒美人的遊樂生涯，每天總要到天將破曉，他這才從容不迫地離開那些溫柔世界，慢慢地走回宮去，先將側門鎖好，再將假髮卸去，然後便和衣上床，裝著若無其事的樣子，如此這般經過了好久，都未爲人發覺，可是天公不美，有次當他宿在一個賣酒的姑娘（名叫仁筝翁母）家裡時，破曉前竟落了一場大雪，等他趕回布達拉宮的床上後，侍從便發現有人的足跡，從宮的側門直達倉洋的臥室，這侍從初疑有賊人潛入，就小心追蹤足印的來踪去跡，直找到倉洋的情人——那當壚女子的住處，他越想越不對，於是便對這些足跡細加研究，最後竟發現這些腳印竟是倉洋自己的，從此這位風流不讓杜牧的達賴活佛的祕密，就不脛而走地傳遍了拉薩，成爲人們竊竊私議的話題了，甚而他的這些風流事跡，至今還流傳在許多西藏的歌謠中，人們因爲這些歌詞不但悅耳動人，而且還有故事情節，所以也就爲之弦歌不絕，現在我且將它們錄舉數首於次，以見其概：

一

拉薩遇見的羣眾，
瓊結的人特別秀麗，
我那情人，
就來自瓊結城中！
（按瓊結爲一地名，在西藏東南。）

二

東山的高峯，
見白雲蒸騰天空，
莫不是仁箏翁母，
又為我燒起神香！
（按仁箏翁母爲倉洋之情人，即前文所述的當爐女。）

三

有腮鬚的老黃狗，
心比人都伶俐，
不要告訴人我薄暮出走，
不要告訴人我破曉回來！

四

薄暮出尋找愛人，
破曉下了雪了，
住在布達拉寺，
是瑞晉·倉洋嘉木錯。

五

在拉薩下面住時，
是蕩子宕桑汪波，

秘密也無用了，
足跡已印在雪上了。
（按宕桑汪波爲倉洋的化名。）

六

人們說我的話，
（我）心中承認是對的，
（我）少年瑣碎的脚步，
曾到女店東家裡去過。

七

愛人後面跟愛人，
惹出是非你自明，
而今弄得漢家藏人都知道，
恩愛深淺你自評。

四、悲歡歲月憂患人生

筆者在本文一開始時，就指出達賴六世出世的地方，乃是一個信奉紅教的區域（按紅教和黃教的區別有三，一則衣冠異色，二則咒語有別，三則傳子與轉生不同。）而紅教在當時，似已不受一般信奉黃教的藏人重視，所以當達賴六世種種風流逐樂的言行傳出以後，不獨藏人暗地裡大吃一驚，就是中國朝野對於他的聲色未空，也不禁群情譁然，而對達賴六世的眞僞發生了疑問。首先提出指控的，就是自始卽與第巴桑結不睦的，伊犂的厄魯特王策妄那布坦，他在上奏康熙帝的報告中，便指出倉洋嘉木錯只不過是一個紅教喇嘛，其所以能高踞達賴活佛的寶座，都是因爲桑結弄權所致，是故追本窮源，桑結實是一個罪大惡極的禍魁，而應予以定罪。這位蒙古王爺的疏奏節錄如下：

「藏中舊例以能掌教者傳之掌教，自宗門（按指宗喀巴大師）以來，普通菩薩海潮大士，（按普通乃前輩達賴之別號，海潮乃前輩班禪之另稱）達賴圓寂之後（按指五世），第巴匿之不宣，捨正傳之聖徒班禪而自尊其身，別奉紅教喇嘛（按指倉洋）謂卽達賴化身，詐傳法旨，擾亂諸部，此青海臺吉所共知，請明正其罪！」

據說不久，康熙帝和在後藏的拉藏汗，以及在西北的蒙古王公們也都緘默不住了，他們三番五次的警告倉洋，要他謹尊佛律，不要激起民變，否則就不承認他是眞達賴，此外他的老師班禪也勸他約束自己，勿犯眾怒；但是倉洋嘉木錯似乎並不在意這些威脅，反而在班禪活佛的面前，聲明情願放棄達賴活佛的寶位和尊號，而享有其在世俗社會中的愛情生活。他一不做二不休，從此以後，便公然花天酒地的逐樂起來，一面大興土木，把一座布達拉宮的宮室林苑，修建得有如仙境一般，一面又在宮裡蓋了一座極爲華麗的寨後龍宮，就在這座宮裡的樓閣上，他更塑建了不知多少風流浪漫的歡喜佛像。他本人在這遊園中醇酒婦人，歌舞終宵，也不知傳下了多少風流韻事，雖然這些都是稍知佛律者所當恥之的，可是他並不以爲意，這種不愛江山愛美人，企圖打破佛門清規，掙脫宗教束縛的大膽行動，在二百七十多年前，帶有高度封建色彩的中國社會，和充滿了濃厚宗教氣氛的蒙、藏地方說來，其所造成的風暴之大，物議之廣，壓力之強，自是可以想見的。

康熙四十四年（西元一七〇五年），一直卽因達賴眞僞問題和桑結交惡的拉藏汗，終於忍不住了，他得到康熙皇帝的詔許，就大舉出兵問罪，擁立倉洋的西藏權臣第巴桑結便舉兵相抗，但是戰爭的結果，第巴卻因兵敗而被誘殺了，可憐的倉洋也就成了拉藏汗面前的階下囚，再也沒有自由可言。有個傳說：在這時候拉薩城裡的僧眾人民，忽然對倉洋的遭遇，大爲同情起來，他們都爲倉洋的被廢而不平，覺得倉洋的行爲不檢，只是迷失菩提之故，而不再議論他的情愛是非，首由哲蚌寺的僧眾發難，將被囚的倉洋，從拉藏汗的衞兵那裡搶回去，拉藏汗不甘被掇，於是便再發兵擊潰僧眾，將倉洋又奪回來，重新囚禁，遵詔立卽送往北京問罪。康熙四十五年，這位年

達賴六世的情歌有一特點，就是他所用的文字大都生動活潑，富有情趣，眞是娓婉綺麗，既無粗獷氣，也無矯揉造作處，一切敍事都托之風花雪月和鳥獸草木，可說是充滿了對大自然的感懷，所以我們今天從他的作品中，是不難尋見其思想與人格的，當然，從他的這些情歌中，我們更不難窺見一個風華蓋世的青年活佛，是如何無休止地，在佛律與情愛之間所作的掙扎，眞的，他坎坷的命運，短暫的人生，是多麼令人追懷不已！玆將其情歌錄舉數首於後，藉供讀者品玩：

達賴情歌

初戀的熱情，
好似野火燒著了山草，
而今想罷休，
難如堵洪流！

白布的頌禱旗，
高插在布拉山峯，
我愛走向那方，
祥風呵！望你也吹向那方。

彼此心心相印，
兩心結上加把鎖，
鑰匙莫交別人手，
怕的是意馬脫槽。

為愛人祝福的風幡，
插在柳樹的旁邊，
守樹的哥兒，
請莫抛打石頭！

苦苦默念的上師尊容，
不能映在心間，
不應懷念的愛人，
卻隱約在我的眼前。

晚霞籠照了山頭，

孔雀獨自感傷，
多情的藍羽杜鵑啊！
請來解慰我的寂寞！

去！是長官的命令，
離！是前緣的註定，
小妹不要啼哭，
怕傷了哥的壽命。

綠柳愛黃鶯，
黃鶯戀綠柳，
我倆依依相護，
鷂子飛來何憂？

把馬的繮勒住下，
有句話兒談，

萬言千語塞著了我的喉，
要你有了我，莫再戀她！

漢藏和親與文成公主

當人們特別是西藏同胞一提到漢藏民族的融合，以及西藏與中國內地的關係時，都會不禁回想到一千三百年前，所發生的一件大事——中國的大唐天子是如何把一位美麗的公主文成下嫁給英武的藏王松贊幹布的。這，對於漢藏文化的交流，漢藏民族情感的增進，影響之大，實在是前所未有的。爲什麼這位公主的事蹟，竟如此地深刻留在人們的腦府中呢？這是有其一敍的價值的，這也就是爲什麼筆者要撰寫本文的主要動機。

一、最偉大的女性

根據中國古書上的記載和藏人的傳說，我們知道文成公主不但是一位極美麗動人的姑娘，而且還是中國歷史上，一位最堅毅果敢的偉大女性。她自幼生長在當時世界上最繁華的國度裡，眞可以說得上是金枝玉葉、嬌生疼養慣了的，她雖然不懂西藏的語言，也過不慣當地氈裘爲裳，羯羶爲食的雪國生活，但她並沒有像漢明妃樣的因爲要出塞嫁到匈奴去，而聲淚俱下地作出「……父兮母兮，道路悠長。嗚呼哀哉！憂心惻傷」的這首怨詩來；她也沒有像蔡文姬似地因爲入胡而感傷的說：「惱我薄命兮殁戎虜」，她更沒有像烏孫公主般的因了遠嫁異國，過不慣那些殊風異俗，而發出如下的怨歌：

「吾家嫁我兮天一方，遠託異國兮烏孫王，穹盧爲室兮氈爲牆，以肉爲食兮酪爲漿，居常土異兮心內傷，願爲黃鵠兮歸故鄉！」

她！文成公主只是毫無怨言地，毅然下嫁到西藏（唐稱吐番）這個陌生的國度去，她爲了漢藏人民的和平與幸福，不惜犧牲自己的一生幸福，卻走上了別的女性們，所視爲畏途的遠適異國的這條路。所以單憑這點來說，她的表現就夠堅毅偉大的了，眞的，若不是她勇敢地嫁到西藏去，使漢藏結爲一體，又怎能有後來松贊幹布的大力推行漢化，並將整個西藏都內附到中國來呢？

二、劃時代的革新

當時的西藏又是怎樣一個情形呢？據唐人杜佑所撰的通典以及新舊唐書都說，在文成還沒有下嫁到西藏前，就軍事而言，當時的西藏雖然已經是一個擁有數十萬大軍的強國，但是在文化上其地位仍極低落，他們的君臣所賴以遮風避雨，作爲起居之所的，不過是一座座極爲簡陋的「氈帳」，他們所賴以維生的方法，仍不外養牛羊取乳酪供食，兼取毛爲褐而衣，他們更沒有什麼器物，因此喝乳酪和酒的時候，只好「以手捧而飲之」，吃東西時也只得「屈木令圓，以皮作底，就中而食」。他們的風俗則是重鬼尊巫，所以這種境界，我們若說他還完全是一種原始的遊牧生活，並不爲過。但是，當文成下嫁後，西藏的這種生活情況便有了劃時代的革新與轉變。

文成公主（西藏語音與公主二字音同，但公主一詞在西藏乃專指文成而言者），是在貞觀十五年（西元六四一年）下嫁到西藏去的，當時唐太宗很重視這件事，所以曾叫江夏郡王道宗率領大批從者持節護送她入藏，而這些從者中，就有許多人是中國的儒生博士，和懷有絕技的工匠與樂師，這些人不僅將中國的衣、食、住、行等等生活方式以及儒家思想帶入了西藏，甚而還將中國製造陶器、乳油、麥酒、水磨、織機、紙、墨和築城、造屋、養蠶、播穀等特有的技術也引進於西藏了。這些精神上和物質上的高度文明，對於一個一切都顯得甚爲落後的地區而言，其樂於接受的情形，自是不言可喩的。

三、西藏佛教的興起

由於文成公主是信佛教的，所以當她去西藏時，還帶去了不少的佛經和佛像。據藏人說公主帶往西藏的一尊高約丈許的釋迦牟尼佛像，至今還供奉在拉薩的大召寺正殿上，而這座有名的大召寺和另一座小召寺，以及許多佛殿也都是公主所建立的，這就是西藏境內佛教最初的精舍，文成出嫁西藏時曾提出三個條件，都爲藏王所接受了，她的條件如下：

一、改訂字母（這是西藏有文字的由來）。

二、攜佛像入藏供奉。

三、藏王須倡導文化，廣傳佛教。

所以我們如果說文成對西藏的最大貢獻，是推行佛教和改進文化，也是並不爲過的。此外，她還帶了一些中國的道士們做爲從者到西藏去，這些人也替西藏播下了不少文化的種子，所以有人說西藏的原始密教，就有一部份的咒語符籙等，約略與道教南宮正一派相似的，這也就是爲什麼在現在的西藏社會中，還可看到彩畫的八卦和太極圖的緣故。

藏王松贊幹布的容貌也是很俊秀的，他天資聰明，喜學不回，又勇而善戰，所以最初他聽說中國不欲將公主嫁給他的原因，完全是他的鄰國吐谷渾，在唐朝皇帝的面前說了他的壞話所致，就立卽發兵擊破吐谷渾，又連破黨項、白蘭諸羌族，直逼松州，但是他卻爲唐太宗所派去的大將侯君集所敗，而驚於中國服飾禮儀的美好，故當代表大唐文化的文成公主嫁到他那裡後，他對於這位妻子眞是言聽計從，傾慕到了極點，他爲了博得公主的歡心，特地下令國人不許在臉上再塗赭色，他自己更以身作則脫掉氈披，穿戴上美麗的中國衣冠，同時還派了大批的西藏子弟到中國來求學，在這種傾慕華風的影響之下，於是西藏遂得急速地披上文明的外衣，進入一個前所未有的簇新的境界。在此狀況下，西藏人民的生活水準，不僅爲之全盤提高，即其國家的經濟情形，亦因之大爲改善而日趨富強。

四、美麗的故事

文成公主的下嫁西藏，既發生如前述種種的重大影響，因此，她的一生事跡，還時常被演之於西藏的戲劇中，她的入藏始末，千百年來，猶爲西藏民間所津津樂道，成爲少長咸知的美談軼事，所以在西藏直到今天，還流傳著這樣一個有趣的故事，說是：

文成公主是一位極為美麗動人的公主，真可說得上冰肌玉骨，豔若天仙，她是如此的令人憐愛，甚而在她的雲鬢之上也都有著一羣美麗的綠蜂飛繞著，好像被她的芬芳之氣吸引得飛不開似的，因此各國使者都到中國來求婚，當然，西藏的使者也是不甘後人的，他們都想得到公主，但公主只有一個，究竟嫁給誰才公平呢？於是中國皇帝（我們知道這是說的唐太宗）就給這些使者出了一個難題說：「誰能用一根線，穿過一粒有彎曲洞空的珍珠，我就把公主嫁給他們的國王。」許多國家的使臣聽了皇帝的話，都爭著躍躍欲試，但他們卻一個又一個地失敗了，因為他們都無法將線穿過去，只有西藏的使者（祿東贊）聰明過人，他先捉了一隻螞蟻繫在線端，然後再將這個小螞蟻放進珠孔中，對著嘴用氣輕輕一吹，螞蟻就帶著線穿過彎曲的珠孔，從另一端出來了。但中國皇帝仍不滿意，又提出了許多難題讓這些使者做，他們都辦不成，最後還是由西藏的使者一一解決了，經過這些留難，皇帝這才把公主下嫁給藏王。

文成公主到西藏後，極力增進漢藏之間的情感與文化交流，她在西藏前後居住了近四十年才染病故世，這幾十年裡，她的青春是消逝了，但漢藏之間的關係卻因而更密切了，四十年間彼此就沒有動過刀兵，她給漢藏之間創造了和平，也創造了幸福，所以當她逝世以後，消息一傳到京城，唐高宗感於她的一生貢獻也不禁黯然了，他不僅下令罷朝三天以表哀痛，而且立即遣派使臣赴藏為這位公主舉哀治喪。至於西藏的人民呢？他們更是如失慈母，惶惶然不知所依，那種哀慟動人的場面，雖在今日我們仍是可以想見的。她的一生事跡是這樣令人追懷不已，她所帶到拉薩的柳樹，人們不敢傷毀它，至今還在那裡搖曳生姿，她和松贊幹布這一對英雄美人的塑像，也還香煙不絕地供奉在拉薩的大召寺內，無疑的，這一段漢藏和親的史實，在漢藏同胞血緣的融合上，實是最令人難以忘懷的一頁。（一九五六）

中國邊疆民族歌謠的特色

自從民國十七年北京大學成立了歌謠研究所後，人們對歌謠的搜集始逐漸發生興趣，惟此種歌謠的搜集和研究的範圍，由於人地疏遠的關係，並未能到達邊疆各地，只有少數的學者及旅人，憑著他們一己的熱情和努力，才爲我們彌補了這一缺憾，也才替我們記錄下若干邊疆民族的心聲。這對於研究民俗語文和詩歌文學的人來說，眞是一件莫大的功勞，這也是筆者在撰寫本文前要特別爲之表彰的。

中國邊疆民族由於地理分佈和風俗習慣的不同，因此他們的歌謠特色，也就隨著地理景觀和風習的變化而有異。試以新疆爲例，在地理上南疆因山靑水秀，景色宜人，故歌謠多娓婉綺麗，北疆則關河黯淡，氣候冷寒，故歌聲多慷慨疏朗，玆各舉一首以爲例證。

一、南疆的歌謠

維吾爾民歌

我朝夕徘徊於妳的門首，
願將生命在妳的房角下遺留。
妳把我拋在愛火裡炙燃，
妳使我的靈魂飛騰在宇宙。

妳的媚眼使我迷醉，
妳的美髮使我神求，
妳卽便要殺我，
我也甘心獻首！
我能看見妳嗎？
妳不見我就死去嗎？
假若妳就死去，

我也願在天堂成偶。

二、北疆的歌謠

蒙古民歌

弩箭牢實挽起，
誰來擋住我們的路，
我們將堅決和他拼命，
事！光明的事，
光明屬於自己的！
強弓拉開幸福之門，
利鏃射進自由之路，
把我們古代的歷史，
印刻在我們的腦府，
我們這個身軀，

流的是成吉斯汗的血！

以上所述爲純就地理景觀，對邊疆民族歌謠所作的一個比較。今再就風習的不同，而影響邊疆民族歌謠特色的情形，作一比較於次：

先說西藏，這地方在宗教上可以說純粹是喇嘛教（佛教的一支）教義廣佈的領域，因之生於斯長於斯的藏人，在生活思想及日常的言行上，都莫不受佛教的影響，當然在歌謠上的表現也不能例外，所以凡藏族足跡所至之處，無論爲甘青、爲川康、凡藏族的歌謠，就是男女間的情歌，也多半沾染上宗教思想的色彩。茲亦略擧數首於後，以證吾說之不謬：

藏族的歌謠

一

情人喲！
聖佛喲！
我依戀著情人，

卻犧牲了佛緣，
我入山修道，
又背了情人心願。
天啊！天啊！
我願萬世淪入酆都，
也不願離了情人倩影。
文章，
經不過雨雪風霜，
經典，
免不了火蝕蟲傷，
唯有情人的密語喲！
沒有痕，
也沒有跡，
一句句，
一聲聲，
聲聲句句，

深刻在肺腑心臟。
（流傳於青海）

二

走走，是官長的命令；
別別，是前生的因果。
妹妹不要灑淚！
恐怕傷著哥的壽命。
（流傳於西康）

三

在極短的今生之中，
邀得了這些青睞。
在來生童年的時候，
看是否會再相逢。
（流傳於西藏）

從上舉的歌謠中，我們不難看出藏族徘徊在「情」與「佛」的去從之間，冀望於因果輪廻的意念，是何等狀況了。可是北方的蒙古人卻不同了，他們雖然也信奉著喇嘛教，但由於所處地理景觀的不同(蒙古地方平原廣濶，高山流水，沙磧無壤，是他處少見的)，所以他們的歌謠就開曠得多，完全是一派塞外人獨具的豪邁氣概，請看他們所唱的歌是多麼的豁達，多麼的無憂無慮。

蒙古民歌

一

有了酒，
痛快的喝他幾杓，
弟兄們一塊兒樂淘淘。

二

沒有酒，
大家也就罷了，
騎了馬山野裡跑跑。

文化的演進，對於邊疆的歌謠，也有影響，如大涼山的夷人，是我國邊疆民族中，文化比較落後的民族，他們居高山，吃雜糧，生活粗野簡陋，好戰鬥，故殺人與獵獸，亦無何分別，惟其如此，他們的歌謠特色，在邊疆民歌中，也就以粗獷淋漓，毫無遮飾而見稱。下面所舉的一首歌謠是他們的戰歌，由此，當亦可想見其餘。

夷族戰歌

我是很出名的黑夷，
我是吃人的老虎！
　殺人的屠夫！
我曾剝過人皮九張，
我是人上之人！
　人類無比之人！
誰能比得上我？

雲南的夷人，文化較高，因此他們的歌謠，比之前者也就柔和得多，甚而其歌詞的風趣動人，即在文化甚高的漢民族作品中，也是不易多見的，今亦舉一首於次，以見其概！

滇夷情歌

聽吧！香，妳就納了這男子吧！
當做妳的僮僕，
他和妳穿鞋、提水、洗脚，多安貼！
妳慢去採生菜來煮湯吧！
妳只給他一點湯喝便够了！
這僕人呢，不淘氣，不要吃妳的飯和魚呀！
若到夜晚了，
小姐，妳給他那兒睏呢？
和別人睡？又怎捨得？
請准近主母側睡一夜晚吧！
他放下蚊帳，不給討厭的蚊子侵擾！
九月來了，休給蚊子叮了乳頭！
若是那兒發癢，妳便叫僕人進來給妳搔癢吧！
小姐，休動手搔到僕人的癢處呀！

僕人呢，會慌動，只怕從褥氈上滾下地來啊！

觀乎前述諸歌，無一首不是各民族的心上語，無一首不是他們的眞情流露，乃知邊疆民族歌謠的特色，不論其爲娓婉雄壯與粗獷柔和，要皆脫離不了一個眞實情感的「眞」字。筆者關心邊疆歌謠有年，因感於此等歌謠爲人疏忽已久，遂就地理的風習的文化的關係，倉促寫成此文，其目的亦不過期能藉此，引起一般人對邊疆事物之注意云耳。

（一九五六）

地理位置與國家的發展

今世列國有強有弱，其強弱之分，因素雖多，然地理位置實爲重要因素之一，故一國之地理位置若何？實爲研究國際政治者所當注意；而舉世各國之地理位置雖錯綜複雜，歸納之，則又莫不可分爲海國、陸國及瀕海國三大類型，茲就其在國家的發展上所生之不同的影響，作一探討，分述於後：

一、海　國

海國者，四周爲海水包圍之島國是也。這一類型的代表國家有英國和日本。

海國因四面環水，與大陸隔離，因此其地位常較大陸國家爲安全，不易受到外來的侵略，如中世紀以來存在國家之中，始終未受外敵之侮的有冰島與日本二國，可證明之；較古時代英格蘭常受羅馬人、蘇格蘭人、諾曼人等外敵之侵入，但自一〇六六年海斯丁斯 Hustings 戰爭以後即未再遭侵略；雖然一五八八年有西班牙的無敵艦隊及一八〇五年的拿破崙第一，對英國的威嚇，都未成功，卽最近的兩次世界大戰，英國雖受到德國飛機、潛艇的襲擊與威脅，但德國的軍隊，始終未能登陸英倫三島，使英國本土蒙受損失。海國在軍事上既有這樣的難攻性，因此他的國內政治恒較大陸各國爲安定，而在安定中就可獲得繁榮與進步。

此外海國的交通貿易也較陸國爲安全便利，因而對國家經濟財富的增加，裨益尤大。復次，海國四周皆水，與世界各國的海水都是相通連的，故在政治上或經濟上，有支配世界意志的國家，莫不自海洋事業發展始，英國人素以乘風破浪、征服世界爲志，假使英人無支配海上的政策，則今日亦不能駕御其殖民地，及施行其國際通商與世界政策！巴爾幹問題、地中海問題、蘇伊士問題之所以在近世歐洲史上掀起怒濤狂潮者，實皆英國欲維持其海上通道苦心之暴露也。

海國也有缺點，就是他的面積往往非常狹小，以致耕地有限，農業不易發展，造成糧食不足，無法自給的狀態，於是乃不得不向外發展，謀求需要，因此海國常是商船噸數最高，海軍力量最強的國家，缺少了這兩大力量，海國卽無法稱雄，甚至無法立國，如西班牙之無敵艦隊爲英國所敗後，海上覇權從此卽一蹶不振；又如二次大戰的太平洋戰爭，日本在珍珠港事件後，海空二軍覆沒，遂不得不投降，均是顯例。

二、陸國

陸國之國境，因不與海洋接觸，四面受鄰國包圍，而與海洋隔離，不能直接與海洋交通，故又稱內陸國。這些國家可以瑞士、匈牙利、捷克、玻璃維亞、巴拉圭等國爲其代表，他們在面積上，都不是什麼大版圖的國家，故發展困難。他們所受的限制特多，即賴以出海的河川通道也往往受到鄰國的封鎖與阻擾，因之他們的對外貿易、通商幾乎無時無刻不受到很大的威脅，而無法與人抗衡。

內陸國的鄰國既然很多，競爭自必激烈，以是常有民族、領土等的衝突，一旦發生戰事，即無法脫離戰爭漩渦，如此一來，國家的政治、人民的生活，無形中就受到了很大的打擊；而通向海洋的希望，也就更熱切，這可以塞爾維亞爲例：塞爾維亞在一九一四年以前，除掉瑞士而外，是歐洲唯一較大的內陸國，然而瑞士在世界經濟上的利害關係，卻能充分承認是依萊茵河的利用而引至大洋的；反之，塞爾維亞只能利用可航行然有缺點的多瑙河而已，故塞爾維亞同海的關係，殆與俄國在同一地位（俄國的海岸雖至遼濶，然其所接近的海洋如波羅的海、北海、北冰洋、日本海、黃海、黑海、裏海都是不完全的，因爲這些地方都不是「溫暖的海洋」所在地），以此理由，而於國家發展遠大的政策上，遂成爲不安的要素了，塞爾維亞所希望領有的海岸與港口是在亞得里亞海嗎？是在愛琴海嗎？或在薩隆尼加（Saloniki）嗎？等到二次巴爾幹戰爭時，塞爾維亞以爲可達到宿望，可是和議結果，一切都歸泡影，塞爾維亞依然只好停留爲內陸國，此與一八九九年俄國租借得中國旅大不凍港後不久爲日本所奪，終而回向西方找尋出海口，遂同爲形成一次世界大戰的另一因素

三、瀕海國

瀕海國的代表國有中國、美國及蘇聯，都是現代諸國中的大面積國家，其中美蘇兩國，更爲現世的兩大集團領袖國，玆再就中、美、蘇三國的地理位置作一比較於下：

先說美國，其地理位置東濱大西洋，西臨太平洋，距歐洲四千海哩，距亞洲一萬海哩，具有海國的孤立地位，足保安全。東西兩大洋平時是美國對外聯絡的天然道路，戰時則是確保美國乃至美洲的安全屏障。

美國北鄰加拿大，南接墨西哥，兩國都與美國保持和平友好的關係，孤立、安全、和平，是美國能夠順利發展爲強大國家的主要原因。

其次要說的是蘇聯，蘇聯的地理上的特徵，是東西橫跨歐亞大陸，南北則由亞熱帶伸展到北極，更具體點說，它由西而東，是從喀爾巴阡山脈和波羅的海伸到太平洋，由南至北是從帕米爾

高原伸到北極洋的大冰原。往昔它所瀕臨的波羅的海、北海、北極洋、太平洋、日本海、黑海、裏海這些海岸雖多，但遭受到下列三種情形之一的影響，即：

一、常年為冰封

二、半年為冰封

三、受冰或政治勢力所阻礙

但在無形中卻成了它對外的一種屏障，今日由於北極航空的發展，其所領有北極地帶已成爲入侵北美的捷徑。

蘇聯所佔的面積是這樣的廣大，其地理上的位置，又是這樣地偏北，氣候自極酷寒，於是就形成了它地理位置上的優越性，加以衞星國林立，使得敵國無法向之入侵，而安心地從事國防建設和經濟建設，所以近世紀以來，歐洲各國雖在連年戰爭中，而蘇聯本土終未遭受波及，遂能逐漸壯大，以致二次大戰期間，德國雖以閃電戰術擊之，終不能有所獲，兵敗山倒，此爲德國失國的基始，自從中國大陸易色後，蘇聯在東方不僅更多了一層廣大的屏障，即其久久無法取得之不凍港如旅大、青島、楡林諸港，亦盡入其範圍，彌補了其不適宜於海洋發展的缺點，加深了它對太平洋各國的威脅。

再次就是中國，說到中國的地理位置，如與美國比較，則中國有所不及，如與蘇聯比較，則中國不僅有廣大之陸地，足可與蘇聯媲美，且有綿長的海岸線和多數的不凍良港，可海可陸，此為蘇聯所不及，故不論帝俄時代與今日蘇聯，對於位置的缺點，均有深刻的感覺，其與隣國之糾紛，亦往往為不凍港之爭奪。由是言之，中國有陸國之利，而少陸國之弊，有海國之利，而無海國之弊，今日中國之所以尚未能與彼美蘇二國並駕齊驅者，實以中國昔日僅以內陸之發展為主，而對海洋發展則少有重視，而況又有兩岸之分裂，誠令人不勝浩嘆也。

四、結 論

從上述三種國家而觀，因地理位置的不同所產生的影響，既如此的深鉅，因而我們不難獲得一種了解，即海島國如失去海權，便無從繼續發展，然仍較內陸國之地位為佳，蓋內陸國如是找不到出海口的小面積國家，且又有強隣窺伺，則其亡國苟延的命運之慘，自可想見，而海（島）國面積雖小，農業生產雖不足，但尚可以船舶運輸謀求解決，且海洋中不乏豐富資源（如魚類、介類、海藻類之食物，珊瑚、珍珠、海綿、海獸皮、玳瑁及食鹽、石油等工業原料）眞是取之不竭，用之不盡！較之貧瘠的土地，所生產的物品，實有以過之，故海國恒較內陸國為強；復次為瀕海國，因其有可海可陸的地理位置上的優越性，故瀕海國如為大面積國家，且能注意海上事業發展者，其能淩駕一般國家之上，而執世界政治、經濟、文化……之牛耳如美蘇二國者，固不待言。

（一九五六）

附記：本文係著者肄業東吳法學院政治系二年級時所寫，屬政治地理泛論之作，其時美蘇二集團對立情形猶在，今則時移事遷，蘇聯早經瓦解，故昔之所論自有與今之形勢相格者，爲存當時年青人之看法，乃不嫌其膚瑣，亦不加修正而全文照錄如上，用博讀者之一粲。

塔的來由和發展

塔在世界建築藝術中，可說是有著一種別具風格的美。它的輪廓是如此纖秀神奇，它的形式更是如此高崇莊嚴，它完全是一種立體與平面相結合的建築美。因之，塔在人類建築史上，實在是一大奇蹟而往往令人讚嘆不已。

世界各地皆有塔的建築，它們有的狀似砲彈，有的形如尖錐，有的宛若方柱……它們的式樣眞是不一而足。然而，儘管它們有如許的不同，不論其爲純粹東方中國式的也好，甚或完全西化的哥德式也好，這些塔的塔身高聳直上，卻不無表現了人性向上的希望。當然，這種層層向上發展的情形，受之於宗教方面的影響可說是很大的，因爲信仰宗教的僧侶們無不相信，而且也無不宣揚有天國的存在，人類有了向上發展的塔，對於高不可攀的上天，自然也就感到更爲接近了，所以建塔的最初目的不在於美化風景，而謀求人神的溝通，倒是很顯然的。

現存於世界最古的大塔，該是埃及古夫王（Khufu 西元前 2898 —— 2875 年）建造的金字塔了，但是如果嚴格地說起來，石砌的金字塔只是古埃及王的高大墳墓而已，此與東方的佛塔最初被用作安置佛骨的所在，使死者的靈魂皆可經由此塔而升天，正有異曲同工之妙。

中國現存的最古寶塔則是建於河南嵩山上的一座十五層的十二面塔，據史家考證，它的修建時間大概是西元五二三年，正當北魏時代。這不僅是座意匠特具而秀麗雄偉的古塔，亦且爲中國現存最古磚造建築物，論者每謂其堂堂之雄姿，足與雲岡及龍門之雕刻，共爲北魏藝術史增輝；所以此塔在中國美術建築史上之所以能佔有其重要的一頁，實在不是偶然的。

此外法國巴黎的埃菲爾鐵塔和日本東京芝公園內的東京鐵塔，都是當今世界最高的塔，而後者的高度則更達三三〇公尺，眞可說得上戳破青空高可入雲了。

天下名塔，多到不知其數，而以東方的中國爲最，故本文將先敍東方的塔，然後再及於西方的塔，以下所述東方的塔則將以中國爲主，想來，這也是未可厚非的吧！

一、塔在中國的發展

無可諱言的，早期中國的塔，其構築形式乃是模擬於原先信仰佛教的印度，所以中國的塔又名浮圖(此外還有浮屠、塔婆、支提、堵波等名稱)，就是因了它的最初形式是來自於印度的一種名爲窣堵婆(Stupa)佛教紀念性建築物的轉音。這種窣堵婆的構造，常可分爲基臺、階級和穹窿三部份，穹窿之頂則高置一盛佛骨和佛之舍利子等物的大石匣，匣上覆以一層層的沉重的石蓋，以防盜竊，在此堆石蓋的頂端，則覆以一連串的相輪和可能爲銅製的寶蓋，望之則如從一碩大圓石的頂端長出一叢蕈菌似的，這是印度阿育王在位時窣堵婆的大概形態，其後在經過緬甸、尼泊爾，和喜馬拉雅山向東北傳佈時，窣堵婆的構造法式乃漸有變化。

傳到中國的塔，最初的功用與形式也大致與上述的窣堵婆情形相似，因此多數的塔均被稱之爲舍利塔和多寶塔，這些塔中常供奉著從國外迎回來的佛骨和舍利子等，此外它們也常被用來安置高僧的骨灰，此種原始的塔之實物，今日雖已不可一見，然於敦煌和雲岡等處的壁畫及浮雕上，我們仍不難辨出它的遺跡，不過這時它已從一層向上發展變爲三或四層了，當然這也說明了它是感受了中國層樓形式的暗示，而在逐漸增高之中，此後，塔的層數也就愈來愈高，而往往高到十三層，以表示佛教的十三重天，原來印度式的窣堵婆則被縮成了一個傘形的寶塔頂。至此，中國的塔也就發展爲一種新起的特有的建築形式了。

二、從史書中找最早的塔

中國文獻上對於塔的記載很多，後漢書的陶謙傳中，就曾說及獻帝初平四年（西元一九三年）丹陽郡人笮融的「大起浮圖，上累金盤（按指塔頂），下爲重樓（按指塔身）」於廣陵的事，此外三國志內的吳志劉繇傳中，也曾述及笮融建塔的事，這都可說是中國史上有關於塔的最早記載。

但是笮融所建的浮圖，也許還不能說是建於中國的最早的塔，因為有一份文獻提供了我們推想的寶貴資料，這就是楊衒之的洛陽伽藍記（實為記述佛教初入中土時的梵刹盛況之作），他在該書中曾述及漢明帝永平十年（西元六十七年）間，西印度的攝摩騰、竺法蘭兩法師東來後，在洛陽城西所立的著名的白馬寺，這也是第一座見於中國記載的佛寺，雖然他沒有提到這寺內是否建有浮圖，惟衡諸常情我們仍不難想像早在笮融建塔的一百二十多年前，當時為佛教中心的洛陽，既然已佛刹甲天下，洛陽城的內外一定會建有不少浮圖的，那麼這些浮圖也許就應該是中國所建的最早的塔了。

至於建在江南的第一座佛塔，根據南史列傳所載，則應屬赤烏三年（西元二四〇年）孫權在建康所立的建初寺內的阿育王塔。此寺後經梁武帝重修而改名為長干寺，以後歷朝屢有修建，直到明朝才改建為著名的大報恩寺，及有天下第一之稱的琉璃塔。這塔始建於永樂十年，落成於宣德六年，前後計造了十九年，塔身凡九級八面，計三十二丈九尺四十九分，全是用精緻的琉璃磚砌成的，塔外用的白瓷磚，每一磚面上都有一佛像，第一層四週更有石鐫的金剛護法諸天神像，每級都覆以五色琉璃瓦，塔內也是用鐫有佛像的各色瓷磚砌成，塔尖則冠以重達二千兩的黃金寶頂，還有相輪九重。此塔九級內外共掛風鈴一百五十餘個，長明燈一百四十五盞，通宵點燃，其光耀奪目之狀，自是可以想見的，可惜的是這中外聞名的天下第一塔，卻因太平天國之亂，而毀於咸豐六年曾國藩圍攻南京的一役中，但是那塔頂上倖存下來的一個寶蓋和大報恩寺的石額，卻有幸還存放在南京的報恩寺裡，供人憑弔。

三、塔是怎麼造起來的

印度的窣堵婆雖是覆鉢式的，但現存的中國寶塔，可以說已無一保留舊樣了，因爲今日在中國各地所建的塔，大多爲六角或八角式的，其安置於庭院之中或殿堂內的舍利塔的層次則多屬三至五層，但也有多到九層的，如現存於臺北國立歷史博物館的北魏石塔是（高一五四公分）。這些雛形的塔雖因建塔材料的不同而有木塔、石塔、鐵塔、銅塔之分，但大多數都是很精巧的；至若那些矗立在廟宇外面或山顛水涯的大塔，則多爲七至九層，甚而及於十六、七層，這些塔最初可能都是利用木材構造的，但後來爲了免於火祝之故，而逐漸全改用了磚造、石造和鐵造，有些則除了磚石和鐵之外，仍加上一些木構的窗門欄干，這在很多地方都是可以見到的。

也許有些人到今天仍會覺得奇怪，那許多高聳入雲的大塔到底是怎樣被前人造起來的？這說起來也是很有趣的，最早的造塔方法，可能就是在塔造好了一層，便用土在塔身四周擁上，一直到所有各層都已蓋完，便成了一座很大的土山，再漸漸挖去塔身四周的土，這時那巍然崇高的塔就出現在人們的眼前了。這方法雖然很可笑，但高達十三丈的十三層開封鐵塔，據當地古老的傳說就是這樣筆直地造起來的。

佛經上對於建塔的功德說得很多，但是也指出應該如何建塔以及那些人不合建塔。又由於造塔是一件工程浩大的事，所以如無匠心別具的名建築師來督造是決不成的，可惜的是這些巧匠留下姓名來的眞是太少了，不過我們現在還能知道的如宋朝的名匠喩浩就是建塔的能手，傳世的「木經」三卷，據說也就是出自他的大手筆。

四、塔是神異故事的中心

塔通常都是可以用作登臨遠眺的，不過也有些塔，外面的形式雖是逐層有檐角、拱門、欄干等，而內部則除了最下層外都是實心，沒有梯級可登的，有的則連最下一層也是實心。

塔雖然因其起源於佛家，而多屬寺院的附麗物，但除了佛塔之外，在中國還有一種風水塔，它們的多數卻是被建在形勢扼要的水涯或山顚地方，用來改變風水形勢的。此外，還有一種是爲了悼念而建的塔，如西安的大雁塔是。這些各式各類的塔，眞是多得不勝枚舉，它們的名字有許多到今天還是那麼響亮，那麼發人深思，原因是這些塔除了在建築藝術上有其特殊的價值外，差不多都是神異故事和靈怪傳說的中心。每一座塔總有一大堆地方性的傳說，若不是它的存在與當地的禍福盛衰有關，便是塔上有鬼怪或塔底下有寶物。這類美麗動人的故事如西湖的雷峰塔，雖然多屬無稽，然而它們卻是深深地活在人們的心中，因爲它們是如此有趣，而且令人回味無窮。

（一九五五）

課餘隨筆

黃菊之歌

辛丑和約後之一年（光緒廿八年），科舉既廢，私人興學遂成風氣。當其時，國人吳懷疚氏首創務本女學堂於上海，則尤開女學風氣之先。該校學生所習歌曲有黃菊、勉學等首，皆以格調新高而流行於時，黃菊一歌，余最欣賞，其歌辭如下：

黃菊

黃種豈輸白種強，
秋風籬落鬥斜陽。
傲霜自有傲霜骨，

不以嬌妍論短長。

處外患頻仍之當日，而能有如此慷慨疏朗之創作，歌之，眞令人揚眉吐氣也。

盤古第二

世界各地之民族，均有其獨特之創世紀神話，中國川邊北部土人之神話，則尤屬有趣，惜以地處邊陲，敢稱知者極尠，爰本趣味公開之旨，特選述若干則於後，以供同好。

按川北土人謂，人類祖先乃丘衣伽神，蓋亦盤古氏第二也。其神話云：「當丘衣伽神初出世時，天地尙爲渾沌一團，未有開闢，然經神怒目望天後，天門乃開，地面始見光亮，神再視地，地方下降，因下降過速，傷神足，神痛，因乃亂踢，地遂成山川高下大小之形。」

神話又謂：「神之面，上半日黃、下半日黑、夜晚則白，所以人類皮膚乃有黃、黑、白等色。」

「日月均神之眼所化，神之右眼爲日，左眼爲月，惟神之左眼，常違神意。某日，神覺東方之地似過高，令左眼視之，左眼緊閉大門而晝寢，蓋已忘神囑咐矣。俄而，神又問之，左眼遞膭應曰：『東方之地過高，一如神意。』神遂以左足踏地，地應足而下二萬尺，神之足力，一踏一萬尺，二踏，有水遮神足，則地已下陷矣！神怒左眼之欺己也，於造光時，乃取左眼之光以益右目，故今之日光較爲明亮，而月光則微弱至視不覩物焉！」

「最後，神復作男女，以傳衍人類；以術禁治妖魔，使其永遠嬗化爲野獸、家畜及飛禽等物，以供人食服。又拔毫毛咒爲植物，故植物中多有纖維，蓋皆神之毫毛所遺傳也。」

出賣大日本

九一八事變之後，東北既淪於日本，我舉國上下激於民族義憤，莫不痛心疾首，全力宣傳抗日，或見之於行動，或見之於言詞，口誅筆伐，熱烈情狀，殆非筆墨所能記也。余憶數年前曾讀日人清水國治君所著滿蒙之風土一書，見其中有描述愛國商人抗日言行一則，頗饒智趣，特譯述如下，以見中國文字之奥妙與國人之才華卓絕。

緣日人自入據東北開始，卽大力推行日化運動，因此不僅鼓勵學校中須讀日文，卽一般商店字號亦促之懸掛日式招貼焉！於是，某日一百貨店前乃懸出一長條橫幅之紅布招貼，自右而左上書「本日大賣出」五字，意卽漢文之「今日大拍賣」是也。及後數日，始有日人發現此五字若自左而右讀之，竟赫然爲「出賣大日本」五個大字也，因卽入店查詢何以致此，店東乃故作大惑不解狀曰：「我中國書寫文字皆自右而左，初未知『本日大賣出』五字自左而右讀之竟成『出賣大日本』也，學習使用日文誠未料及有如此之困難也。眞屬罪該萬死！萬死！」日人氣敗，遂急取之下，亦不敢多究焉。

先主無鬚

蜀漢先主劉備與劉璋會涪時，張裕侍坐，先主見其滿面髭鬚，因嘲之曰：「昔吾居涿郡，特多毛姓，東、西、南、北皆諸毛也，涿令稱曰：『諸毛繞涿居乎！』」裕卽答曰：「昔有潞長遷爲涿令，去官還家，時人與書欲署潞則先涿，欲署涿則先潞，乃署曰潞涿君。」先主無鬚，故裕及之，主啣其不遜，後終誅之，乃知愼言古訓之是也。

劉邦納諫

史稱劉邦謾罵儒生，然邦於納諫一事則頗能勇於接受，而有寬宏器度，茲舉一例於次，以見其概。

邦旣入咸陽，見秦宮室、狗、馬、重寶、婦女，意欲久居，樊噲諫曰：「欲有天下耶？將爲富家翁耶？願急還霸上。」張良亦諫曰：「忠言逆耳，利於行。良藥苦口，利於病。」劉邦乃還軍霸上。

選舉趣聞

嘗參加某社團活動，有競選主席者，於講臺上作自我介紹曰：「我什麼都是跟在人家後面跑的，你看，好多人還向著我笑呢！」從來競選，未見有如斯爲自己坍臺者也。

天真人語

政治系女同學楊某，美而慧，人既天眞無邪，出語亦天眞無比，一日，與余談佛教，偶有所思，不禁感慨曰：「我曾經跟一個老和尚要好得不得了。」既而知有語病，不覺面泛桃紅更進而解嘲曰：「還是一點兒小，住在和尚廟裡的時候。」其天眞有趣每如此。

崇拜動物

世界各地文化未開之民族，多有崇拜動物之習俗，甚且有視各種動物爲其祖先者。如古羅馬皇帝 Romulus 與 Remus 之奉狼爲保護神，自命爲狼的子孫；中國閩、浙、湖、廣一帶之傜人、畬人供奉木塑犬頭之神像，自命爲狗的子孫皆是。

太炎逸事

樸學大師章太炎在無錫日，某次登臺演講，妙語如珠，旣而欲寫黑板，竟以紙煙誤作粉筆，寫畢又以粉筆誤作紙煙，猛吸不已，見者莫不哄堂大笑，其不經心，往往如此。

餃子同好

曩就讀於法律系，余與同學顧錦生、盧怡民、唐如晶、張小瓊、施雲鶚、黃星六、劉瑞麟、宋斯安、邢立人等十餘人，皆喜吃餃子，以是常有吃餃子之聚，每餐必分工合作，自炊自理，更舉行吃餃子比賽，以吃最多者爲勝；勝者除榮膺「餃子大王」雅號，獲得同學贈送之慶賀禮品外，並可在下次聚餐時，免繳一切費用及攜帶男友或女友參加之權利。一時傳爲佳話，有餃子俱樂部之稱，今則各自分散，無復當時聚會矣。

戀愛之道

學生會遊碧潭之日，胡定國教官應同學請，出而作其戀愛經過之報導，胡一再強調他與他的愛人能夠結爲終身伴侶，實由同學關係造成，言下大有要同學把握時機，向他學習之意，殆亦戀愛之道也。

達板城歌

新疆各族多各有其達板城歌，各有其調，各有其詞，其中維吾爾族的達板城歌，情意綿綿，最富韻緻，其歌曰：

達板城，
路難行，
瓜兒甜，
達板城，

一女郎，
喀琶嫻。

喀琶嫻的美髮雪亮；
細而且長，
直披垂到地上。
勞您駕問一聲，
喀琶嫻，
她情願嫁我不？

她願嫁我？好極了！
再煩您告訴他：
多帶金銀珠寶！
半夜裡約齊了，
伴娘，她和我，
一塊兒私奔逃跑。

啷啷……啷啷……
三弦亂彈，
神魂不安，
為了愛我的喀琵嫻，
怕什麼地覆天翻？
又怕什麼刀亂砍。
沙沙沙……
嘩嘩嘩……
烟霧細雨迷漫河頭。
前途茫茫，道路坎坷，
喀琵嫻呀，我們該往那兒走？

經濟請客

某經濟學教授，爲人多風趣，一日授同學以經濟請客方法曰：「請客時，自己先要一碗牛肉麵，然然再向對方說：「我只要一碗牛肉麵就夠了，你呢？必收預期成效。」舉坐爲之哄然。

何紹基之妹

政治系同學何紹珣，名畫人高逸鴻之得意女弟子也，一日何邀余同赴中國藝苑高先生處，請為其所作花卉加墨，有中年華貴婦人亦習藝於斯，見何之署名，不禁自作聰明曰：「原來何紹基還有一個妹妹的」，庶不知紹基為清季道光、同治之際書法大家，而紹珣則係當今之女畫家也，其間相距已不知多少年矣！紹珣聞之，當為一笑。

匪寇婚媾

梁啓超嘗舉易爻辭：「乘馬班如，泣血漣如，匪寇婚媾。」一語，為我國古代掠婚風俗之狀況作解釋云：「夫寇與婚媾，截然二事，何至相混？得毋古代婚媾所取之手段與寇無大異？故聞馬蹄蹴踏，有女嗁泣，謂是遇寇，細審乃知其為婚媾也。」按此說甚是，蓋「匪寇婚媾」一語，於易數見，固不僅止於梁氏上舉之一例也，如賁卦爻辭云：「賁如(賁，奔也，勇而疾走之謂。舊說賁飾也，非是)！皤如(皤，豐多貌)！白馬翰如(白同帛，素也，翰，如譬說，言去若飛翰之疾也)，匪寇婚媾。」綜觀全文，蓋謂男子親迎行裝之富盛，及奔馳之迅疾，猶類掠婚者也，是知刼婚風氣，在古之盛矣。茲試以今語譯之於次：

他奔馳得是多麼快啊！

他行裝又是何其的富麗煌輝！

背負著白色綢匹的馬兒；去勢如飛。

莫誤會這是刼掠而回，

原來是親迎于歸！

讀者覽之，或不能不有所嗟嘆，謂如此美麗生動之民歌，乃不意於易經中見之也。

武帝暴戾

世多稱漢武雄才大略，庶不知帝之暴戾，亦頗有可以述者。如李陵提不滿五千之眾，深入匈奴之地，抑數萬之師，轉鬥千里，矢窮道盡，兵敗而降，乃不能寬宥竟戮其老母，刑及妻子，司馬遷爲陵言不幸，亦坐腐刑。及巫蠱之亂作，除陽石公主及長平侯衞伉等，前後數萬人均坐巫蠱死外，復發兵逼殺皇后衞氏及太子據，腰斬田仁、任安，坐誅諸太子賓客，一時群臣憂懼，均不知所出。迨後將立弗陵爲皇太子（卽漢昭帝），又殺其母鉤弋夫人。禍及無辜，莫此爲甚。余謂：此殆亦古代英明雄主之外一章也！

伍員之智

伍員（音雲）之奔吳也，爲楚之邊邑候人所獲，欲送於王。員曰：「平王以我盜珠，我於是奔走，子今捉我還王，我乃言子奪我珠而呑之，王必剖子腹而取之。」候人懼，遂放之。是知伍員不獨爲烈大夫，亦權智之士也。

嘲姓妙文

北齊書有徐之才嘲王昕姓云：「有言則註，近犬便狂，加頸足而爲馬，施角尾而成羊。」又盧元明戲徐之才云：「卿姓是未入人名，是字之誤。」徐卽答云：「姓在亡爲虐，在亞爲虛，生男則爲虜，養馬則爲驢。」如此嘲姓妙文，堪稱機捷。

妲己之誤

袁子才隨園隨筆引匡謬正俗云：「妲者，妃號也，己者，干支甲乙之稱，稱己者，當是妃位第六人也。」今人誤以妲己爲名，蓋不明其爲妃嬪之稱所致耳！

歸恒軒聯

歸恆軒，明江蘇崑山人，太僕卿歸震川（有光）之曾孫也。其爲人耿介特立，不與俗諧。崑山之役歸與顧亭林起兵抗清，事不成亡命，後潛返鄉，削髮爲僧，自號普明頭陀，結廬於祖塋之側，並署一聯於門曰：

兩口寄安樂之窩，妻太聰明夫太怪。

四鄰接幽冥之地，人何寥落鬼何多。

下聯詞氣尤激揚悲憤，可謂罵盡蒼生矣！

魏源之謬

有清一代，中國於西方認識，堪稱一無所知，此種愚昧情形，不僅朝廷有之，即名儒學者，亦多不免焉。如聖武記之著者魏源，固乾嘉有名學者也，而其論所知天主教情形乃曰：「受教者先令吞丸一枚，歸則毀祖先神主，一心奉教，至死不移。有洩其術者，服下藥，見廁中有物蠕動，洗視之，則女形寸許，眉目如生。詰之本師，曰：『此乃天主聖母也』。入教久則手抱人心，終身信向，不改教矣。凡入教人病將死，必報其師，師至則妻子皆跪室外，不許入。良久氣絕，則教師以白布囊死人之首，不許解視，蓋目睛已被取去矣。……聞夷市中國鉛百斤，不剪文銀八斤，其餘九十二斤，仍可賣歸原價。惟其銀必以華人睛點之乃可用，而西洋之睛不濟事也。」其荒謬且一至於此，則其餘諸子之閉塞無聞，乃更可想見矣。

振翎修翮

臺灣詩人鄭品聰先生，能文善詩，嘗贈余嵌名聯一對云：

「遵」道以行當振翮
「時」機未值且修翎

以振翮相期，修翎爲勉，鵬舉萬里，乘時而起，眞可謂知所沉潛，鼓勵有加者矣，前輩雅意，可感也。

喀喇沁王詩

清末，蒙古王室詩書之佳者比比皆是，余於友人處所見光緒年間喀喇沁王（名貢桑諾爾布）爲日人河原氏（名一宮操子）所書七絕一首，則尤以筆勢雄勁，氣概豪邁勝也。詩云：

寶劍十年匣底藏，光瑩秋水發毫芒；健兒身手非堪羨，自古英雄起朔方。

按：喀喇沁王本元太祖濟拉瑪之後，明末清起，太宗陷錦州，其部遂相率歸清。天聰二年，依功授郡王爵位，傳十二世卽貢桑諾爾布是也。

林則徐之遠見

當道光末年，侯官林則徐先生居家養疾，時西洋各國正乘中國鴉片戰後之機，策謀侵略，清廷上下無不以英法爲憂，後進咸就先生諮請方略，先生曰：「此易與耳，終爲中國患者，其俄羅斯乎！吾老矣，君等當見之。」綜觀十九世紀以來，中俄兩國所演之歷史，俄羅斯之爲患中國，固班班可考也，而林氏所料亦可謂不幸而言中矣！

王思任致馬士英書

王思任，字季重，號遂東，明萬曆間人也。思任少有雋才，嘗致書明末權奸馬士英云：

「閣下文采風流，才情俠義，某素欽之。即當國運傾破，萬眾危疑之際，援定今上，以定時局，以爲古之郭汾陽今之于少保也。然驕氣滿腹，酒色逢君，門牆黨錮，以致人心解體，士氣不振。叛兵至，則束手無策，強敵來，則望風先遁。致令乘輿播遷，社稷邱墟，閣下謀國至此，雖長喙三尺，亦何以自解？曷若明水一盂，自刎以謝天下？則忠憤氣節之士，尚可諒其他也。……冒瀆尊嚴，某死亦不足自贖，閣下以國法處之，當束身以候緹騎，以私法處之，則引領以待鉏麑。」

時弘光帝已就擒，士英方率黔兵挾太后至紹興，受此笑謔，竟羞憤不知所答。（一九五六）

王同春生不逢辰

有一點地理常識的人，誰都知道「黃河百害，惟富一套」這句話，但，現今卻很少有人知道，這塊自東而西長達七百里，由南而北寬至四百里，被人譽為「塞外江南」的河套沃野，原先不過是蒙古人的牧馬所在，其受人之注意和開發，也不過是道光年間的一件事而已。

提起河套的開發，則又不得不歸功於一個目不識丁的落魄青年了，此人是誰？也許有些人還知道，他就是王同春。

王同春出生於前清的直隸省（今河北省）邢臺縣，十六歲那年，因為犯了殺人罪，就隨著一個叫做李三傍子的拳師逃到了河套，幫人家開墾過活，由於他身材高大，體力充沛，做事又賣力，因此便受到當時開通濟渠的大財主郭有元之青睞，做了老郭的乘龍快婿，但王同春並不因為有了泰山可靠，就放棄他的力耕生活，依然是年復一年地，致力於他自己的開渠墾地的工作，因此到了光緒初年，誰也沒料到他一手所建立的村莊已有七十個，一手開出來的良田也上了萬頃，靠他爲生的人，更是成千上萬。

其實，王同春之所以有這樣的成就，並不完全是靠著苦幹、蠻幹，而是靠他肯用心，肯用自己的腦子，因此別人所想不出的，料不到的，他都能夠想得出，料得到；別人化了很多人力、財力開出來的渠，不一定有水，他開出來的卻是川流不息，比水利專家還有辦法。有一次他指著一塊地對人說：「這地下一尺之內，必定有水。」聽的人不相信，掘下去一看，水果然出來了，不禁驚詫地問他道：「怎麼你一看就知道的呢？」他笑笑說：「你們看看這邊地鼠洞口新翻出的泥土就知道了，若是地下沒水，土又怎麼會濕的？」黃河裡的水起泡，他知道大水又要漲了，於是他對農人說：「你們瞧，我開這渠，水就會跟著我進來的。」果然，渠口一開，水就洶湧地進來了。他是如此的善於觀察自然，利用自然，農人對他的佩服，眞可說得上是五體投地，他說一，誰還敢說二呢？就這樣，他的開墾事業當然是一天比一天來得大了。

王同春不但有豐富的常識，而且非常刻苦愛物，開渠的時候，他總是夾在工人的行列中和他們一起流汗，從不分什麼上下；吃飯的時候，更不肯把自己先吃飽，必定要將牲口餵好，然後自己才進餐，他雖然已成了河套上的第一個大財主，他的妻子兒女竟沒一個敢偷閒的，還是一樣地要工作。

他又極講義氣，從不吝惜錢財，只要是來投奔他的人，都幫助他們，給他們田地墾殖，給他們娶妻生子，但被接濟的人，必須幫他做事，條件就是這樣的簡單，因此投奔他的人也就愈來愈多，本來一片荒涼的河套，到了這時居然也房屋櫛比，雞犬相聞了，每天都有上萬的人下田、開河、擔土……。他們日出而作，日入而息，這地方儼然已成了農民的樂園！光緒十七、八年北方大旱，他一個人獨捐了糧米一萬多石，廿七年又鬧荒，他再捐了好幾千擔，給他救活的人不下五、六萬，這些人沒一個不感激他的再造之恩，最後，他簡直成了人們心目中的活菩薩。

王同春有時雖然很剛愎自用，誰觸犯了他的約章，就得依法辦理，決不徇情，做出許多違背公法的事來，這是他最大的錯失；但在另一方面，他的表現，卻又極誠厚，有一個叫做陳四的，他來河套比王同春還要早些，也是一個豪俠重義的男兒，手下更養著不少徒眾，基於兩雄不並立的道理，因此兩家時常發生械鬥，殺傷很多人，訴到官廳，官方就把王同春關進薩拉齊的牢裡，薩廳的地方官文鈞覺得兩家械鬥，彼此都有責任，不應讓王同春一人受屈，便把他放了，後來文鈞竟因這件事革了職，文年老無子，無家可歸，就寄居在綏遠城裡，過著清苦無聊的生活，有一天，外面來了十幾個彪形大漢，用轎子把他擡了去，他弄得莫名其妙，直到最後，才知道是王同春派人來接他的。文鈞到了王家門口，同春慌忙出來迎接，並且跪下說道：「大人對我恩同再造，這是我沒齒也難忘的，現在我知道大人沒有兒子，從今天起，請大人就收了我做兒子吧！」於是同春便拜了文鈞做義父，終身以父禮奉事之，這話傳到蒙旗內王公們的耳朵裡，大家都對他欽佩極了，一有紛爭便去找他解決，只要他一句話，誰也不會再起紛爭，由此可見他是如何受當地人的尊重和信仰了。

光緒廿六年，八國聯軍事起，慈禧太后避走陝西，岑春煊率師勤王，路過河套，看見這一片沃土，不禁有協助國家開發之意，於是便建議政府派人去治理，第二年清政府果然派了貽穀去做督辦墾務大臣，也就是從這年起，王同春的富有漸漸被官府裡的惡吏注意上了，從此他就一重重地被墮入厄運，他的田地房屋，不但因此而損失無數，就是連他本人也被加上莫須有的罪名捕進獄裡。民國元年他恢復了自由，綏遠將軍堃秀派他回河套辦團練，安定邊疆，民國二年外蒙古的軍隊果然打進了內蒙，他預伏很多團丁在高戍闕和外蒙打了一仗，結果外蒙敗退，他的鄉團因而聲威大振，他也因有了這次戰功，得到政府裡的五等嘉禾獎章，可是到了這時，原先屬於他的田地房屋，現在已很少是他的了，他想想一切全是人掙來的，也就算了；但是別人對他並沒有算了，當他受地理學家張相文之介，及當時農商總長兼導淮督辦的張謇之聘，到北京做水利顧問，路過綏遠城的時候，官吏們看他有錢可榨，又把他加一個罪狀下獄，張相文和張謇函電交加的營救他都沒效果，最後還是張謇親自到總統府見袁世凱，用袁的命令打電報去，才給釋放出來，他到了北京對人說：「險啊！案子已判決了，命令再遲一天下來，就被槍斃了！」他越想越心灰意懶，再看他開的渠道，在官府的治理下，也一天天的湮沒了，他很想再振作起來，然而官吏貪婪，軍隊騷擾，土匪猖獗，他老了，不行了！他還能有什麼作爲呢？民國六年，他六十七歲，終於病死在五原城，可是誰知道就是這一座五原城，也還是他獨力捐貲建造的呢！

綏遠一省只有十幾個縣，而五原、臨河、安北，這三個縣都是王同春一手開發的，河套共有八大幹區，每區周圍數百里，他一個人就開闢了五大幹區。一個目不識丁的人，能夠創出這麼一番驚天動地的大事業來，那能不叫人紀念。一個天才的水利專家，竟是如此「生不逢辰」地死在中國，又那能不令人歎惜者再！

（一九五三）

貴州的苗人風情

苗人據說最初爲住居於叢岩的槃瓠（狗）圖騰的部落；但據史家的考證，則謂苗人係三苗之後，而三苗則是舜時和共工、驩兜及禹父鯀同爲不服舜的四兇，故與漢人同出於黃帝。今日閩浙交界的畬民，兩廣的猺民，湖南、貴州、雲南的苗人，皆其遺裔是也。

貴州的苗人前人有分之爲紅苗、黑苗、白苗、花苗、青苗等數十種，可能與衣飾相關。若以開化的程度來分，則又可分爲生苗和熟苗二種。生苗是深居山野尚未開化的野蠻苗人，熟苗是已經受了漢族同化，能說普通漢語的苗人；不同種的苗人，不但風俗和服裝不同，甚而連言語和婚姻也不相通。

苗人的本性雖然善良，可是在我們的歷史上卻曾有過好幾次苗亂，其性質和歷次回亂一樣，同是出於不堪官府和不肖漢人的壓迫而起，其間最慘烈而殘酷的一次苗亂，則是發生於前清咸、同年間，延續十餘年始告結束。這次苗亂，無辜漢人遭殺的固然多，苗人後來被屠殺的更多，從此以後，他們的生活更苦了，他們只有把他們的痛苦抒情於歌謠之中，這就是現在苗人的歌謠和音調爲什麼來得特別憂鬱的原因。

苗人無論男、女、老、幼，大都是勤苦耐勞，省吃儉用的，這些我們只要從那些山岩上、石縫中都有他們所種的包穀和蕃薯來看，就可以知道所言非虛了。當然，這也許是因爲貴州這片土地太貧瘠的關係；不過他們婦女的勤苦精神，卻是不可否認的。她們平常除了在家織布外，更要到田裡耕作。她們的背上往往還要背上一個竹製的，像喇叭花樣的竹簍，這就是嬰孩的站籃，這種站籃有時做得很長，分爲上下兩層，一個小孩站在上層，一個小孩坐在下層，看起來倒是滿有趣味的。

苗人住的房屋，大都是簡陋得很，他們的牆多半是以亂石砌成的，屋頂也是以茅草蓋的。他們對食鹽最感缺乏，因此不肖的漢商和官吏，便藉著鹽貨互市或銷售的方法，極盡其剝削苗人財物之能事，這些我們不難從下列這首苗歌中看出：

米不難，包穀紅薯也可餐呀。
菜不難，萊菔白菜也可餐呀。
酒不難，穀酒也能解饞涎呀。
柴不難，草根樹皮也能燃呀。
只有官鹽實在難呀！沒有白銀買不來呀！

苗人有一種很好的風俗，雖然他們都是一樣的貧困，但對於那些無依無靠的人，不問親戚鄰里，都有供給他飲食的義務。再如興建房屋，耕種土地，他們也必定大家合作，先做別人的，而後再做自己的，這種互助合群的美德，就是在我們這個高度文明的社會裡，也是不可多見的！

苗人的服飾，尤其是女人完全和漢人不同，她們的頭髮常用銀簪或木梳挿著，盤在頭頂上，髮結的四周，更常常套著一圈用野果製成的髮圈，但也有些是用布帕做成頭巾，覆在頭上的。她們穿的是長及足踝的千褶裙。她們最喜佩帶的飾物是銀鐲、銀項圈這一類東西。尤其是年輕美麗的苗女，她們更認爲身上的銀飾愈多，愈足顯其富有和可愛，所以年輕苗人當其求愛於某一個苗族的女孩子時，總是獻上銀項圈給對方做爲餽贈。

苗人青年男女的求愛也是很有趣的，他們多半利用跳花和趕場的節日，來找求他們心愛的人兒。

跳花節一稱跳月會，通常都是當農忙完了的晚間，預先在山坡上找一塊較廣的土地，場中豎一木竿，竿上綴以四季長青的樹葉，這就是所謂的花樹。開場時由青年男子二、三十人不等結成一隊，各持笙笛繞花樹而行，或吹或舞，一隊演畢，一隊繼之，年輕的婦女們則圍觀嬉笑，歌而和之。如果男方發現了心愛的對象，就離開隊伍，至女前唱歌求愛，於是一唱一答的歌舞起來，直到雙方都認爲滿意時爲止。其他的男女見了這種情形，必向這對新人大開玩笑，強使他們彼此臉靠臉，作出種種羞人答答的事來。做父母的見了這種情形，更是樂的不可開交，因爲若是自己的子女生得不美，怎會得到別人的求愛？苗人的婚姻結合，大半是經此而成功的。

再說苗人的趕場，乃是一種和內地農村相似的趕集，這種節日通常都是因族長生日，或其他節慶而決定的。趕場之日，各寨（村莊之稱）的苗人，都從四面八方趕來，以其所有，易其所無，年輕的男子們，也趁著這個機會，趕到那些趕集時必經的道路上，注視著往來的行人，直到發現他心上的人兒時，就上前唱歌求愛，這往往是苗人跳月前，找尋對象的惟一方法。

苗族的婦女新婚後，不常與丈夫同居，必須在娘家生了孩子，才回到丈夫家定居下來。她們結婚的年齡很早，二十多歲的女人，通常都有幾個孩子了。他們崇拜的神很奇怪，一種是自然界的大石塊和怪樹根，一種是死牛羊的骨骼和頭顱，但絕無偶像的牌位。

苗人每逢其長者死後，必團聚族人、親友，舉行盛大舞會，宰牛殺羊，大吃大喝，而後於哀悼的歌聲中，將屍體焚化（惟亦有仿漢人築墓的）。苗人祭祖，儀式更為隆重，每年祭祀約在舊曆十月中，祭時則邀集遠近族人，舉起大火，然後牽出一牛（或二三牛，看人數決定），在眾人高歌聲中，由一年輕力壯的苗人，手執大斧，直奔祭牛，以斧擊牛頭，直到牛不支倒下，即破其腹，剝其皮，分其肉，用鐵叉架之於火上，烤而食之，於是大家邊吃邊飲，且歌且舞，這時所有的人，可說都被置身於這種歡樂的氣氛中了。

苗人的歌謠，也是很有情趣的，這裡就手頭所藏歌謠中，選出兩首，以見一斑，並作本文的結束。

苗人情歌

一

遠處唱歌沒有連，近處唱歌連一身；
願郎為水妹為土，和來捏作一個人。

二

思想妹，
蝴蝶思想也為花，
蝴蝶思花不思草，
兄思情妹不思家。
妹想思，
不作風流到幾時？
只見風吹花落地，
不見風吹花上枝。

生活在蒙古草原上

生活在蒙古草原上，實在是一件最有趣的事了，若是你高興的話，你不但可以置身於這一望無垠的原野裡，隨心所欲地欣賞著北方邊外的奇景，還可以特別歌頌一番，這蒙古草原的雄偉綺麗。

當春天來臨時，廣大的原野上，漸漸的平添上一大片碧綠。到五月底，草兒長得更茂了，那時在我們眼中所看到的草原，再也不是一碧萬頃，顯然的這一片綠波中，已點綴著無數馥郁芬芳的花朵，紅的、白的、黃的、紫的，像繁星樣的雜亂地開著。你能說這不是一幅天然的錦繡？現在河裡的水，又開始汩汩地流起來，成千上萬的水鳥，又飛集到這裡來，牠們一大群，一大群的飄浮在水面，翻飛在空際，上下和鳴，發出一片悅耳的歌聲，這時四野被和煦的陽光照著，所有的牛羊都在低頭嚙草。春！蕩漾著整個的原野。

雖然蒙古包的生活，在你也許過不慣的，但這裡的風景已夠彌補你昨夜的睡眠不足了，你若高興更不妨讓自已躺在綠草紅花中，在那軟綿綿的草地上作一次午睡，你可以看到天上的白雲，是如何輕逸地飄過去，也可以嗅到草叢裡的小紅花是如何的芳香，這時陽光更柔和地撫摸著你，微風也輕輕地吹拂著你，遠處還不時傳來陣陣駝鈴，那種享受，又豈是南方人所能夢想得到的。

當你一覺醒來，也許已是遠天塗上一抹晚霞的時候，這當兒牧童們都已騎著駿馬，押著漫山遍野的牛群馬隊歸來，他們從這座平崗越過那片綠野，一直沒入地平線的盡頭，你說這不是一幅最生動的，最美麗的，遊牧社會的畫圖？你若是一位詩人的話，不妨在這兒盡情地吟哦一番，發前人之所未發，再不然是一位音樂家的話，你更可以仔細的聽一聽這馬嘶、羊鳴、牛嘯的交響樂，像斛律金様的，爲大自然譜一曲蒼涼古勁的新聲，誰說草原上沒有生機呢？

夏天裡，牛、羊、駱駝，依舊懶散地躺在陽光下，馬群呢？還是悠悠地移動著。入晚，暑氣漸消，月色像一層銀紗舖覆著大地，也舖覆著白色的蒙古包，人們都睡了，只有星星在天際閃爍著，這眞是一個可愛的夜。

初秋的季節，草原上漸漸降起霜來，於是草兒也一天天的由翠綠而枯黃，隨著草兒的衰萎，原野中呼嘯的冷風更一天天的增強起來。這時你再到草原上跑一個圈子，你才深深地體會到，往昔的一切都在變動著，從前你所愛聽的馬嘶羊鳴，也完全成爲肅殺悲涼的音符了。現在天是愈來愈暗，風沙也越吹越大，那是你該回到帳幕裡的時候了，你看蒙古的婦女們不都是提著一個個大的、小的乳桶走進包裡了嗎，這，正是他們晚餐上少不了的佳釀。

冬天，河邊已看不到一根白葦，風沙虎虎地吹個不停，所有的蒙古包都遷到更南的窩子裡，可是大雪也就緊跟著紛紛地，無涯無際地落在整個的草原上，於是成千上萬的牛羊都被關進了欄柵，人們也完全集中到蒙古包裡，圍著火爐靜靜地取暖，他們有談有笑地吃著羊、酒、乳、酪，唱著古老的歌唄，有誰知道？在這酒酣耳熱之餘，幕外的雪花，依舊在紛紛地漫天飛舞呢！

晚上，爐裡的火光，仍在熊熊地跳動著，把包裡的大人和孩子們，一個個照耀得滿臉通紅，也只有在這種場合中，你才會感覺到，這裡面除了充滿一些牛馬糞塊烟火的氣味外，一切的一切，都洋溢著人間的溫暖。他們沒有更大的慾望，他們只要天不要旱的太久（如此就不會水源枯竭），雪不要落的太多（如此就不會凍死牛羊和埋在雪地下的草根），那麼人間就有足夠的快樂了。你也才會深深的感覺到塞外，並不像我們所想像的，那樣的沙磧遍地，滿目淒涼，她的美是潛在於廣大的草原上的。

（一九五四）

詩 詞

網溪營橋賞月

層層暮靄暗遙峰，水上長橋臥似虹，天使忽開詩境界，清光一掃亂雲空。

河畔納涼口占

獨上長橋志未酬，溪流如帶月如鈎，少年勿念他鄉樂，綠樹年年繫客舟！

無 題

渭城一曲動人哀，夢裡依然把袂來。寄語翩翩年少客，嬋娟心事費疑猜。

述懷

斜日穿雲映遠空，神州萬眾泣秋風，壯懷欲逐東流水，遍洗青山復大同。

賦別 民國四十三年高中畢業晚會口占贈同學

德業常期日日新，莫因遠道怯風塵，還將一片殷勤意，寄與悠悠無限情。

鷓鴣天

莫說當年意氣宏，故國早在亂離中，人間今古邯鄲道，瞬息榮華總是空。歌易水，舞秋風，刀光劍氣斬蛟龍，男兒縱死沙場上，俠骨豪情亦自雄。

搗練子 與同學于大成姜彥然遊陽明山時值櫻花盛開

椰葉綠，櫻花紅，曲徑東風細雨中，勝友喜逢年少客，一腔悲憤問蒼穹。

憶秦娥 民國四十一年青年節

歌聲咽，年年此日青年節，青年節，黃花崗上，許多豪傑。

國家恥辱何時雪，山河錦繡非疇昔，非疇昔，愴懷無限，濤生雲滅。

荊州亭 送余為道同學赴美留學

眼裡關山迢遞，煙水蒼茫萬里，看擊楫中流，都是炎黃子弟。大好江山堪憶，海上風雲無際，一曲待從頭，不負平生志氣。

憶江南 重至草山舊遊之地寄友

凝佇久，高閣路難通，此際重來攜手處，霓裳不見雨濛濛，花發滿山紅。

如夢令 高中三年畢業賦別諸同學

椰雨蕉風相共，遽作陽關遠送，此去何時逢，互道前途珍重，珍重，珍重，切記三年景從。

憶江南

羈旅久，意氣似當年，積愫未離邊塞上，豪情還在雪山巔，飲馬水清漣。

且坐令

心落落，誤了同來約，櫻花雨過桃腮綽，爭奈多離索，綠水常流，青山望斷，空餘寂寞。

無限事，待憑誰說，殷勤敢是忘卻，人間何處不歡樂，我自獨傷行脚，陽關一曲歌成，誰道世人情薄。

南歌子 寄友

雨洗垂楊綠，霞迎落日紅，而今重到小橋東，一澗縱橫溪水，尚匆匆。
笑見明眸裡，歡藏盼顧中，舊時綽約又相逢，多少前情如夢，了無蹤。

醜奴兒 倚聲奉和香江青社陳子駿兄

柳絲不挽春光住，來亦無聊，去亦無聊，明月樓高憶小橋。
花前對酒愁無那，今也魂銷，昨也魂銷，自把鄉心託玉簫。

更漏子 和臺大陳炳良原韻

夢魂遙，芳日度，慢憶昨宵歡語；人影亂，暮雲垂，月明花滿枝。
羅帳掩，朱簾捲，簾外睡醒鶯燕；鶯語細，燕情濃，迷離曉夢中。

滄海叢刊書目㈠

國學類

中國學術思想史論叢㈠～㈧　錢　穆　著
現代中國學術論衡　錢　穆　著
兩漢經學今古文平議　錢　穆　著
宋代理學三書隨劄　錢　穆　著
論語體認　姚式川　著
西漢經學源流　王葆玹　著
文字聲韻論叢　陳新雄　著
楚辭綜論　徐志嘯　著

哲學類

國父道德言論類輯　陳立夫　著
文化哲學講錄㈠～㈥　鄔昆如　著
哲學與思想　王曉波　著
內心悅樂之源泉　吳經熊　著
知識、理性與生命　孫寶琛　著
語言哲學　劉福增　著
哲學演講錄　吳　怡　著
後設倫理學之基本問題　黃慧英　著
日本近代哲學思想史　江日新　譯
比較哲學與文化㈠㈡　吳　森　著
從西方哲學到禪佛教——哲學與宗教一集　傅偉勳　著
批判的繼承與創造的發展——哲學與宗教二集　傅偉勳　著
「文化中國」與中國文化——哲學與宗教三集　傅偉勳　著
從創造的詮釋學到大乘佛學——哲學與宗教四集　傅偉勳　著
中國哲學與懷德海　東海大學哲學研究所主編
人生十論　錢　穆　著
湖上閒思錄　錢　穆　著
晚學盲言(上)(下)　錢　穆　著
愛的哲學　蘇昌美　著
是與非　張身華　譯

宗教類

佛學思想新論 楊惠南 著
現代佛學原理 鄭金德 著
絕對與圓融——佛教思想論集 霍韜晦 著
佛學研究指南 關世謙 譯
當代學人談佛教 楊惠南編著
從傳統到現代——佛教倫理與現代社會 傅偉勳主編
簡明佛學概論 于凌波 著
修多羅頌歌 陳慧劍譯著
禪話 周中一 著
佛家哲理通析 陳沛然 著
唯識三論今詮 于凌波 著

自然科學類

異時空裡的知識追逐
——科學史與科學哲學論文集 傅大為 著

應用科學類

壽而康講座 胡佩鏘 著

社會科學類

中國古代游藝史
——樂舞百戲與社會生活之研究 李建民 著
憲法論叢 鄭彥棻 著
憲法論集 林紀東 著
國家論 薩孟武 譯
中國歷代政治得失 錢穆 著
先秦政治思想史 梁啓超原著、賈馥茗標點
當代中國與民主 周陽山 著
釣魚政治學 鄭赤琰 著
政治與文化 吳俊才 著
世界局勢與中國文化 錢穆 著
海峽兩岸社會之比較 蔡文輝 著
印度文化十八篇 糜文開 著
美國的公民教育 陳光輝 譯
美國社會與美國華僑 蔡文輝 著
文化與教育 錢穆 著

開放社會的教育	葉學志 著
大眾傳播的挑戰	石永貴 著
傳播研究補白	彭家發 著
「時代」的經驗	汪　琪、彭家發 著
書法心理學	高尚仁 著
清代科舉	劉兆璸 著
排外與中國政治	廖光生 著
中國文化路向問題的新檢討	勞思光 著
立足臺灣，關懷大陸	韋政通 著
開放的多元化社會	楊國樞 著
臺灣人口與社會發展	李文朗 著
財經文存	王作榮 著
財經時論	楊道淮 著
宗教與社會	宋光宇 著

史地類

古史地理論叢	錢　穆 著
歷史與文化論叢	錢　穆 著
中國史學發微	錢　穆 著
中國歷史研究法	錢　穆 著
中國歷史精神	錢　穆 著
憂患與史學	杜維運 著
與西方史家論中國史學	杜維運 著
清代史學與史家	杜維運 著
中西古代史學比較	杜維運 著
歷史與人物	吳相湘 著
共產國際與中國革命	郭恒鈺 著
抗日戰史論集	劉鳳翰 著
盧溝橋事變	李雲漢 著
歷史講演集	張玉法 著
老臺灣	陳冠學 著
臺灣史與臺灣人	王曉波 著
變調的馬賽曲	蔡百銓 譯
黃　帝	錢　穆 著
孔子傳	錢　穆 著
宋儒風範	董金裕 著

增訂弘一大師年譜	林子青	著
精忠岳飛傳	李安	著
張公難先之生平	李飛鵬	著
唐玄奘三藏傳史彙編	釋光中	編
一顆永不殞落的巨星	釋光中	著
新亞遺鐸	錢穆	著
困勉強狷八十年	陶百川	著
困強回憶又十年	陶百川	著
我的創造・倡建與服務	陳立夫	著
我生之旅	方治	著

語文類

文學與音律	謝雲飛	著
中國文字學	潘重規	著
中國聲韻學	潘重規、陳紹棠	著
詩經研讀指導	裴普賢	著
莊子及其文學	黃錦鋐	著
離騷九歌九章淺釋	繆天華	著
陶淵明評論	李辰冬	著
鍾嶸詩歌美學	羅立乾	著
杜甫作品繫年	李辰冬	著
唐宋詩詞選——詩選之部	巴壺天	編
唐宋詩詞選——詞選之部	巴壺天	編
清眞詞研究	王支洪	著
苕華詞與人間詞話述評	王宗樂	著
元曲六大家	應裕康、王忠林	著
四說論叢	羅盤	著
紅樓夢的文學價值	羅德湛	著
紅樓夢與中華文化	周汝昌	著
紅樓夢研究	王關仕	著
中國文學論叢	錢穆	著
牛李黨爭與唐代文學	傅錫壬	著
迦陵談詩二集	葉嘉瑩	著
西洋兒童文學史	葉詠琍	著
一九八四	George Orwell原著、劉紹銘	譯
文學原理	趙滋蕃	著

文學新論	李辰冬 著
分析文學	陳啓佑 著
解讀現代・後現代——文化空間與生活空間的思索	葉維廉 著
學林尋幽——見南山居論學集	黃慶萱 著
中西文學關係研究	王潤華 著
魯迅小說新論	王潤華 著
比較文學的墾拓在臺灣	古添洪、陳慧樺主編
從比較神話到文學	古添洪、陳慧樺主編
神話卽文學	陳炳良等譯
現代文學評論	亞菁 著
現代散文新風貌	楊昌年 著
現代散文欣賞	鄭明娳 著
實用文纂	姜超嶽 著
增訂江皋集	吳俊升 著
孟武自選文集	薩孟武 著
藍天白雲集	梁容若 著
野草詞	韋瀚章 著
野草詞總集	韋瀚章 著
李韶歌詞集	李韶 著
石頭的研究	戴天 著
留不住的航渡	葉維廉 著
三十年詩	葉維廉 著
寫作是藝術	張秀亞 著
讀書與生活	琦君 著
文開隨筆	糜文開 著
印度文學歷代名著選(上)(下)	糜文開編譯
城市筆記	也斯 著
歐羅巴的蘆笛	葉維廉 著
移向成熟的年齡——1987～1992詩	葉維廉 著
一個中國的海	葉維廉 著
尋索：藝術與人生	葉維廉 著
山外有山	李英豪 著
知識之劍	陳鼎環 著
還鄉夢的幻滅	賴景瑚 著
葫蘆・再見	鄭明娳 著

大地之歌	大地詩社 編
往日旋律	幼 柏 著
鼓瑟集	幼 柏 著
耕心散文集	耕 心 著
女兵自傳	謝冰瑩 著
詩與禪	孫昌武 著
禪境與詩情	李杏邨 著
文學與史地	任遵時 著
抗戰日記	謝冰瑩 著
給青年朋友的信(上)(下)	謝冰瑩 著
冰瑩書柬	謝冰瑩 著
我在日本	謝冰瑩 著
大漢心聲	張起鈞 著
人生小語(一)～(六)	何秀煌 著
記憶裏有一個小窗	何秀煌 著
回首叫雲飛起	羊令野 著
康莊有待	向 陽 著
湍流偶拾	繆天華 著
文學之旅	蕭傳文 著
文學邊緣	周玉山 著
文學徘徊	周玉山 著
種子落地	葉海煙 著
向未來交卷	葉海煙 著
不拿耳朶當眼睛	王讚源 著
古厝懷思	張文貫 著
材與不材之間	王邦雄 著
忘機隨筆——卷一・卷二	王覺源 著
詩情畫意——明代題畫詩的詩畫對應內涵	鄭文惠 著
文學與政治之間——魯迅・新月・文學史	王宏志 著
洛夫與中國現代詩	費 勇 著
老舍小說新論	王潤華 著

美術類

音樂人生	黃友棣 著
樂圃長春	黃友棣 著
樂苑春回	黃友棣 著

樂風泱泱　黃友棣 著
樂境花開　黃友棣 著
音樂伴我遊　趙琴 著
談音論樂　林聲翕 著
戲劇編寫法　方寸 著
戲劇藝術之發展及其原理　趙如琳譯著
與當代藝術家的對話　葉維廉 著
藝術的興味　吳道文 著
根源之美　莊申 著
樂浦珠還　黃友棣 著
扇子與中國文化　莊申 著
從白紙到白銀　莊申 著
水彩技巧與創作　劉其偉 著
繪畫隨筆　陳景容 著
素描的技法　陳景容 著
建築鋼屋架結構設計　王萬雄 著
建築基本畫　陳榮美、楊麗黛 著
中國的建築藝術　張紹載 著
室內環境設計　李琬琬 著
雕塑技法　何恆雄 著
生命的倒影　侯淑姿 著
文物之美——與專業攝影技術　林傑人 著

滄海美術叢書

儺ㄋㄨㄛˊ史——中國儺文化概論　林河 著
挫萬物於筆端——藝術史與藝術批評文集　郭繼生 著
貓。蝶。圖——黃智溶談藝錄　黃智溶 著
中國美術年表　曾堉 著
美的抗爭——高爾泰文選之一　高爾泰 著
萬曆帝后的衣櫥——明定陵絲織集錦　王岩編撰